Blossom *Blue*

Leslie Delhaes

AF236994

Blossom

Blue

Leslie Delhaes

Bibliografische Information der Deutschen Nationalbibliothek:
Die Deutsche Nationalbibliothek verzeichnet diese Publikation in
der Deutschen Nationalbibliografie; detaillierte bibliografische
Daten sind im Internet über http://dnb.dnb.de abrufbar.

© 2021 Leslie Delhaes

Alle Rechte vorbehalten.

Korrektorat: Nicole Leppen
Verwendete Fotos:
© iStock.com/alexeus
© iStock.com/ToscaWhi

Impressum: c/o H. Eßer, Auestr. 87, 52382 Niederzier

Herstellung und Verlag: BoD – Books on Demand, Norderstedt

ISBN: 978-3-7534-9630-6

Bebe

kapitel 1

»Bestellt sich der alte Müller 'ne Nutte ins Haus? Das ist ja krass.«

»Natürlich nicht. Die geht nie zum alten Müller.«

Das Paar, das mir auf der Treppe entgegenkommt und mich genau im Auge hat, versucht gar nicht, leise zu reden. Trotzdem gebe ich vor, sie nicht zu hören beziehungsweise nicht zu kapieren, dass ich gemeint bin. Im Vorspielen falscher Tatsachen bin ich Profi.

»Guten Morgen«, grüße ich höflich im Vorbeigehen. Eine Antwort erhalte ich nicht. Entnervt ziehe ich einen Kaugummi aus der Tasche, stecke ihn in den Mund und beginne, auffällig darauf zu kauen. Mein Ventil, um Ärger abzulassen, ohne es Anderen zu zeigen.

»Wohin denn dann? Kennst du die?« Der Typ ist stehengeblieben, dreht sich nach mir um und starrt mir unübersehbar auf den Arsch. Dafür kassiert er von ihr einen groben Stoß mit dem Ellbogen.

»Zur Ostlender. Die ist dauernd da. Jetzt hör auf zu glotzen und komm weiter.«

Da die ekelhafte Gafferei seine Freundin ärgert, wackle ich demonstrativ mit dem Hintern, während ich äußerlich ungerührt die Treppe hinaufgehe. Mit dem Arsch wackeln kann ich ebenfalls ausgezeichnet.

»Was will die denn bei der Ostlender?«

»Weiß ich doch nicht.«

Inzwischen bin ich einen Treppenabsatz über den beiden und damit ist mein Hintern für den Mann außer Sicht. Ich schätze ihn auf Mitte zwanzig, sexuell unterfordert und ständig notgeil. Für mich der typische Puffbesucher. Aber um das klarzustellen, mit Prostitution habe ich nichts am Hut. Er beugt sich über das Treppengeländer und bemüht sich vergeblich, einen Blick unter meinen Rock zu erhaschen.

»Lass das endlich«, zischt die Frau.

Warum legt sie sich keinen Minirock zu, wenn das ihren Typen so anmacht? Ich trage das Teil ja nicht, weil es bequem ist, sondern weil es die Menschen provoziert. Männer und Frauen auf unterschiedliche Art, aber eine Wirkung zeigt meine Klamottenwahl immer. Frau Ostlender ist die Einzige, die versteht, dass ich mich hinter der knappen Kleidung verstecke, die Einzige, die den Widerspruch sieht.

Ich klingle dreimal kurz, bevor ich den Schlüssel ins Schloss stecke und die Tür öffne. Alles wie immer.

»Ich bin's, Frau O«, rufe ich. Wer auch sonst. In all den Jahren, in denen ich herkomme, habe ich nie einen anderen Besucher angetroffen.

Der Flur liegt still und düster vor mir, die Frühlingssonne, die draußen schon ihre volle Kraft entfaltet, reicht nicht hinein. Noch während ich den Kopf durch die Wohnungstür stecke, überfällt mich ein mulmiges Gefühl. Es ist nicht das erste Mal, dass ich eintreffe und meine ehemalige Lehrerin nicht da ist, an dieser Stille ist jedoch irgendetwas anders. Ungut anders. Ein paar Sekunden lausche ich und versuche herauszufinden, was mich stört, dann wird meine Konzentration durch eine Tür, die über mir ins Schloss fällt, unterbrochen. Laute Schritte ertönen auf der Treppe. Missmutig schüttle ich den Kopf über dieses diffuse Unbehagen, das so gar nicht zu mir passt, husche lautlos hinein und schließe die Wohnungstür nachdrücklich hinter mir.

In dem Moment realisiere ich, dass mein Gefühl mich nicht getrogen hat. Genau vor meinen Füßen liegt ein einsamer Pantoffel mit dem Profil nach oben. Achtlos, unordentlich, nachlässig. Alles, was Frau O nicht ist. Der gemusterte Läufer, der den Boden bedeckt, wirft eine Falte und mit leichter Panik folgt mein Blick dem Teppich, den langen Flur entlang.

Und dort, am anderen Ende, erkenne ich Frau Ostlenders Beine, wie immer in dieser braunen, blickdichten Strumpfhose, den zweiten Hausschuh noch am Fuß. Der Schlüssel fällt mir aus der Hand und ich stürze zu ihr.

»Frau O? Frau O?«, flüstere ich heiser und knie mich neben den leblosen Körper. Ich fürchte zu schreien, sobald ich lauter spreche, denn sie bewegt sich nicht.

Ihre Augen sind weit geöffnet und blicklos gegen die Decke gerichtet. Die Farbe hat sich verändert, das warme Braun ist einem matten Ton gewichen, die Augäpfel sind gelblich verfärbt. Trotzdem taste ich mit zwei Fingern nach ihrer Halsschlagader. Die Haut ist eiskalt.

Irgendein rationaler und kühler Teil in mir übernimmt die Kontrolle, wählt auf Frau Ostlenders Festnetz den Notruf und übermittelt gefasst alle nötigen Informationen.

»Nein, sie ist tot«, bestätige ich tonlos der Stimme, die mich nach Rettungsmaßnahmen fragt. Dabei wende ich keine Sekunde den Blick von Frau Os Körper und hoffe trotz meiner Worte, dass sie sich jeden Moment aufrichtet, mir zuzwinkert und mit einem Lächeln feststellt, dass es ihr ausgezeichnet geht. Dass es nur ein Missverständnis war. Oder eine harmlose Ohnmacht, ungeachtet der Tatsache, dass sie schon kalt ist. »Ja, natürlich warte ich vor Ort, bis die Sanitäter eintreffen.«

Dabei sind die Sanitäter nicht nötig. Nicht mehr. Ich bekomme weder das ersehnte Zwinkern noch die allerkleinste Regung.

Ich werde warten, bis die Polizei da ist.

Jetzt, nachdem alles Notwendige erledigt ist, sinke ich neben Frau Ostlender an die Wand, kauere mich zusammen und kämpfe gegen die Panik, die sich als harter Knoten in meinem Magen bemerkbar macht. Ich habe doch nur Frau O! Was soll ich ohne sie machen? Wo soll ich hin, wenn ich aus meinem Alltag raus muss, wenn ich mich frage, was eine mögliche Zukunft für mich bereithalten kann? Und wenn ich nicht mal selbst verstehe, wieso ich mit meinem aktuellen Leben nicht zufrieden bin.

Leise tropft eine Träne von der Nasenspitze auf mein Knie. Dann schäme ich mich. Ich weine hier nämlich um mich selbst, dabei sollte ich um meine ehemalige Lehrerin weinen. Frau O, die so viel mehr für mich war, als nur eine Lehrerin.

Sie muss ausgerutscht und mit dem Kopf gegen den Türrahmen geschlagen sein. Das lässt zumindest die Position ihres Körpers vermuten. Und die Tatsache, dass ich Blut an der Zarge entdecke.

In diesem Augenblick wird mir bewusst, dass ich neben einer Leiche sitze. Frau O ist die erste Tote, die ich sehe. Es ist verdammt unheimlich, allein mit ihr in der stillen Wohnung zu sein. Langsam schiebe ich mich ein Stück zurück, um mich dann aufzurichten. Mein verheulter Blick fällt auf den Pantoffel, der noch an ihrem Fuß steckt. Ihr Rock ist verrutscht und reicht nicht züchtig bis zu den Knien. Vorsichtig ziehe ich ihn herunter und bedecke sie, bis sie wieder genauso bieder und anständig aussieht, wie ich sie kenne.

Neben ihr sitzenbleiben kann ich trotzdem nicht. Unruhig gehe ich den Flur auf und ab und warte ungeduldig auf Hilfe. Hilfe, die so oder so zu spät kommt. Hätte ich sie retten können, wenn ich nur ein oder zwei Stunden früher gekommen wäre? Musste sie sterben, weil ich ausgeschlafen habe? Oder war sie auf der Stelle tot?

Neben dem zweiten Hausschuh an der Eingangstür liegt mein Schlüssel, den ich habe fallenlassen. Ich hebe ihn auf und stecke ihn ein. Dann schließe ich die Augen und lasse mich gegen die Tür sinken. Am liebsten würde ich draußen warten, aber das kommt mir wie Verrat vor. Diese Art der Totenwache ist das Einzige, das ich noch für Frau O tun kann. Sie hat hier lang genug allein gelegen. Leider nehme ich mit geschlossenen Augen den metallischen Blutgeruch viel stärker wahr. Möglicherweise war es dieser Geruch, der mich beim Eintreten aufgeschreckt hat. Schnell reiße ich die Augen wieder auf und wandere erneut den Flur auf und ab.

Im Hintergrund höre ich das Martinshorn näherkommen, lange kann es nicht mehr dauern.

Mein Blick fällt unwillkürlich auf Frau Os Kopf, neben dem sich eine Blutlache gebildet hat. Eine eisgraue Strähne hat sich aus ihrem Dutt gelöst, der ansonsten genauso makellos und akkurat gebunden ist wie immer. Ich muss mich zwingen, ihr die Strähne nicht zurück in die Frisur zu stecken. Kurz bleiben meine Augen an Frau Os Gesicht hängen. Der starre Blick und die schlaffen Mundwinkel bewirken, dass sie nicht mehr aussieht wie meine Lehrerin. Der Tod hat ihr all ihre Wärme und Güte genommen, zurück bleibt eine ausdruckslose, leblose Maske, die mich eher an eine Schaufensterpuppe erinnert als an einen lebendigen Menschen.

Mit einem Schaudern wende ich mich ab und gehe ins Wohnzimmer. Hier liegt der Bücherstapel, der sich gewöhnlich neben dem Sessel türmt, umgekippt auf dem Boden.

In diesem Haus sind Bücher heilig. Sie werden ordentlich zugeschlagen und mit Sorgfalt behandelt. Traurig hebe ich eines der Bücher auf und streiche die geknickten Blätter glatt. Es ist *Peter Pan*, eine illustrierte, gebundene Ausgabe, und ich erinnere mich lebhaft, wie Frau O es mir vorgelesen hat. Zuerst habe ich mich dagegen gewehrt, ich wollte auf keinen Fall als zu dumm zum Lesen gelten. Aber sie sagte, mit jedem Kind müsse laut gelesen werden, um die Liebe zu Büchern zu entdecken, und erst danach sollte man für sich allein lesen. Sie wusste genau, dass meine Mutter mir niemals vorgelesen hat.

11

Traurig drücke ich das Buch gegen die Brust. Sie hatte schon recht. Erst durch das Vorlesen habe ich wirklich verstanden, welchen Schatz Bücher beherbergen. Wie sie Zuflucht sein können und Mut machen. Wie sie neue Welten erschaffen und gleichzeitig Geborgenheit vermitteln.

Das Martinshorn verstummt, als der Wagen vor dem Haus hält. Wenig später wird an der Tür geklingelt und zugleich hektisch geklopft. Die Sanitäter stürmen ungeduldig an mir vorbei, als ich öffne.

»Die ist aber eindeutig tot.« Der korpulente Mann, der neben dem Körper kniet, schaut mich vorwurfsvoll an.

»Das habe ich beim Notruf auch so durchgegeben«, erwidere ich patzig.

»Dann hätten wir uns nicht so beeilen müssen.«

Der Sanitäter greift nach seinem Telefon. »Polizei ist schon unterwegs? Warum sagt uns das wieder mal niemand?«

Der zweite Sani zuckt mit den Schultern, packt seinen Notfallkoffer und verlässt kommentarlos die Wohnung.

»Nee, die ist schon länger tot. Sieht nach einem Unfall aus.« Bei dem ungerührten Tonfall frage ich mich, wie viele Leichen dieser Mann bereits gesehen haben muss, um so abgeklärt zu sein. Ich konzentriere mich lieber auf diese Überlegung, als vor seinen Augen in Tränen auszubrechen. Die Kälte in meinem Inneren ist so schon gewaltig.

In diesem Moment erscheinen zwei uniformierte Polizisten im Türrahmen und nicken mir zu.

Der Sanitäter beendet sein Telefonat. »Da sind sie ja. Die Frau ist mausetot, schon seit Stunden. Wir fahren dann mal wieder.«

»War der diensthabende Notarzt da?«

»Nee, noch nicht. Müsste aber jeden Moment kommen. Wir haben durchgegeben, dass er sich nicht mehr beeilen braucht.«

Der Flur leert sich. Nur die beiden Beamten bleiben zurück.

Und ich.

»Ist sie Ihre Mutter?«, werde ich freundlich gefragt. Der Polizist stellt sich zwischen mich und den Körper von Frau O, so dass ich sie nicht mehr sehe. Als ob das jetzt noch etwas nützt. Trotzdem freut mich der Versuch, mir den Anblick zu ersparen. Er ist der Erste, der Mitgefühl zeigt.

»Nein, ich ...« Ehrlicherweise war Frau O mehr Mutter für mich, als die Frau, die mich zur Welt gebracht hat. Aber das ist nichts, was man laut ausspricht. »Ich kannte sie nur.«

»Sie haben sie gefunden?«

Ich nicke. »Ja, ich wollte sie besuchen.«

»Stefan, die Kollegen von der Kripo sind informiert. Wir können hier schon mal absperren.« Die Polizistin mit dem strengen Zopf kneift ihre eisblauen Augen zusammen, als sie mich mustert. »Nimmst du in der Zeit ihre Personalien auf?«

Ich werde sanft, aber bestimmt, aus der Wohnung bugsiert und setze mich auf die Treppe, die nach oben führt. Der nette Polizist hockt sich umständlich neben mich und zückt einen Notizblock. Ich schätze, er ist kurz vor der Rente, umso mehr berührt mich, dass er sich weder an den dreckigen Stufen noch an der unbequemen Haltung stört.

»Haben Sie einen Ausweis dabei?«

Stumm schüttle ich den Kopf.

»Andere Papiere?«

»Mein Fahrausweis«, schlage ich vor. Außer der Monatsfahrkarte für den öffentlichen Nahverkehr habe ich gar nichts Offizielles dabei. Ich brauche keinen Ausweis, wenn ich zu Frau O fahre. Ich brauche auch kein Geld. Ich lasse liebend gern alles zurück, was an mein Zuhause erinnert. Sorgfältig schreibt der Beamte den Namen von der Fahrkarte ab und notiert meine Anschrift.

»Wie geht es Ihnen denn jetzt?«, fragt er mitfühlend.

»Schlecht. Ich hatte Frau Ostlender so gern.« Scheiße, ich habe es ihr nie gesagt. Ich habe mich zwar regelmäßig bedankt, aber das ist viel zu wenig für all das, was sie für mich getan hat. Hätte ich geahnt, wie plötzlich ihr Leben vorbei ist, hätte ich vieles anders gemacht.

»Es war ganz schön mutig von Ihnen, dort rein zugehen.«

»Das war nicht mutig. Ich habe sie erst gesehen, als ich schon drin war. Ich ...«

»Wenn du fertig bist, kannst du bitte bei mir mit anpacken«, wird der Polizist angeranzt. »Ich schaffe das nicht allein.«

Traurig bleibe ich auf den Stufen sitzen und beobachte, wie die beiden geschäftig hin- und hereilen. Von hier aus ist leider nicht zu erkennen, was sie machen, dabei würde ich es liebend gerne wissen.

»Sie müssen auf die Kripo warten«, informiert mich die Polizistin im Vorbeigehen. Ich nicke knapp. Jetzt einfach zu gehen, käme mir eh falsch vor. Wie ein Verrat. Frau O fremden Leuten zu überlassen, die sie nicht kannten. Nicht so gern hatten wie ich. Sie hat es nicht verdient, allein in ihrem Flur zu sterben.

Was für ein sinnloser Tod. Sie war doch topfit. Und dann reicht ein simpler Sturz, um sie das Leben zu kosten?

Während ich mich bemühe, die Fassung wiederzufinden, schiebt sich das Bild, wie Frau O auf dem Boden liegt, in meine Erinnerung. Und die Position des zweiten Hausschuhs — am anderen Ende des Flurs. Des langen Flurs.

So weit kann kein Schuh fliegen, nicht bei einem simplen Sturz.

kapitel 2

Die Kripo ist da.

Schwere, gewichtige Schritte kündigen die Ankunft auf der Treppe an. Dann erscheinen zwei Männer in Zivil, die aufmerksam ihre Augen in alle Richtungen wenden. Ein Älterer mit Bierbauch und schütterem Haar sieht uninteressiert an mir vorbei. Der hübsche, junge Polizist dagegen lässt seinen Blick abfällig an mir entlanggleiten.

Im Normalfall macht mir das gar nichts, denn es interessiert mich nicht die Bohne, was andere von mir denken. Momentan ist es mir unangenehm. Vor Nervosität kaue ich seit dem Eintreffen der Beamten hektisch auf dem Kaugummi. Dank des kurzen Rockes und der erhöhten Positionen auf den Stufen bin ich nicht mal sicher, dass man nicht meinen Slip sehen kann. Verunsichert höre ich auf zu kauen, presse die Beine zusammen und zerre am Rocksaum.

Wortlos gehen die beiden an mir vorbei und ich ärgere mich. Über die Männer, die mich auf der Stelle in eine Schublade stecken. Über mich selbst, die es provoziert, indem ich mit entblößten Beinen und wiederkäuend wie eine Kuh auf den Stufen hocke. Und über die Tatsache, dass es mich stört. Ich werde doch Tag für Tag in diese Schublade gesteckt und spiele damit.

»Was wissen wir?«

Ich kann das Gespräch im Flur nur hören, die Sicht ist mir von hier aus versperrt.

»Die Frau ist seit einigen Stunden tot. Sieht nach einem Unfall aus«, ertönt die gelangweilte Stimme der Notärztin, die erst vor ein paar Minuten eingetroffen ist. Das habe ich bis gerade eben ja auch angenommen. Falls es ein vorsätzlicher Mord ist, dann ist er gut getarnt.

»Lebte sie allein?«

»Ja, Silvia Ostlender hieß sie. Das Mädchen draußen auf der Treppe hat sie gefunden«, antwortet der freundliche Polizist.

Rasch stelle ich mich hin und streife den Minirock weit hinunter. Den Kaugummi stecke ich zurück in sein Papier und entsorge ihn. Ich muss einen passablen Eindruck machen, wenn ich ernst genommen werden will. Sonst tun die Polizisten das Ganze tatsächlich als den unglücklichen Sturz ab, nach dem es auf den ersten Blick aussieht.

»Die Tussi da draußen? Was hat die denn hier verloren?«

Genau was ich befürchtet habe. Ich fische ein Haargummi aus der Handtasche und binde die Haare zu einem Zopf. Abschminktücher habe ich ebenfalls griffbereit und in Windeseile befreie ich mein Gesicht von Make-up, Lippenstift und Wimperntusche. Ein Blick in den Schminkspiegel bestätigt mir, dass ich so authentischer wirke. Ernst zunehmender und vertrauenswürdiger, aber auch kindlicher – etwas, das ich gewöhnlich auf keinen Fall möchte.

»Du kümmerst dich um die Zeugin«, vernehme ich die tiefe Stimme, die ich dem älteren Beamten zuordne. Eine Stimme, die es gewohnt ist, Befehle auszusprechen. Ich ziehe die Jacke an und schließe sie, denn das ist die einzige Möglichkeit, meinen Ausschnitt zu verstecken. Diesen Ausschnitt, der dazu gemacht ist, jeden Männerblick von meinem Gesicht fernzuhalten. Aktuell ist es sinnvoll, die Augen des Polizisten nicht nur auf den Brüsten zu haben. Er soll hören, was ich zu sagen habe.

Der junge Zivilbeamte kommt zurück. Er runzelt die Stirn, als er mich sieht. Ich sehe also nicht mehr aus wie ein minderbemitteltes Flittchen.

»Sie haben Frau Ostlender gefunden?«

»Ja.«

Er deutet die Treppe hinab. »Dann müssen Sie mir einige Fragen beantworten. Ich würde gerne mit Ihnen vor die Tür gehen.«

Will er mich vom Tatort fernhalten, damit ich nicht mitbekomme, was geschieht? Oder möchte er bei dem Verhör nicht von seinem Kollegen belauscht werden? Ich gehe nur widerwillig die Treppe hinab und aus dem Haus. Frau O ihrem Schicksal zu überlassen, fühlt sich nicht richtig an.

»In welchem Verhältnis stehen Sie zu der Toten?« Er beginnt gleich mit der schwierigsten Frage.

»Wir waren ... befreundet«, antworte ich zögernd. Ich weiß, wie merkwürdig das klingt.

Schweigend zieht er eine Augenbraue hoch und mustert mich fragend. So kann man seine Skepsis auch demonstrieren.

Ich beiße mir auf die Lippe.

»Sie war eine Art Mentorin für mich«, erkläre ich. »Sie hat mich unterstützt.«

»Bei was?«

»Bei meinem Leben. Das, was ich draus machen will.«

Gegenüber vom Haus liegt ein kleiner Park, in den wir mit langsamen Schritten gehen. Frau O wohnt in einer unheimlich ansprechenden Gegend mit gepflegten Häusern und jeder Menge Grünflächen. Ganz im Gegensatz zu mir.

»Und was machen Sie draus?«

Das ist eine gemeine Frage und ich habe nicht vor, mich hier zu rechtfertigen. Auch die Polizei hat kein Recht, sich in mein Privatleben zu mischen.

»Das geht Sie nichts an.«

»Sie müssen schon mir überlassen, was mich etwas angeht und was nicht.« Das klingt wie aus einem schlechten Krimi.

17

In einem Film würde ich locker meine Rechte zitieren oder nach meinem Anwalt verlangen. Aber erstens habe ich keinen Anwalt und kein Geld, um mir einen zu leisten, und zweitens bin ich mir bei meinen Rechten nicht allzu sicher.

»Ich weiß noch nicht, was ich draus machen möchte«, gebe ich klein bei und bestätige damit seine Meinung über mich. Auf jeden Fall seinem Blick nach zu urteilen.

»Und heute waren Sie verabredet, Frau ...?«

»Kovacek.«

»Frau Kovacek also. Haben Sie ihren kompletten Namen schon zu Protokoll gegeben?«

»Ja, habe ich. Meine Adresse ebenfalls.« Das war bei dem netten Uniformierten, der mich behandelt hat wie eine mitgenommene Zeugin, die man schonen muss, aber diesen Zusatz spare ich mir. Er hat nicht einmal das Gesicht verzogen, als ich ihm meinen vollständigen Namen mitsamt der Anschrift diktiert habe. Die Reaktion des Kripo-Mannes, der mich aktuell verhört, kann ich mir dagegen lebhaft vorstellen. »Laura Kovacek«, lüge ich ihm daher ins Gesicht.

»Hat Frau Ostlender Sie heute erwartet, Frau Kovacek?«

»Nein. Ich konnte jederzeit zu ihr kommen. Auch unangekündigt.« Inzwischen stört es mich gewaltig, dass er in meinem Privatleben stochert, bisher aber nicht einmal höflich genug war, sich selbst vorzustellen.

»Sind Sie eigentlich befugt, mich auszufragen? Sind Sie wirklich von der Polizei, Herr ...?«, drehe ich den Spieß um.

»Weigand«, knurrt er und zückt seinen Dienstausweis. »Zufrieden?«

Er könnte mir alles Mögliche unter die Nase halten, denn nirgendwo lernt man, wie ein echter Polizeiausweis aussieht. Das Ding ist blau, scheckkartengroß, zeigt sein Bild und den fetten Schriftzug ›Polizei Nordrhein-Westfalen‹ mit Logo. Tim Weigand also. Ich wette, er ist ganz frisch bei der Kripo, denn auf dem Foto sieht er keinen Tag jünger aus als jetzt. Und auch auf dem Bild ist nicht zu übersehen, dass er verdammt hübsch ist. Und nicht die Art Mann, der ich normalerweise begegne.

»Okay, Frau Ostlender hat mich heute nicht erwartet«, fahre ich fort. »Manchmal habe ich ihr Bescheid gesagt, wenn ich zu ihr wollte, manchmal bin ich einfach so aufgeschlagen.«

»Und das war ihr immer recht? Sie hatte doch gewiss hin und wieder Besuch und da ...«, jetzt zögert er und ich kann förmlich sehen, was er denkt, »da ist es ja dann nicht so passend, wenn ...«

»Wenn die Tussi im Minirock unangekündigt auftaucht?«, frage ich, weil er nicht weiterredet. Ja, ihm wäre es peinlich, mit mir gesehen zu werden, das ist schon nach diesen wenigen Minuten offensichtlich. Frau O war anders. »Nein, das war kein Problem. Sie hatte nie Besuch.«

Nun kneift er die Lippen aufeinander. Die Tussi kann er jedoch nicht zurücknehmen, denn auch ihm muss klar sein, dass ich ihn oben im Treppenhaus gehört habe. Dabei habe ich schon viel Schlimmeres über mich gehört.

»Stand die Wohnungstür offen?«, lenkt er das Thema wieder auf den Grund unseres Gesprächs.

»Nein.«

»Frau Ostlender hat Ihnen nicht öffnen können.«

»Ich habe einen Schlüssel.« Den habe ich bekommen, als ich vor zwei Jahren nach einem handfesten Streit mit meiner Mutter unangekündigt und in Tränen aufgelöst vor der Tür stand und Frau O nicht angetroffen habe. Sie kam erst drei Stunden später von einem Ausflug zurück und hat direkt am nächsten Tag den Wohnungsschlüssel nachmachen lassen. »Und ehe Sie fragen, ich habe den Schlüssel immer benutzt. Ich klingle nur kurz, damit sie weiß, dass ich da bin, und dann schließe ich auf.«

»War sie gebrechlich?«

Ich weiß, worauf er hinaus will. Aber da ist er auf dem Holzweg.

»Kein Stück«, erkläre ich nachdrücklich. »Sie war nach wie

19

vor fit. Jeden Tag war sie mindestens eine Stunde draußen und hat sich bewegt. Ein paar Mal bin ich mit ihr gegangen und sie war wirklich nicht langsam. Nee, wenn Sie denken, dass sie schlecht auf den Beinen war und deshalb gestürzt ist, dann irren Sie sich.«

»Dann war sie eben gut auf den Beinen und ist trotzdem gestürzt. Das kommt vor.«

»Das war kein Unfall.« Endlich kommen wir zum Kern und ich kann loswerden, was ich mir auf der Treppe zurechtgelegt habe. »Das war Mord.«

Tim Weigand schnaubt spöttisch. »Das wird die Kriminalpolizei ermitteln, dafür brauchen wir keine Laien.«

»Sie haben einen einzigen Blick auf Frau O geworfen und schon beschlossen, dass es ein Unfall sei«, werfe ich ihm vor. »Frau O?«

»Ja.« Ungehalten schüttle ich den Kopf und merke erstaunt, wie angenehm sich der wippende Zopf anfühlt. Gewöhnlich trage ich die Haare offen und präsentiere meine gepflegte lange Mähne. »Ich habe sie immer Frau O genannt, es gefiel ihr. Lenken Sie nicht ab, es war niemals ein Unfall.«

»Aus welchem Grund sollte denn jemand Frau O ermorden? War sie vermögend oder in eine heimliche Liebesaffäre verwickelt?«

Ich kann den Spott in seiner Stimme hören.

»Soviel ich weiß weder das eine noch das andere«, antworte ich spitz. »Aber es gibt weitere Möglichkeiten.«

»Meiner Erfahrung nach nicht. Es geht immer um Geld oder um verbotene Leidenschaft.«

»Na, Ihre Erfahrungen können ja nicht weit reichen.« Jetzt kann endlich ich ihn einmal spöttisch angrinsen. »Das ist doch unter Garantie der erste Mord, in dem Sie ermitteln.«

»Wenn es denn ein Mord ist«, gibt er ungerührt zurück. »Das glaube weder ich noch mein überaus erfahrener Kollege. Bisher ist es einfach nur ein Todesfall, wahrscheinlich ohne Fremdverschulden.«

»Und wie erklären Sie sich den Pantoffel?«, trumpfe ich auf.

»Was spricht dagegen, zu Hause Pantoffeln zu tragen? Mache ich auch.« Ich kann mir einen Blick auf seine Füße nicht verkneifen. Er ist so akkurat mit Stoffhose und Hemd gekleidet, dass ich ihn mir unmöglich in Hausschuhen vorstellen kann. Nur mit den schwarzen, frisch geputzten Schuhen, die er trägt. »Das stützt auch die Unfalltheorie, man hat viel weniger Halt als in Straßenschuhen.«

»Ich wollte Sie darauf hinweisen, dass ein Hausschuh noch am Fuß war und der andere an der Wohnungstür lag. Rund sechs Meter von Frau O entfernt.« Jetzt ernte ich einen misstrauischen Blick. »Außerdem war jemand im Wohnzimmer. Frau O ist unglaublich akkurat mit ihren Büchern. Niemals hätte sie die einfach so auf dem Boden liegenlassen. Bei *Peter Pan* waren sogar die Seiten geknickt.«

»Was haben Sie im Wohnzimmer getan?« Wütend bleibt er stehen und sieht auf mich hinab.

»Ich habe auf die Sanitäter gewartet.« Verunsichert beiße ich mir auf die Lippe. So wie er mich ansieht, möchte ich nicht zugeben, es neben der Leiche meiner Freundin nicht mehr ausgehalten zu haben.

»Sie sind doch von allen guten Geistern verlassen. Wenn Sie vermuten, dass es kein Unfall war, wie können Sie dann so dämlich sein und im ganzen Haus Spuren verwischen«, fährt er mich an.

»Ich habe keine Spuren verwischt. Außerdem habe ich zu dem Zeitpunkt nicht vermutet, dass es kein Unfall war. Das kam erst später.«

»Oder sind Sie durch die Wohnung gegangen, damit es einen Grund gibt, überall Ihre Fingerabdrücke zu finden?«, überlegt er laut und lässt mein Gesicht nicht aus den Augen.

»Ich habe heute nichts angefasst.«

Seinem Blick halte ich mühelos stand. Der hat sowas von schöne Augen. Tiefblau mit tollen Wimpern und einem selbstbewussten Ausdruck. Er ist nicht der Posertyp, dazu sind seine dunkelblonden Haare zu normal geschnitten und er zu akkurat rasiert. Irre hübsch ist er trotzdem.

»Meine Fingerabdrücke sind eh im ganzen Haus zu finden, die hätte ich nicht extra verteilen müssen«, erkläre ich.

»Setzen Sie sich doch.«

Er deutet auf eine Parkbank, die unter einem mächtigen Baum steht. Es ist einsam und still. Ab dem Nachmittag ist die Anlage gewöhnlich gut besucht, aber an einem Sonntagvormittag gehört der Park noch den Vögeln und den Eichhörnchen, die emsig von Baum zu Baum rennen.

Ich nehme nur widerwillig Platz. Aktuell möchte ich wie eine junge Frau aussehen, die von der Polizei für voll genommen wird. Da ist der Minirock nicht hilfreich.

Tim Weigand betrachtet jedoch nur kurz meine Beine, bevor er sich neben mich setzt und erneut mein Gesicht fixiert.

Ich frage mich, ob er mich sexy findet. Normalerweise starren Männer mich unverhohlener an. Und normalerweise sieht man an ihrer Miene, dass sie mich wollen.

»Was denken Sie also, was geschehen ist?«, fragt er.

»Ich habe keine Ahnung. Aber ich bin ja auch nicht bei der Polizei. Bei der Kriminalpolizei.«

Möglicherweise ist das der Grund.

Ich hatte zwar schon hin und wieder mit der Polizei zu tun, denn das bleibt nicht aus, wenn man in einem Viertel wie dem meinen wohnt, aber es waren immer Streifenpolizisten, die selbstgefällig ihre Wohlstandsbäuche durch die Gegend geschoben haben. So ein hübscher Typ von der Kripo ist ein anderes Kaliber. Der macht nicht Tag für Tag seine Kontrollen im Puff oder versucht, die Drogendealer von der Straße zu vertreiben. Der hat mit gebildeten Menschen zu tun und ich möchte nicht, dass so ein Mann mich anschaut, als wäre ich für einen Fünfziger zu haben. Er soll nicht denken, dass ich komplett unter seiner Würde bin.

»Ich vermute, dass Frau O die Tür geöffnet hat. Und dann wurde sie angegriffen und musste zurückweichen. Dabei hat sie den Schuh verloren«, überlege ich laut.

»Würde sie einem Fremden die Tür öffnen?«

»Warum denn nicht?« Zuhause schaue ich durch den Türspion, bevor ich aufmache, und lasse nicht jeden herein. Hier ist das nicht nötig.

»Wer könnte denn etwas gegen Frau O haben, Laura? Entschuldigung, Frau Kovacek.«

»Laura ist schon in Ordnung«, sage ich schnell. Noch nie hat mich jemand so genannt. Ich fühle mich wie ein anderer Mensch, ein Mensch, der aufgrund seiner guten Beobachtungsgabe zur Aufklärung eines Verbrechens beitragen kann. Tim Weigands Blick ist endlich freundlich und aufmerksam, fast wohlwollend. »Es kann niemanden geben, der etwas gegen Frau O hatte. Das macht es ja so schwierig. Sie war ein toller Mensch. Sie hat anderen geholfen. Mir insbesondere, aber auch den Nachbarn, allen in ihrem Umfeld.«

»Woher kannten sie sich?«

»Sie war meine Grundschullehrerin.« Leise lache ich auf und spüre mit einem Mal wie mir Tränen in den Augen brennen. Erneut. Ich erinnere mich nicht an vieles aus meiner Kindheit, aber die Einschulung ist ohne Zweifel dabei. Ich war so erpicht darauf, in die Schule zu kommen, endlich lesen und schreiben zu lernen, endlich erwachsen und klug zu werden. »Sie war eine tolle Lehrerin, streng, aber gerecht und stets hochmotiviert, alle Kinder mitzunehmen. Ich habe sie vergöttert.«

»Ich kann mich an meine Grundschullehrerin überhaupt nicht erinnern«, erwidert Tim Weigand erstaunt. Das mag daran liegen, dass Frau O nicht nur eine Lehrerin für mich war. Sie war diejenige, die mir immer wieder gesagt hat, ich wäre begabt, ich könne alles lernen. Diejenige, die mich ermuntert hat, mein Können nicht zu verstecken.

Dass ich nicht auf sie gehört habe, ist nicht ihre Schuld.

Er steht auf, dreht sich von mir weg und beginnt zu telefonieren. Ich spitze die Ohren.

»Doch, lass den Erkennungsdienst kommen«, sagt er und ich grinse erleichtert. Ich habe es geschafft. »Keine ernsthaften Anhaltspunkte, aber gar nicht zu ermitteln, wäre fahrlässig. Ach, und wo genau liegt der zweite Hausschuh?«

kapitel 3

»Haben Sie schon gehört, was Frau Petersen geschehen ist?«
Habe ich nicht. Artig schüttle ich den Kopf, auch wenn es
mir völlig egal ist. War es schon immer, aber seit dem Vortag
bin ich noch viel gleichgültiger allem gegenüber.
Außerdem habe ich keinen Schimmer, wer um Gottes
willen Frau Petersen sein soll.
»Ist das Wasser recht so?«, frage ich stattdessen.
»Ach, ein klein wenig kühler könnte es schon sein.« Ich
drehe das Wasser kälter, obwohl ich es nur Sekunden zuvor
heißer stellen sollte.
»Herr Petersen hat sie verlassen«, sagt die Kundin triumphierend und schließt ihre Augen, während ich Shampoo ein-
massiere.
»Das ist ja schrecklich.«
»Wegen einer jüngeren Frau.« Gerüchte, dass eine der
Damen, die regelmäßig in den Frisörsalon kommen, von ihren
Männern betrogen wurde oder gar verlassen, höre ich häufig.
Sie scheinen gegenseitig nur darauf zu lauern, dass genau das
passiert. Insgeheim denke ich, auf diese Art können sie sich
ihre eigene Ehe schönreden. Der Klaus-Eduard ist dann noch
immer ein dickbäuchiger, uninteressierter Glatzkopf, aber
immerhin nicht derjenige, der seine in die Jahre gekommene
Gattin sitzen lässt.

»Die arme Frau Petersen. Wie kommt sie denn jetzt klar?«
Glücklicherweise kann meine Kundin nun ausholen und
haarklein erzählen, was sie alles weiß. Über die Ehe der
Petersens, die sie schon immer merkwürdig fand, über den
Ehemann, der seit Monaten auf Diät ist und urplötzlich be-
gann zu joggen, über die unglückliche Gattin, die seit Tagen
nur noch weint. »Also, wenn mein Mann jemals Sport machen
sollte, dann weiß ich, was zu tun ist.«

»Sie schließen sich ihm an?« Eine meiner größten Qualitä-
ten ist, dass ich prima kleine Kommentare einwerfen kann,
ohne dem Klatsch und Tratsch, dem ich tagtäglich ausgeliefert bin, wirklich Gehör zu schenken.

»Selbstverständlich nicht. Ich werde es auf der Stelle unter-
binden.«

Inzwischen bin ich schon seit einer Weile damit beschäftigt, die Haare der Dame für eine Dauerwelle aufzudrehen,
eine der stumpfsinnigsten Arbeiten, die mein Job in petto hat.

Aber eine gute Idee bahnt sich dann doch durch mein
Gehirn, welches sich jeden Tag aufs Neue in Luft auflösen
möchte, sobald ich das Geschäft betrete. Frau O ging ja
schließlich auch zum Frisör. Nicht hier, denn ihre Wohnung
liegt fast am anderen Ende der Stadt, aber ich weiß, dass sie
einen Salon hatte, in dem sie sich regelmäßig die Spitzen
schneiden ließ. Ich weiß sogar, wo er liegt. Und bei einem bin
ich mir ganz sicher: Auch wenn Frau O selbst null Interesse
an Tratsch hatte, in ihrem Umfeld muss es Frauen wie diese
geben, deren Frisur ich gerade bearbeite. Frauen, die liebend
gerne über sie geredet haben. Die pensionierte Lehrerin, die
sich nie im Leben die Haare färben ließ.

Eine Tote im eigenen Viertel, die unter ungeklärten Umständen stirbt, ist das perfekte Gerücht. Der Salon wird vor
Gerede überkochen.

Meine Chefin ist ein Schatz. Aus diesem Grund würde ich
auch niemals zu einem anderen Frisör mit jüngeren Kun-

dinnen wechseln. Ohne mit der Wimper zu zucken, lässt sie mich früher Feierabend machen, als ich danach frage.

»Ach, Liebes, heute ist es ja recht ruhig. Da kannst du durchaus schon gehen.« Sie zwinkert mir zu. »Ich hoffe, er ist heiß. Und charmanter als dein Ex.«

Bedauerlicherweise hat Sabrina von meinem Exfreund mehr mitbekommen, als mir lieb ist. Gequält verziehe ich das Gesicht und lasse sie in dem Glauben, dass ich mich mit einem Mann treffe. Leider bedeutet das, dass ich morgen eine Geschichte von einem missglückten Date erfinden muss.

»Jeder ist charmanter als mein Ex«, grinse ich und umgehe geschickt, die indirekte Frage nach einem Date zu bestätigen.

»Stimmt auch wieder. Lass dich einfach nicht nochmal verarschen.« Definitiv nicht. Ein Typ wie Jason kommt nie wieder in meine Nähe, dafür werde ich schon sorgen. Ich winke zum Abschied.

Es ist eine Stunde vor Ladenschluss, als ich endlich ankomme. Die Bahn war überfüllt und ich bin zweimal im Kreis gelaufen, ehe ich den Frisör gefunden habe. Er wirkt teurer und gediegener als der Laden, in dem ich arbeite. Den Plan, nach einem neuen Job zu fragen, um mein Auftauchen zu rechtfertigen, verwerfe ich auf der Stelle, denn ich hatte keine Zeit, mich umzuziehen. Und eine stark geschminkte Kunstblondine mit knappen Klamotten passt hier nicht her.

»Was kann ich für Sie tun?« Beim Eintreten werde ich abgefangen, ehe ich mich auch nur umsehen kann. Die Frau, die hinter dem Tresen steht und überwacht, dass ihre beiden Angestellten korrekt arbeiten, mustert mich abschätzend. Im Hintergrund läuft dezente Musik, das Ambiente ist Ton in Ton und meiner Meinung nach extrem langweilig. Ich bin einmal mehr froh, bei Sabrina im Salon gelandet zu sein, denn die ist cool und immer gut gelaunt.

»Ich bin wegen Frau Ostlender hier«, eröffne ich.

Mir einen Haarschnitt verpassen zu lassen, kommt ebenfalls nicht in Frage. Der Schuppen ist einfach zu teuer.

Außerdem trifft weder der Stil der Chefin noch der Angestellten meinen Geschmack.

»Das ist doch die Frau aus dem Heerweg.« Einer der Köpfe, die sich unter einer Haube befinden, ist bei meinen Worten herumgeschnellt. »Die ermordet wurde.«

So ist also der Stand der Dinge? Ist das nur das Gerede, das im Viertel die Runde macht, weil es spannender ist als das normale Leben, oder hat die Polizei neue Erkenntnisse? Ich wurde nach dem Gespräch mit Tim Weigand nach Hause geschickt und weiß von nichts.

»Ja, das ist sie«, stimme ich trotzdem zu und warte ab, was passiert.

»Das ist ja wirklich schrecklich. Man kann sich in seinen eigenen vier Wänden nicht mehr sicher fühlen.« Viel ist von der Dame unter der Haube nicht zu erkennen, ich schätze sie als muntere Omi ein, die aktuell zwischen Entsetzen über einen Mord und der Freude über etwas Spannung in ihrem Alltag hin- und hergerissen ist.

»Und was wollen Sie bei mir? Wir haben mit der Sache nichts zu tun.« Der Chefin gefällt es gar nicht, dass in ihrem Geschäft über einen Mord geredet wird. In Richtung ihrer Mitarbeiterinnen wirft sie warnende Blicke, aber ihrer Kundin wird sie kaum den Mund verbieten. Triumphierend wende ich mich der gut informierten Dame zu.

»Sie hat ja selbst die Tür geöffnet«, beruhige ich sie. »Das sollte man bei Fremden eh nicht machen. Solange Sie die Wohnungstür geschlossen halten, sind Sie sicher.«

»Wenn es denn ein Fremder war.«

Selbstverständlich war es ein Fremder. Ich kannte Frau O so gut, wie niemand sonst sie gekannt hat. Sie lebte zurückgezogen, zufrieden mit ihren Büchern und meinen regelmäßigen Besuchen. Trotzdem nicke ich der Omi aufmunternd zu. In jedem Gerücht steckt auch ein Körnchen Wahrheit.

»Stille Wasser sind tief«, murmelt sie verschwörerisch und ich rücke näher heran. Im Salon ist jedes andere Gespräch verstummt, eine der Frisörinnen hat das Schneiden eingestellt und starrt uns mit roten Wangen und offenem Mund an.

»Ich habe sie bedient«, wirft sie ein. »Sie hat sich immer bei mir einen Termin geben lassen.«

»Ja, weil sie es geschätzt hat, dass du nicht jeden Klatsch weitererzählst«, geht die Chefin dazwischen. »Frau Ostlender war eine anständige Frau, die sich nichts zuschulden hat kommen lassen. Wie jede meiner Kundinnen.«

»Ich habe nie etwas anderes behauptet.« Hoffentlich sieht man meinem Lächeln nicht an, wie aufgesetzt es ist. So kurz vor dem Ziel darf ich nicht aus dem Salon fliegen. »Sie war meine Lehrerin, ich habe sie sehr geschätzt.«

»Trotzdem gehen Sie jetzt besser.« Da ist er, der befürchtete Rauswurf. Glücklicherweise ist der Kunde König.

»Sie wollten mir aber etwas erzählen«, wende ich mich rasch an die Haube. »Bezüglich der stillen Wasser.«

»Wissen Sie, mein junges Fräulein, Sie sehen selbst nicht aus, als wären Sie ein Kind von Traurigkeit.« Die Augenbrauen wackeln anzüglich auf und ab. »Aber bei dem Altersunterschied zwischen Frau Ostlender und ihrem Liebhaber da würden auch Sie Augen machen.«

»Liebhaber?«, frage ich fassungslos.

»Aber Frau Erdmann, was sagen Sie denn da?«, empört sich die Chefin. »Frau Ostlender hatte doch keinen Liebhaber. Die war seit Jahren in Pension.«

»Ja, nun, das bin ich auch. Trotzdem ist der Ofen nicht automatisch kalt.« Nur mühsam verkneife ich mir ein Kichern. Eventuell ist es in diesem Geschäft doch lustiger, als es auf den ersten Blick wirkt. Die beiden Angestellten und ihre entsetzten Mienen demonstrieren allerdings, dass das aktuelle Gespräch eine Ausnahme bildet. »Und der Mann, den ich meine, war eindeutig eher im Alter der jungen Dame hier vor uns und ähnlich knapp bekleidet.«

»Dann war es wohl kaum ein Liebhaber«, wirft die Chefin ein. »Das haben Sie nur falsch interpretiert.«

»Kein Blatt passte zwischen die beiden.« Die Haube zwinkert mir zu. »Die sind alle viel zu prüde hier. Aber ich habe gesehen, was ich gesehen habe. Und Frau Ostlender und dieser junge, knackige Kerl standen eng an eng, ich schwöre es. Und ich habe mich sehr für sie gefreut.«

»Wann haben Sie die beiden denn gesehen?« Ich bin noch nicht überzeugt. Nicht, dass ich mich den Vorurteilen, man könne im Alter keinen Sex mehr haben, anschließen möchte, aber Frau O und ein junger Liebhaber klingt vollkommen falsch. Sie war nicht der Typ Frau, der sich mit einem jüngeren Mann einlassen würde.

»Das muss vor ein paar Tagen gewesen sein. Ich glaube Mittwoch oder Donnerstag. Ich war ja mit meinem Erwin draußen, damit der seinen täglichen Spaziergang bekommt. Und das muss um Punkt 16 Uhr sein, sonst haut das mit der Verdauung nicht hin.«

»Erwin ist ihr Dackel«, flüstert die Kollegin von rechts in meine entsetzte Miene.

»Danke.« Ich rolle mit den Augen in ihre Richtung. »Da schoben sich schon verstörende Bilder in meinen Kopf.«

In meinem Kopf sind mittlerweile eh verstörende Bilder. Frau O in den Armen eines Liebhabers ist verdammt irritierend. Sie war doch meine Lehrerin.

»Frau Erdmann, vielen Dank für Ihre Hilfe«, wende ich mich an die Dackelbesitzerin. »Und machen Sie sich keine Sorgen, die Polizei hat das ganz schnell aufgeklärt.«

Ein Liebhaber? Grübelnd mache ich mich auf den Weg zur Wohnung. Das passt nach wie vor nicht in mein Weltbild, aber ich traue Frau Erdmann nicht zu, gelogen zu haben. Irgendwas ist an ihrer Beobachtung dran.

Ich habe Frau O häufig mein Herz ausgeschüttet. Dabei ging es nicht nur um meine berufliche Zukunft, sondern genauso oft um mein Liebesleben. Männer und Frauen ergeben in meinem Umfeld eine explosive Mischung und bieten jede Menge Gesprächsstoff. Jason im Besonderen.

Frau O dagegen – wenn sie von sich selbst sprach, blieb sie äußerst vage und klang nach lange zurückliegender Vergangenheit. Nun komme ich ins Grübeln. Hatte meine alte, rechtschaffene Grundschullehrerin eine heimliche Affäre? Eine Beziehung zu einem Mann, die man verstecken muss? Sogar vor mir. Weil er jung genug war, ihr Sohn zu sein. Oder gar ihr Enkel, wenn er denn tatsächlich in meinem Alter war.

Vor dem Haus bleibe ich stehen und schaue zu den Fenstern hinauf, hinter denen Frau Os Wohnung liegt. Falls dieser Mann existiert, wird es einen Hinweis auf ihn geben. Ich muss mich unbedingt dort oben umschauen, ungestört und in Ruhe.

Heute kommt mir niemand im Treppenhaus entgegen. Doch dann stehe ich vor der Wohnungstür und ärgere mich über meine Dummheit. Denn wenig überraschend ist dort ein Polizeisiegel angebracht und trotz Schlüssel wage ich nicht, es zu zerstören.

Ich wette, die Nachbarn haben die Tür genau im Auge und informieren die Polizei, noch während ich drin bin. Mal wieder in Minirock, hochhackigen Stiefeln und jeder Menge Schminke im Gesicht.

kapitel 4

Missmutig fahre ich nach Hause. In dieser Welt, in die ich gehöre, ist mein Outfit nicht unpassend und peinlich, sondern genau richtig. Eine Frau, die nicht zeigt, was sie hat, wird nicht ernst genommen. Titten und Arsch dagegen sind eine Waffe. Und die besitze ich nun mal. Und die setze ich rücksichtslos ein.

Im Aufzug huscht einer der Jugendlichen, der ein paar Etagen über uns wohnt, mit hinein. Keine Ahnung, wie er heißt. Mit den Kindern und Halbstarken gebe ich mich nie ab, es ist genug Arbeit, die erwachsenen Kerle im Griff zu behalten.

»Hey Bebe«, sagt er und starrt in meinen Ausschnitt.

»Dreh dich um, Dustin, und glotz an die Wand«, fauche ich ihn an und stecke mir einen Kaugummi in den Mund. Sobald ich dieses Haus betrete, habe ich das unbändige Bedürfnis zu schreien. Nur kraftvolles Kauen hält mich davon ab, um mich zu schlagen und zu treten.

»Ich bin nicht Dustin.«

»Mir doch egal.«

Er dreht sich verunsichert um und schmollt gegen die Wand. Der Aufzug rumpelt und ruckelt und ich frage mich, wann ich mit einem dieser Schwachmaten steckenbleibe. Die Treppe bis in den vierzehnten Stock ist keine Alternative. Als ich aussteige, werfe ich dem pubertierenden Dustin einen letzten drohenden Blick zu, was ihn aber nicht daran hindert, meinen Hintern anzuvisieren.

Müde stecke ich den Schlüssel ins Schloss. Wahrscheinlich sind meine Schwestern zu Hause und fallen gleich gesammelt über mich her. Ich habe zwar nichts gegen sie, aber nach einem Arbeitstag die Zweitmutter zu spielen, ist einfach zu viel verlangt. Schließlich ist die echte Mutter den ganzen Tag zu Hause und sollte den Job übernehmen.

Es ist erstaunlich still. Wenn ich richtiges Glück habe, sind alle ausgeflogen und ich habe ein paar ruhige Minuten.

Leider höre ich in dem Moment die Stimme meiner Mutter aus der Küche.

»Ich bin ja viel zu jung für diesen Haufen Töchter. In meinem Alter sollte man die Clubs und Bars unsicher machen, das Leben genießen und nicht das Haus mit Kindern hüten.«

Sie hat diese Stimmlage, die sie nur präsentiert, wenn ein Mann in Sicht ist. Ein attraktiver Mann. Meine Mutter in Flirtlaune ist schwer zu ertragen. Und alles in allem habe ich keine Lust, in neun Monaten eine vierte kleine Schwester an der Backe zu haben. Bei der Verhütung hat diese Frau einfach null Talent, sobald sie einen festen Freund hat und die große Liebe wittert. Sei es Kalkül oder Dummheit. Wie oft das bislang der Fall war, kann man an mir und meinen Geschwistern abzählen. Wer auch immer es ist, ich sollte ihn hochkant aus der Wohnung werfen, und das, bevor meine Mutter ihn bespringen kann, denn sie hatte schon eine Weile keine Affäre, die über eine schnelle Nummer hinausging. Meine jüngste Schwester ist acht und so viele Jahre ist auch die letzte Beziehung her. One-Night-Stands hatte sie seitdem so einige, aber sie ist schon eine Weile taktvoll genug, die Kerle nicht nach Hause zu schleppen. Ihr Gejammer, sie würde zu wenig Spaß haben, entbehrt jeglicher Grundlage, da mindestens eine Nacht in der Woche ich Kinderdienst habe und sie um die Häuser zieht.

Da mich keiner bemerkt hat, könnte ich mich unauffällig in mein Zimmer verdrücken. Ich verrenke den Kopf und werfe einen diskreten Blick in die Küche. Meine Schwestern sitzen mucksmäuschenstill am Tisch und bestaunen mit offenen Mündern den Besuch. Das weckt meine Neugierde, denn die drei sind nicht leicht zu beeindrucken. Vorsichtig rücke ich näher, bis ich meine Mutter vor Augen habe. Ausnahmsweise hockt sie nicht in Jogginghose und ausgeleiertem Shirt auf dem Sofa. Sie trägt ihre Ausgehklamotten. Was bedeutet, dass sie sich in einen Rock geworfen hat, noch mehr Ausschnitt zeigt als ich und sogar ihre Haare frisiert sind. In diesem Moment wirft sie ihre Locken von der einen Seite auf die andere und lächelt kokett. Der Mann muss der Hammer sein.

»Es ist eine verantwortungsvolle Aufgabe, für Kinder zuständig zu sein. Vier Stück, das schafft nicht jeder. Und ich bin ja ganz allein. Ganz ohne Mann.«

Geschminkt ist sie ebenfalls. Sie hat das volle Programm für den Kerl aufgezogen. Ob er den Wink mit dem Zaunpfahl kapiert, den sie so überaus unsubtil präsentiert?

Ich will mich schon zurückziehen, denn ich habe soeben beschlossen, mir das Theater nicht weiter anzusehen, da entdeckt mich Claudine.

»Da ist sie«, sagt sie und nickt in meine Richtung.

Was soll das bedeuten? Widerwillig gehe ich in die Küche. Oh Mist!

Am Ende des Küchentischs sitzt Tim Weigand und sieht alles andere als glücklich aus.

»Der Mann ist von der Polizei«, sagt Claudine ehrfürchtig und abgestoßen gleichzeitig. »Von der Kriminalpolizei, Bebe. Die buchten Mörder ein.«

Jetzt ist mir klar, warum meine kleinen, kaum zu bändigenden Schwestern so still sind. Sie haben Schiss vor Tim Weigand. Langsam gleitet sein Blick an meinem Körper entlang, dann erst sieht er mir ins Gesicht.

»Frau Kovacek, endlich. Ich warte schon eine Weile.«
Mit einem Ruck steht er auf und kommt auf mich zu. Seine
Miene lässt nicht erkennen, was er denkt. Über meine Familie.
Meine Wohnsituation. Meine Klamotten. Nur die Erleichterung, nicht länger den Flirtversuchen meiner Mutter ausgeliefert zu sein, ist ihm anzusehen.

»Wie um Gottes Willen kommt es, dass die Polizei mit dir
sprechen muss, Blossom Blue?« Meine Mutter hat die Arme
in die Seiten gestemmt und mustert mich angepisst. Keine
Ahnung, was sie mehr aufregt: Die Tatsache, dass ich was mit
den Bullen zu schaffen habe, was bei uns Ärger bedeutet, oder
dass ich ihren Flirt unterbreche. »Hast du dich etwa wieder
auf Jason eingelassen? Der Typ taugt nichts, habe ich dir von
Anfang an gesagt.«

Hat sie nicht, aber egal.

»Blossom Blue?« Tim Weigand runzelt verwirrt die Stirn.
Er hat also noch nicht herausgefunden, dass ich ihn belogen
habe.

»Sie wollten doch mit Blossom Blue sprechen, haben Sie
gesagt.« Meine Mutter zeigt der Reihe nach auf meine
Schwestern. »Die anderen Mädchen sind zu jung, sie werden
niemals Frau Kovacek genannt. Das kann ja nur Bebe sein.«

»Ja, ich muss mit ihr sprechen, das hat seine Richtigkeit.«
Er deutet aus der Küche hinaus. »Unter vier Augen, bitte.«

Widerwillig gehe ich in mein Zimmer und er folgt mir. Ich
bin heilfroh, dass ich dieses Polizeisiegel nicht aufgebrochen
habe, denn glücklicherweise habe ich mir bislang nichts zuschulden kommen lassen. Keine Ahnung, wie ich das gleich
meiner Mutter begreiflich machen soll.

»Ihren Ausweis, bitte«, fordert Tim Weigand kühl, sobald
er die Tür hinter sich geschlossen hat. Eine Weile mustert er
meinen Perso, ehe er ihn mir zurückgibt.

»Sie haben sich strafbar gemacht, indem Sie falsche Personalien angegeben haben«, sagt er frostig und betrachtet mich
drohend.

»Ich habe meine richtigen Personalien angegeben«, widerspreche ich patzig. »Der nette Streifenpolizist hat es korrekt notiert. Da hätten Sie wohl aufmerksamer sein müssen.«

Ich lehne mich gegen die Tür und verschränke die Arme vor dem Oberkörper. Auf diese Art werden meine Brüste weiter hochgedrückt und springen fast aus dem Oberteil. Der blöde Bulle schafft es trotzdem, mir weiterhin ins Gesicht zu blicken. Nur ins Gesicht.

Gestern habe ich versucht, mich seiner Welt anzupassen. Mein Outfit geändert, meinen Namen geschönt, meine Herkunft versteckt. Heute ist da nichts mehr zu kaschieren, denn er hat inzwischen alles live erlebt. Da kann ich auch das volle Programm bieten und testen, wie er damit klarkommt. Durch leichte Armbewegungen bringe ich meine Brüste sanft in Bewegung. Das hat bisher noch immer Aufmerksamkeit auf sich gezogen.

Tim Weigands Augen rutschen kurz eine Etage tiefer, dann fixiert er erneut entschlossen mein Gesicht. Der ist eine harte Nuss.

»Dennoch haben Sie mich angelogen.«

Ich zucke die Schultern. »Nur beim Vornamen. Alles andere war die reine Wahrheit.«

»Und warum?«

Er steht nach wie vor in der Mitte des Zimmers und blickt missmutig zu mir.

»An was denken Sie bei Blossom Blue?«

Während er nachdenkt, stelle ich einen Fuß gegen die Tür und lasse mein Bein langsam hochwandern. Bei dieser Aktion muss man ganz genau wissen, wie weit man gehen kann, ehe der Rock komplett hochrutscht. Ich weiß das.

Tim Weigand ignoriert meine Provokation.

»An eine Blüte«, sagt er.

»Passt zu mir, nicht wahr?«

Er schnaubt und wechselt wie erwartet das Thema.

»Es war kein Unfall«, informiert er mich und wartet gespannt auf eine Reaktion.

»Habe ich ja gleich gesagt. Schön, dass die Polizei das rund dreißig Stunden später auch erkannt hat.«

»Sie haben geraten. Wir haben Fakten sprechen lassen.«

»Ich habe den Hausschuh sprechen lassen. Das ist ein Fakt.«

»Das ist ein Hinweis. Der Gerichtsmediziner hat festgestellt, dass die Wucht, mit der Frau Ostlenders Kopf gegen den Türrahmen geschmettert wurde, nicht von einem Sturz herrühren kann. Außerdem hat sie Quetschspuren an den Oberarmen. Das sind Fakten.«

»So ein Mist, dass ich meinen persönlichen Gerichtsmediziner nicht dabei hatte. Oder hätte ich sie gleich vor Ort selbst obduzieren sollen?«

Tim Weigand ignoriert meinen frechen Kommentar und schaut sich stattdessen im Zimmer um.

Ob er eine Freundin hat?

Seine Augen bleiben an dem Poster eines halb nackten Mannes hängen. Hose tief auf den Hüften, definierter Waschbrettbauch, Schlafzimmerblick. Mehr hat der Raum auch nicht zu bieten. Mein Bett ist schmal, noch immer eher ein Kinderbett als das einer Frau, der Kleiderschrank ist ein offenes Regal, in dem sich billige Klamotten türmen, den klapprigen Schreibtisch habe ich nie benutzt. Aber es war zu keinem Zeitpunkt Geld da, um an der erbärmlichen Einrichtung etwas zu ändern, denn meine Mutter benötigt alles, was ich verdiene, um sich und die Kinder durchzubringen.

Trotzig recke ich das Kinn nach vorne und beginne, wieder nachdrücklicher auf dem Kaugummi zu kauen.

»Was machen Sie eigentlich beruflich?«

Mir bleibt nichts anderes übrig, als bei der Klischee-Blondine zu bleiben. Oder die Aussage zu verweigern und es ihn selbst rausfinden zu lassen.

»Frisörin.«

»Ah.«

»Ich habe einen miserablen Hauptschulabschluss, da bleiben nicht viele Möglichkeiten.«

Langsam wickle ich eine Strähne meiner blondierten Mähne um den Finger und beobachte seine Reaktion. Geld für die Frisur musste ich seit Jahren nicht ausgeben, einen Vorteil hat das Ganze also.

Ob ich ihn ins Bett bekommen könnte? Theoretisch? Ich stehe auf diesen Polizeihintergrund und auf die Tatsache, dass er gebildet und clever wirkt. Und sexy ist er obendrein. Außerdem gefällt mir, dass er so tapfer vorgibt, nicht zu bemerken, wie viel ich von meinem Körper präsentiere. Jeder Mann, den ich kenne, hätte schon längst versucht, bei mir zu landen. Aber auch wenn meine Optik etwas anderes behauptet, ist es verdammt schwer, bei mir zu landen.

»Ist doch ein einwandfreier Beruf. Nichts, wofür man sich rechtfertigen muss«, sagt er und wirkt aufrichtig.

»Polizist ebenso wenig.«

»Ich rechtfertige mich auch nicht.«

»In meinem Bekanntenkreis wäre das aber notwendig.«

Jetzt schiebt sich ein kleines Grinsen in seinen Mundwinkel.

»Wer ist Jason?«

Aufschlussreiche Frage. Verrät das eventuell doch Interesse an meiner Person? Oder zumindest an meinem Körper? Ich deute auf das Poster und den Typen in Sexpose. Tim Weigand schnaubt und verdreht genervt die Augen.

»Und in Wahrheit?«

»Mein Ex.« Jason ist kein gutes Thema. War er schon nicht, als wir zusammen waren. Jetzt noch viel weniger.

»Dann waren Sie bereits mit einem Bein im Knast?« Er zieht eine Augenbraue hoch.

»Würde es das leichter machen, den Mörder zu finden? Wäre bequem, oder?«

»Wäre realistisch.«

»Ich hatte mit Jasons krummen Geschäften nie was zu tun. Und ich wusste auch nichts davon.«

»Aber, Laura, das sagen doch alle.« Jetzt lacht er mich aus.

»Ich mochte Frau Ostlender unglaublich gerne. Sie hat es verdient, dass ernsthaft ermittelt wird. Wenn Sie es nicht schaffen, den Mörder zu finden, muss ich es selbst machen.«

Sie war wie eine Mutter für mich. Letzte Nacht habe ich die Tränen um sie vergossen, die seit Stunden in mir brannten. In der Stille meines Zimmers, hinter einer abgeschlossenen Tür, da wo mich auf keinen Fall jemand erwischen kann. Denn ich habe einen Ruf zu verlieren. Und Trauer oder gar Tränen gehen gar nicht. Die Spuren davon habe ich heute Morgen mit einer Extraportion Make-up übertüncht.

»Ich ermittle ernsthaft. Und ein Typ, der krumme Dinger dreht, ist eine heiße Spur.«

»Er hat sie nicht gekannt und keine Ahnung, dass ich sie besuchte. Es ist eine eiskalte Spur.«

»Und Ihre Mutter?«

»Ist auch eine eiskalte Spur.«

Tim Weigand verdreht die Augen. »Hat Ihre Mutter gewusst, wie Sie zu Frau Ostlender standen? Sie war gerade völlig planlos, warum ich Sie sprechen möchte.«

»Meine Mutter hat keinen Schimmer, wer Frau O ist. Ich habe ihr nichts erzählt.«

»Frau Ostlender war vier Jahre lang Ihre Grundschullehrerin. Die muss sie kennen.«

Jetzt bin ich dran, spöttisch aufzulachen. Ich deute einmal um mich herum.

»Haben Sie sich mal umgeschaut? Hier zählen Lehrer nicht. Meine Mutter hat Frau O nie zu Gesicht bekommen. Dafür hätte sie ja in die Schule gehen müssen.«

»Gab es keine Elternsprechtage an Ihrer Schule?«

»Nicht, wenn man nicht hingeht.«

»Die Einschulung?«

»Da hat sie mich am Tor abgegeben.«

Er kapiert es noch immer nicht. Ob es für einen Bullen günstig ist, ein Gesicht zu haben, das Verwirrung so offensichtlich zeigt? »Ich habe das Verhältnis zwischen Ihnen und Frau Ostlender noch immer nicht verstanden. Was genau haben Sie gemacht, wenn Sie sie besucht haben?«

Jedes Detail meiner Vita muss er nicht erfahren. Ich kann beim Namen lügen, jetzt kann ich es ebenfalls.

»Über das Leben geredet.«

»Waren Sie ihre Frisörin? Haben Sie ihre Haare geschnitten? Zuhause?« Ich schüttle den Kopf. »Ich werde Sie nicht verpfeifen, wenn Sie es schwarz gemacht haben. Das ist ja kein Kapitalverbrechen und hier geht es um Mord.«

»Vielleicht geht es ja nur um Totschlag«, kontere ich.

Verwirrt mustert er mich. Darf eine Frisörin mit Hauptschulabschluss nicht den Unterschied zwischen Mord und Totschlag kennen?

»Ich habe ihr nie die Haare gemacht. Sie war regelmäßig in einem Salon in ihrem Viertel. Was ist so wichtig an dem Verhältnis zwischen Frau O und mir?«

»Sie haben sie gefunden. Außerdem kann alles relevant sein.«

Ein möglicher geheimer Liebhaber ist das definitiv. Resigniert seufze ich. Wenn ich diese Sache für mich behalte, helfe ich Frau O nicht.

»Ich war eben bei Frau Os Frisör und habe mich dort etwas umgehört«, gebe ich zu. »Es war von einem Liebhaber die Rede. Einem sehr jungen Liebhaber.«

»Wie jung?«

»Anfang zwanzig.«

Tim Weigand muss sich das Lachen verkneifen.

»Eine pensionierte Lehrerin und ein Zwanzigjähriger. Und das finden Sie glaubhaft?«

»Wegen des Altersunterschieds? Habe ich schon erlebt.« Eine Bekannte war mal mit einem Rentner zusammen, ein paar Monate lang ist sie mit ihm in Urlaub gefahren, hat sich von ihm in die teuersten Restaurants einladen lassen und darauf gehofft, dass er sie in seinem Testament bedenkt. »Meine Mutter hat Sie eben doch auch angegraben. Wie alt sind Sie eigentlich?«

Mein hübscher Bulle kneift die Augen zusammen. »Das ist doch lächerlich.«

»Die Sache zwischen meiner Mutter und Ihnen?«, frage ich und lächle provozierend. Ich lauere auf eine Regung, die zeigt, ob er sich unbehaglich bei der Anspielung fühlt. »So groß ist der Altersunterschied gar nicht. Meine Mutter war bei meiner Geburt erst sechzehn. Sie wird mich gleich über Sie ausquetschen. Sind Sie eigentlich vergeben?«

»Sie kommen vom Thema ab, Laura«, erwidert er ungerührt.

Das wird wohl nichts.

Ich gebe es auf, ihn mit sexy Posen oder frechen Fragen zu provozieren, denn ich laufe immer wieder ins Leere. Achselzuckend lasse ich mich auf mein Bett fallen und deute auf den Schreibtischstuhl, die einzige Möglichkeit sich in diesem Zimmer hinzusetzen.

»Ich glaube selbst nicht, dass Frau O einen Liebhaber hatte. Aber sie wurde erst vor ein paar Tagen mit einem jungen Mann eng beieinander gesehen. Das hat auf jeden Fall die Gerüchteküche beim Frisör ergeben.«

»Das kann ja ihr Sohn gewesen sein. Oder ihr Enkel.«

»Oder eine heiße Spur, der man nachgehen sollte. Sohn oder Enkel gibt es nämlich nicht.«

»Aha, Sie Hobbydetektivin. Und wie würden Sie das angehen?« Fragt er mich das ernsthaft oder will er mich auflaufen lassen?

Trotz der Zweifel kann ich mir die Antwort nicht verkneifen. Für mich ist die Tür versiegelt, aber der Kommissar hat alle Möglichkeiten.

»Es sollten sich Hinweise auf den Kerl in der Wohnung finden lassen, falls er irgendwie von Interesse ist.«

Man kann ihm wunderbar ansehen, wenn er grübelt. Die Gedankengänge sind wie Sätze in Leuchtschrift, die über seiner Stirn flimmern.

»Sollen wir jetzt direkt nachschauen?«, schlage ich hoffnungsvoll vor, denn er lehnt den Gedanken nicht umgehend ab.

»Das kommt gar nicht in Frage.«

»Weil Sie Feierabend haben und Frau und Kinder zu Hause warten?«

»Weil ich keine Zivilperson in die Wohnung lassen darf, Sie Schlaumeier.« Warum rückt er bloß nicht mit der Information raus, ob er vergeben ist? Einen Ring trägt er nicht.

»Und Ihnen traue ich eh nicht.«

»Wieso denn das?«, empöre ich mich. Er will sich durchaus durch Frau Os Wohnung wühlen, das ist nicht zu übersehen. Was ist falsch an mir?

»Sie lügen.«

»Sie sprechen noch immer über diese klitzekleine Sache mit meinem Vornamen? Das ist doch lächerlich. Vielleicht sollten Sie sich selbst einmal mit Blossom Blue vorstellen, ehe Sie darüber urteilen.«

»Ich spreche von etwas anderem.« Ruckartig erhebt er sich vom Stuhl und geht zwei Schritte Richtung Tür. Dreht sich wieder um und marschiert zurück. Mehr Raum für Bewegung bietet dieses Zimmer nicht. »Sie haben behauptet bei *Peter Pan* wären die Seiten geknickt. *Peter Pan* war aber gar nicht im Haus.«

Ach, das! Resigniert öffne ich meine Tasche und hole das Buch heraus. Es sieht nach wie vor lädiert aus.

»Ich habe es eingesteckt«, gebe ich achselzuckend zu. »Es hatte geknickte Seiten und ich mochte es so nicht liegen lassen. Echt, ich liebe dieses Buch. Es hat mir als Kind so viel Mut gemacht.«

Auffordernd streckt Tim Weigand mir seine Hand entgegen und widerwillig rücke ich den Band heraus. Er blättert.

Erstaunlicherweise macht er es sanft und vorsichtig. Ich habe noch nie ein Buch in den Händen eines Mannes gesehen. Männer, die ich kenne, hassen Geschriebenes.

»Das ist ein Beweismittel. Sie dürfen nichts aus dem Haus einer Toten entfernen«, zickt er mich an.

»Sie haben gerade ein Beweismittel angefasst und durchgeblättert. Ohne Handschuhe. Sind Sie eigentlich ein echter Polizist?«, zicke ich zurück.

Mit einem Knall schlägt er es zu.

»Ich melde mich bei Ihnen.«

Ohne eine weitere Verabschiedung dreht er ab und geht. Mit *Peter Pan.*

kapitel 5

»Jetzt schleppst du mir auch noch die Bullen ins Haus.« Meine Mutter steht parat, sobald die Tür hinter Tim Weigand ins Schloss gefallen ist. »Wie kannst du mir das antun, Blossom Blue?«

»Du hast ihn angebaggert«, antworte ich resigniert. Das wird ein anstrengendes Gespräch. Wenn meine ständig gelangweilte Mutter ein Thema gefunden hat, bei dem sie sich benachteiligt fühlt, kommt sie da nicht mehr raus. »So schlimm kann es nicht gewesen sein.«

»Ich habe versucht, gut Wetter für dich zu machen. Ich habe doch geglaubt, er ist hier, um dich zu verhaften.« Sie lehnt im Türrahmen, die Arme vor der Brust verschränkt und funkelt mich an. Da ich nach wie vor auf meinem Bett sitze, muss ich zu ihr hinaufschauen und fühle mich so klein und schutzlos wie früher.

»Dazu wäre nicht eine einzelne Person in Zivil gekommen. Verhaftungen werden immer noch von der Schutzpolizei vorgenommen.« Sicherheitshalber stehe ich auf. So überrage ich sie nämlich.

»Als ob du das so genau wüsstest.«

»Sieht man doch in jedem Tatort«, rede ich mich raus. Sie muss ja nicht erfahren, dass ich das schon miterlebt habe.

»Was denken jetzt die Nachbarn von uns?«

»Die denken, ein hübscher, junger Mann war hier. Du solltest dich geschmeichelt fühlen.«

»Die riechen Bullen zehn Meilen gegen den Wind. Was glaubst du, wie schnell das durchs Haus ist?«

»Er war in Zivil.«

»Mir war klar, dass er ein Bulle ist, sobald ich die Tür geöffnet hatte. Ich bin doch nicht blöd.« Nee, blöd ist sie nicht. Ungebildet und naiv, aber ganz bestimmt nicht blöd.

»Ach, reg dich ab. Ändern kann man es jetzt eh nicht mehr.«

Nie im Leben hätte ich damit gerechnet, dass Tim Weigand unangekündigt hier aufkreuzt.

»Werd nicht frech, du. Du wohnst immerhin noch ...«

»Ich kann jederzeit ausziehen, kein Problem«, falle ich ihr ins Wort und sie schweigt. Wir wissen beide, dass sie auf das Geld, das ich abgebe, angewiesen ist. Eine Weile starren wir uns an, aber aus der Mischung zwischen Verärgerung und Unverständnis kommen wir nicht raus. Kommen wir nie.

»Ich muss noch mal los«, beschließe ich resigniert.

Keine Ahnung wohin. Aber aktuell muss ich dringend weg. Ich packe Jacke und Tasche und fliehe regelrecht. Meine Mutter bleibt im Flur stehen und sieht mir missmutig hinterher.

»Die Bullen bei euch zu Hause? Was hast du ausgefressen, Bebe?« Mack, ein Kumpel von Jason, lungert an der Haustür herum. Ich habe nie seinen echten Namen gehört und ich schätze, selbst seine Eltern wissen den nicht mehr.

»Kümmer dich um deinen eigenen Dreck.« Leider versperrt er den Ausgang. Meine Mutter hatte tatsächlich recht, Polizei im Haus ist wie ein Lauffeuer.

»Würde ich ja, aber da gibt es keinen.« Er grinst anzüglich.

»Da du ja nicht mehr mit Jason abhängst, könnten wir beide ein wenig Dreck machen.«

Er ist angeblich Jasons bester Kumpel, behauptet er zumindest bei jeder Gelegenheit. Und er weiß ganz genau, dass Jason mich zurückhaben will. Gerade ekelt er mich noch mehr an als gewöhnlich und leiden konnte ich ihn eh nie.

»Geh aus dem Weg, Mack.«

Er rührt sich kein Stück. Sein Grinsen dagegen wird noch breiter. »Ging es um Hurerei?« Er zieht jede einzelne Silbe in die Länge.

»Der Bulle war wegen Körperverletzung da. Ich habe einem Typen, der mir zu nahe gekommen war, so in die Eier getreten, dass er die Teile nie wieder benutzen kann. Impotent, wenn du kapierst, was ich meine.« Endlich zuckt er zusammen. »Bleibt die Frage, ob es Notwehr war oder nicht, aber die Chancen stehen gut, dass ich davonkomme.«

Langsam gehe ich einen Schritt auf ihn zu und visiere seine Körpermitte an.

»Vergiss es, Bebe. Ich glaube dir kein Wort, aber Jason soll froh sein, dass er dich los ist.« Endlich gibt er den Weg frei. »Der fickt eh schon längst Pattie, die geht im Bett tausendmal mehr ab als du, frigide Schlampe.«

Grinsend verlasse ich das Haus. Die Sache mit Jason und Pattie weiß ich längst, Jason rennt mir trotzdem hinterher. Er braucht eine Frau fürs Ego. Auch die frigide Schlampe höre ich nicht zum ersten Mal. Entweder das oder Nutte, was anderes gibt es hier nicht.

Normalerweise würde ich jetzt zu Frau O gehen, ich habe inzwischen verdammt großen Redebedarf. Aber ausnahmsweise geht es nicht um mich und um meine Probleme. Ausnahmsweise geht es um Frau O selbst. Und an ihrer Tür klebt nach wie vor ein Polizeisiegel.

Ruhelos renne ich durch den Park, der die Hochhäuser voneinander trennt. Klingt schön und idyllisch und war auch sicher so geplant. Ist es aber nicht. Dazu läuft zu viel krummes Zeug zwischen den Büschen. Ein Reinigungsdienst, der den Müll einsammelt, ist ebenfalls lange Geschichte. Glücklicherweise muss ich nur zwei Straßen überqueren und bin am Rhein.

Hätte Frau O etwas mit einem Mann gehabt, dann hätte ich es gewusst. Sie hat nicht viel über sich geredet, aber hin und wieder schon. Und vor allem über Ereignisse, die sie berührten. Entweder ist es so neu, dass ich es verpasst habe, oder sie musste diesen Mann verschweigen. Auch vor mir. Ich traue den Bullen nicht zu, brauchbare Hinweise zu finden. Sie kannten sie doch gar nicht. Sie haben keine Ahnung, was in Frau Os Leben gehört und was nicht.

Und wenn Tim Weigand mich nicht mitnehmen will, dann muss ich es selbst in die Hand nehmen. Ich darf mich nur nicht erwischen lassen. Ehe mich die Trauer um meine Freundin und unsere ungewöhnliche Verbundenheit erneut übermannt, plane ich den Einbruch. Bloß nicht gefühlsduselig werden. Gefühlsduselig habe ich mir schon als Kind abgewöhnt, in meiner Familie sollte man keine Schwäche zeigen.

Ich habe den Minirock gegen schwarze Leggings getauscht, das Top gegen ein dunkles Langarm-Shirt und meine Haare weggebunden. So fühle ich mich wie ein Ninja. Was albern ist, denn ich muss weder an der Fassade hochklettern noch ein Fenster aufbrechen. Ich habe nach wie vor einen Schlüssel. Das Outfit gefällt mir trotzdem.

Frau Os Viertel liegt da wie ausgestorben, die braven Bürger schlafen. Bei uns war die Hölle los, denn viele nachtaktive Gestalten erledigen erst in der Dunkelheit ihre Geschäfte. Vorsichtig schleiche ich ohne Licht das Treppenhaus hinauf und fummle blind den Schlüssel ins Schloss. Auf diese Art kann ich das Polizeisiegel nicht sehen. Ich bezweifle, dass mir das jemand als Entschuldigung durchgehen lässt, zumal ich spüre, wie es zerreißt.

Der Geruch nach Blut liegt nach wie vor in der Luft. Real oder auch nur in meiner Einbildung, weil ich ihn erwarte. Vorsichtig aktiviere ich die Taschenlampen-App meines Handys und beleuchte den Boden. Da, wo Frau Os Körper lag, ist nichts zu sehen. Nicht mal nachgezeichnete Umrisse, wie man es aus dem Fernsehen kennt. Ermitteln die überhaupt ernsthaft?

Leise husche ich den Flur entlang und lausche. Natürlich ist kein Ton zu hören. Das Blut klebt unverändert am Türrahmen und lässt mich schlucken. Mit einem Schaudern schleiche ich weiter ins Wohnzimmer und zielsicher zum Schreibtisch. Alle Schubladen sind ordentlich geschlossen. Ich öffne das oberste Fach. Hier verwahrte Frau O die wenigen Schmuckstücke, die sie hatte. Ein goldener Ring, eine hübsche Brosche und die massiven Trauringe ihrer Eltern. Es ist alles da, ein Raubmord fällt damit wohl raus.

Frau O war ordentlich. Alles Wichtige landete auf ihrem Schreibtisch in der Ablage für eingegangene Post oder für zu erledigende Angelegenheiten. Zielsicher greife ich nach dem Packen Briefe und hole den ersten aus dem geöffneten Kuvert. Zwischen dem Rascheln des Papiers habe ich den Eindruck, ein Geräusch zu hören. Mitten in der Nacht, denn Mitternacht ist längst vorbei, in einem Wohnhaus, in dem vor allem ältere, alleinstehende Menschen leben. Meine Nerven spielen mir wohl einen Streich, ein wenig gruselig ist es schon. Im Schein der Taschenlampe bilde ich mir ein, im Schatten Bewegungen wahrzunehmen. Das Wissen, dass noch heute Morgen eine Leiche im Flur lag, macht es nicht besser. Ich bin doch nicht so abgebrüht, wie ich immer von mir annahm.

Die ersten Briefe entpuppen sich als Rechnungen. Ich erfahre, dass Frau O vor kurzem online ein altes Buch gekauft hat und wirklich wenig Wasser verbrauchte. Das kann eine lange Nacht werden.

Erneut lässt ein schwaches Geräusch mich aufhorchen. Ich kann nicht einordnen, von wo es kommt.

Mit zusammengezogenen Augenbrauen bemühe ich mich, in der Dunkelheit des Zimmers etwas zu erkennen, vergeblich. Ich bin allein in der Wohnung, ich muss es mir also einbilden. Mit einem unwilligen Schnauben greife ich nach dem nächsten Papier.

Doch ehe ich es auffalten kann, werde ich jäh zu Boden gerissen und finde mich mit auf dem Rücken verdrehten Armen auf dem Bauch liegend wieder. Scheiße! Frau O muss tatsächlich in Schwierigkeiten gesteckt haben und ich bin ihrem Mörder direkt in die Hände gelaufen. Blind und unaufmerksam wie ein Schaf, das von selbst zur Schlachtbank rennt. Dabei hat mich mein Bauchgefühl früh genug gewarnt. Ich versuche zu schreien, aber meine hilflosen Bemühungen, laut zu sein, werden vom Teppich geschluckt. Ich bekomme Staub und Flusen in den Hals und huste haltlos. Der alte Herr Müller, der über Frau O wohnt, wird so oder so nicht in der Lage sein, mich zu retten, selbst wenn er mich hört. Auch meine Anstrengungen, mich zu befreien, münden nur in unbeholfenem Gezappel. Der Angreifer weiß, wie man einen Menschen hilflos am Boden hält, ich dagegen habe null Nahkampferfahrung.

»Habe ich also richtig vermutet.« Der Typ, der auf mir kniet, lässt mich mit einem tiefen, resignierten Seufzen los. »Sie müssen Beweise vernichten.«

Eine Weile wage ich nicht, mich zu bewegen. Wartet der Mörder, bis ich mich aufrichte, um dann meinen Kopf am Schreibtisch zu zertrümmern? Eine Waffe hat er bei Frau O nicht benutzt. Nur langsam sickert die Erkenntnis in mein geschocktes Gehirn, dass ich die Stimme kenne. Und die Worte bekommen ebenfalls einen Sinn.

»Ich muss gar nichts vernichten«, nuschle ich in den Teppich, bevor ich mich vorsichtig umdrehe. Mein Handgelenk schmerzt und die rechte Schulter protestiert gleichermaßen.

Blöder Bulle!

Es ist nämlich Tim Weigand, der neben mir hockt und mich missmutig betrachtet, während er mir mit einer Taschenlampe unbarmherzig ins Gesicht leuchtet. Ich kann ihn dank des Lichts, das mich blendet, kaum erkennen.

»Manchmal hasse ich es, wenn ich recht behalte.«

»Und Sie behalten immer recht?« Mit schmerzverzerrter

Miene rapple ich mich zum Sitzen auf und drehe mich aus dem direkten Licht. Jetzt sind sich unsere Gesichter erschreckend nah.

»Sagen wir meistens.«

»Dann freut es Sie sicher, zu hören, dass Sie sich diesmal irren. Außerdem haben Sie mir wehgetan und Sie blenden mich.« Wenn ich jeden Körperteil aufzählen wollte, der durch den Angriff schmerzt, wären wir morgen noch hier.

»Das tut mir leid. Ich konnte ja nicht sicher sein, dass Sie es sind. Ich habe es nur vermutet.«

Er lässt die Taschenlampe sinken.

»Und deshalb hast du dich auf mich geschmissen, Tim? Hat es sich gut angefühlt? Stehst du auf die harte Tour und bist aus dem Grund Bulle geworden?« Es ist höchste Zeit, aus der Verteidigungsecke rauszukommen. Ich rutsche bei meinen Worten noch ein Stück näher an ihn heran.

Er sieht mich aus zusammengekniffenen Augen an.

»Nur um dir zu demonstrieren, wie es einem Einbrecher ergeht, Blossom Blue. Oder soll ich dich Laura nennen? Oder Bebe? Ich habe noch nie einen Menschen mit so vielen Namen getroffen.«

Hui, da sind wir dank meiner Frechheit beim Du gelandet. Das ist praktisch, denn man verhaftet wohl kaum jemanden, den man duzt.

»Blossom Blue sagt nur meine Mutter.« Der Name ist viel zu lang und sperrig. Sogar in der Schule sind die Lehrer spätestens am zweiten Tag zu Bebe übergegangen. »Blossom Blue, nimm den Müll mit, wenn du gehst. Blossom Blue, hast du dich schon wieder mit diesem Kerl rumgetrieben? Blossom Blue, komm mir bloß nicht mit einem Braten im Ofen nach Hause«, äffe ich meine Mutter nach und Tim Weigands Mundwinkel zuckt.

»Alles durchaus wichtige Aussagen. Ich würde deiner Mutter da zustimmen, Bebe.« Damit ist wohl geklärt, wie er mich nennt.

Mit einem Seufzen steht er auf und geht quer durch den Raum zum Lichtschalter. Das Licht ist unangenehm hell und ich kneife die Augen zusammen. Tim Weigand hält mir die Hand hin, um mir aufzuhelfen. Manieren hat er. Und große, warme Hände, die kraftvoll zupacken können. Schnell lasse ich los, nachdem ich sicher auf den Beinen stehe.

»Jetzt bin ich allerdings auf die Erklärung gespannt, was du mitten in der Nacht an einem Tatort verloren hast, wenn du keine Beweise vernichtest.«

»Ich suche nach Hinweisen. Die Polizei hat sich bisher nicht allzu enthusiastisch ins Zeug gelegt.« Ich weiche einen Schritt zurück und klopfe auf Frau Os Ablagesystem. »Ich muss diesen Mann finden, mit dem sie sich getroffen hat. Der hat etwas mit ihrer Ermordung zu tun.«

»Aus welchem Grund meinst du, die Arbeit der Polizei beurteilen zu können? Hast du geheimes Wissen, das ich nicht habe? Ich habe nämlich den Eindruck, die Polizei untersucht diesen Fall sehr gründlich und gewissenhaft. Immerhin legt die Polizei sogar eine Nachtschicht ein, um ungebetene Besucher von Frau Ostlenders Wohnung fernzuhalten.«

Er ist eindeutig angepisst. Der Bulle. Fühlt sich wohl persönlich angegriffen.

»Na, ferngehalten würde ich das nicht nennen«, antworte ich vorlaut. Ich bereue es auf der Stelle, denn er kommt einen Schritt auf mich zu und ist eindeutig gewillt, das schleunigst zu ändern. Beschwichtigend hebe ich die Hände. »Okay, okay, das ist beeindruckender Arbeitseinsatz und ich nehme es zurück. Du gibst dir bestimmt viel Mühe. Aber niemand kannte Frau O so gut wie ich. Wenn es einen Hinweis gibt, dann finde ich ihn eher als du.«

»In dem miesen Licht, das dein Handy hervorbringt? Damit würdest du ja sogar eine zweite Leiche übersehen, falls hier eine wäre«, spottet er.

»Ja, sorry, dass ich keine andere Möglichkeit habe, als mich mitten in der Nacht heimlich einzuschleichen. Ich bin ja leider nicht der Superbulle.«

Der Superbulle grübelt unübersehbar über meine Worte nach. »Hast du denn schon etwas gefunden?«

»In den zwei Minuten, die ich hatte, meinst du? Dann wäre ich Wonder Woman.«

»Du könntest heute als Wonder Woman durchgehen.« Tim Weigand betrachtet mein Outfit. Soll das ein Kompliment sein? Abgesehen davon, dass die Kleidung knalleng ist, war ich selten so prüde angezogen.

»Ich habe nichts gefunden«, gebe ich widerwillig zu. »Ich brauche mehr Zeit.«

»Nur wenn ich dabei bin.« Erstaunt betrachte ich Tim Weigand. Er klingt zwar nicht glücklich, aber er hat mir gerade die Möglichkeit gegeben, weiter zu schnüffeln. »Ich traue dir noch immer nicht und werde dir auf die Finger schauen. Und alles, was dir auffällt, zeigst du mir. Auf der Stelle.«

»Kein Problem, ich habe nicht vor, allein einen Mörder zu verhaften.« Nur mühsam bewahre ich meine Coolness, denn am liebsten würde ich vor Freude auf- und abhüpfen und dabei quietschen. Ich fürchte nur, damit wäre das Zugeständnis auf der Stelle wieder hinfällig. Schnell verstecke ich meinen Triumph hinter einem Ablenkungsmanöver. »Meine Handschellen sind mit Plüsch.«

»Solange sie nicht mit einem Ruck kaputtgehen, würde das ausreichen.« Ich ziehe bei seinen Worten eine Augenbraue hoch und mustere ihn. Mein Bulle reagiert so, als wäre es eine völlig normale Unterhaltung, dabei bin ich mir sicher, dass er noch nie mitten in der Nacht mit einer Zeugin an einem Tatort ein Gespräch über Sextoys geführt hat.

»Morgen Vormittag? Bei Tageslicht und ausgeruht ist das eh effektiver«, schlägt er vor.

»Da muss ich arbeiten.«

Ich kann nicht schon wieder frei nehmen, für morgen stehen zahlreiche Termine auf der Liste.

»Dann abends. Um wie viel Uhr hast du Feierabend?«

»Achtzehn Uhr. Ich kann eine halbe Stunde später hier sein.«

Was ziehe ich morgen an? Wenn ich schon seriös im Salon aufkreuze, kocht dort die Gerüchteküche über mein angebliches Date ins Unermessliche. Wenn ich nuttig wie immer durch Frau Os Wohnung schnüffle, nimmt Tim Weigand mich nicht ernst.

»Ja, das passt.«

»Da hast du vermutlich gleichfalls Dienstschluss«, widerspreche ich. Unsere Zeiten sind nicht kompatibel. »Das ist echt spät.«

»Bei der Mordkommission hat man keinen geregelten Feierabend. Oder glaubst du, wir lassen einen Mörder laufen, nur weil achtzehn Uhr durch ist?«

Ich werfe einen gespielt auffälligen Blick auf meine Armbanduhr und reiße dann die Augen weit auf. »So was Dummes, Herr Verdächtiger. Ich kann leider gerade nicht mehr hinter Ihnen herrennen, da ich jetzt Feierabend habe. Kommen Sie doch bitte morgen um Punkt neun wieder genau hierhin, dann machen wir weiter.« Grinsend sehe ich zu Tim, der sich mühsam das Lachen verkneift. »Ihr seid Beamte, so in etwa stelle ich es mir vor.«

»Nun, Frau Verdächtige, kommen Sie doch bitte morgen um halb sieben an genau diesen Ort, denn jetzt bin ich wirklich todmüde. Dann machen wir mit der Suche weiter und eine kleine Vernehmung ist sicherlich auch noch drin.«

»Kommt drauf an, wer wen ausquetscht. Ich habe bereits alles gesagt, was ich weiß«, ziere ich mich. Es ist in der Tat verdammt spät und morgen früh werde ich es bereuen, mich so lange rumgetrieben zu haben. Aber gerade bin ich hellwach und habe aufrichtiges Vergnügen an Tim Weigand und unserem Geplänkel. »Du dagegen hast mir noch keine einzige Frage beantwortet.«

»Als da wäre?«

Hat er eine Freundin, verdammt? Und wenn ja, will die nicht wissen, was er mitten in der Nacht in einer dunklen Wohnung mit einer scharfen Blondine macht? Und wenn nein, wäre da was zwischen uns möglich? Ach scheiße ...

»Was hat die Obduktion ergeben? Da muss doch mehr drin gewesen sein, als Quetschspuren und zu viel Wucht. Ich würde den Bericht gerne lesen.« Das sind immerhin Fragen, die man laut stellen kann.»Und die Spurensicherung war auch hier drin. Ich habe gehört, wie du sie angefordert hast.«

»Dir ist schon klar, dass ich Interna nicht einfach so ausplaudern darf?« Er seufzt laut. »Lass mich bis morgen überlegen, was ich dir sagen kann. Es ist wirklich zu spät für heikle Entscheidungen.«

»Okay. Ich ...« Ich beiße mir auf die Lippe. »Nur noch eine Frage, eine einzige. Hätte ich ...« Dieser Punkt treibt mich ununterbrochen um und hat mich in der letzten Nacht neben meiner Trauer nicht schlafen lassen.

»Was, Bebe?«, fragt er sanft.

»Wenn ich früher hier gewesen wäre, so ein paar Stunden früher, und nicht so lange geschlafen hätte, hätte ich dann ...« Rasch schließe ich die Augen, denn Tränen brennen hinter meinen Lidern und ich will nicht, dass Tim Weigand sie sieht.

»Hättest du nicht, Bebe.« Seine Stimme ist nun noch behutsamer, sie ist mitfühlend und verständnisvoll. »Sie war schon lange tot. Zu keiner Zeit nach der Tat hättest du sie retten können.«

»Okay«, krächze ich. »Danke.«

Entschlossen schüttle ich die Emotionen ab. Es bleibt nach wie vor die Aufgabe, einen Mörder zu fassen. Ich präsentiere Tim erneut einen kühlen, gefassten Gesichtsausdruck. »Dann hoffe ich, dass du morgen ein paar hilfreiche Anhaltspunkte hast.«

»Einen Hinweis auf einen jugendlichen Liebhaber gab es definitiv nicht, das kann ich dir schonmal sagen. Und ich wette, den finden auch wir nicht.«

»Wieso? Hast du ein Problem mit dem Liebhaber oder dem jugendlich?«

»Da ich deine Lehrerin gar nicht kannte, habe ich keine Meinung zu einem möglichen Liebhaber. Aber den Altersunterschied nehme ich dir nie im Leben ab.«

»Das ist Sexismus.«

Ungeachtet der Tatsache, dass auch ich mir sicher bin, dass dieser Mann kein geheimer Lover war, ärgert mich die Aussage. Das ist nämlich pures Vorurteil.

»Ist es nicht.« Tim verschränkt die Arme und blickt finster auf mich hinab. Er ist wohl empfindlich, wenn es um Gleichberechtigung geht.

»Doch. Wäre Frau O ein Mann und es gäbe ein junges Ding in seinem Bett, würdest du es kaum anzweifeln. Selbstverständlich ist das Sexismus.«

Wenn es ein Thema gibt, mit dem ich mich auskenne, dann ist es Sexismus. Das habe ich jeden Tag.

»Nur, falls der Mann Geld hat. Eine pensionierte, alleinstehende Lehrerin ist nicht vermögend genug, um eine Beziehung, die sich über Reichtum definiert, zu rechtfertigen.«

»Wenn wir also morgen einen Batzen Geld finden, dann glaubst du an einen Liebhaber?« Mir ist schleierhaft, wie Polizisten einen Mord aufklären können, ohne die ermordete Person zu kennen. Frau O hatte keinen Lover, egal, auf welche Geheimnisse wir morgen stoßen. Dafür lege ich meine Hand ins Feuer. »Oder dann noch immer nicht, weil du eben doch sexistisch bist?«

Tim Weigand verdreht die Augen.

Mir ist bewusst, wie stur ich bin, denn das wurde mir schon häufig vorgeworfen.

»Glaubst du an einen zwanzigjährigen Liebhaber, von dem du nichts wusstest?«, fragt er geduldig.

»Nö.«

»Sollen wir also politisch korrekt weiterermitteln oder zielführend?«

»Okay. Meinetwegen.« Ich gebe auf, ihn mit diesem Thema zu triezen, aber die Schwachstelle werde ich mir merken. Langsam gehe ich Richtung Wohnungstür. »Dann machen wir eben bei Tageslicht weiter und finden raus, wer der geheimnisvolle junge Mann ist, der irgendeine verborgene Rolle in Frau Os Leben gespielt hat. Schön zielführend. Bis morgen.«

Es wird leider verdammt spät sein, ehe ich ins Bett komme. Verschlafen kann ich mir nicht leisten, da meine Chefin einen Termin hat und erst gegen Nachmittag erscheinen wird. Ich werde tagsüber mit offenen Augen schlafen, während ich Farbe auftrage.

»Warte Bebe«, hält mich Tims Stimme auf. Er streckt mir auffordernd die Hand entgegen und ich frage mich, ob er mich jetzt händchenhaltend nach Hause begleiten will. »Ich konfisziere den Schlüssel.«

Ach Mist!

kapitel 6

»Es ist nicht gut gelaufen.« Sabrina kommt passend zur Kaffeepause und stellt mit einem Blick auf mich fest, dass ich nicht glücklich verliebt aussehe. Kein Wunder.

»Nee.«

»Was ist schiefgegangen?«

Sie verdient es nicht, ihr Lügenmärchen zu erzählen. Die Wahrheit beinhaltet jedoch Tatsachen, die ich lieber für mich behalten möchte.

»Es hat sich herausgestellt, dass der Typ ein Bulle ist.« Auf diese Art hangle ich mich wenigstes ein bisschen an der Realität entlang. Auch wenn das Aufeinandertreffen mit Tim Weigand alles andere als ein Date war. Sabrina kichert, als sie sich mir gegenüber hinsetzt, und ich freue mich, dass sie immerhin Spaß an der Schwindelei hat. Auf die Art kann ich weitermachen.

»Hast du es erst gemerkt, als er dich mit Handschellen ans Bett fesseln wollte oder hat er es freiwillig zugegeben?«

Meine Chefin hatte schon immer eine blühende Fantasie. Ich schiebe ihr eine Tasse mit frischem Kaffee hin und werfe einen Blick zur Ladentür. Der nächste Termin steht erst in einer Viertelstunde an, zwei Kunden haben abgesagt.

»Er hat es von sich aus erzählt, schon direkt zu Beginn. Ich habe sogar seinen Ausweis gesehen.«

»Mann, ist das schräg! Wer zeigt denn bei einem Date seinen Dienstausweis vor?« Ja, die Vorstellung ist absurd. Das Wort Date überhöre ich bewusst und rolle stattdessen mit den Augen. »Dann muss ich nicht fragen, ob ihr euch wiederseht. Verdammt schade, Bebe. Du bräuchtest dringend mal einen anständigen Mann.«

Da bin ich anderer Meinung, ich habe längst beschlossen, dass ich gar keinen Mann brauche. Nur einen anderen Job, aber das kann ich Sabrina unmöglich sagen. Sie ist ein herzensguter Mensch und hat mir trotz meines miserablen Notenschnitts eine Chance gegeben. Da war ich sechzehn, gegen alles und Frau O und ihr guter Einfluss noch in weiter Ferne.

Pattie kommt schlechtgelaunt von der Toilette zurück. Die Stimmung durfte ich schon den ganzen Tag ertragen und ohne Sabrina hat sie sich auch nicht bemüht, sie zu kaschieren.

»Hey, Sabrina, kannst du mir gleich Extensions machen?«, fragt sie, sobald sie die Chefin erblickt. »Ich brauche dringend eine Veränderung. Vielleicht auch eine andere Farbe.«

»Heute nicht, Pattie. Ich hatte einen üblen Tag.«

Sie hat den Vormittag bei ihrem Anwalt verbracht, die Trennung von ihrem Mann läuft nicht harmonisch.

»Wenn ich was für dich tun kann, sag es.« Tröstend lege ich eine Hand auf ihren Oberarm.

»Am meisten hilfst du mir, indem du lustige Sachen über ein missglücktes Date erzählst. Das lenkt ab.« Gedankenverloren lässt sie den Kaffee in ihrer Tasse kreisen. »Obwohl ich es noch schöner fände, wenn du etwas richtig Romantisches erlebt hättest. Damit ich wieder an die Liebe glauben kann.«

Um sich mitten in einem üblen Scheidungskrieg verliebte Mitarbeiter zu wünschen, muss man schon irrsinnig selbstlos sein. So wie Sabrina.

Ich zucke entschuldigend die Schultern.

»Ich bin voll verliebt«, wirft Pattie ein.

Dann huschen ihre Augen erschrocken zu mir und sie schlägt die Hand vor den Mund.

»Ist schon gut, Pattie«, werfe ich ein. »Ich weiß, dass du mit Jason rummachst. Ich habe da echt nichts gegen.«

»Ich habe da aber was gegen.« Sabrina schnaubt laut. »Er ist kein guter Kerl, Pattie.«

»Das muss ich wohl selbst beurteilen. Ihr gönnt mir mein Glück nur nicht, weil Bebe eben doch noch scharf auf ihn ist.« Pattie zieht eine Schnute und rauscht wieder zurück auf die Toilette.

»Er hat die Kleine eh nur angegraben, weil er nach wie vor scharf auf dich ist«, stellt Sabrina resigniert fest. »Er hofft, dass du eifersüchtig wirst.«

»Werde ich ganz bestimmt nicht. Und Pattie ist in einem schwierigen Alter. Sobald du ihr sagst, er wäre nicht gut für sie, findet sie ihn noch reizvoller. Verbotene Beziehung, Bad Boy, keiner versteht ihn außer ihr, du kennst das doch.« Ich selbst verstehe es leider nur zu gut, denn ich war in Patties Alter nicht anders drauf. »Es ist besser, du sagst ihr, alles ist bestens, und sie ist klug genug, irgendwann das Richtige zu tun.«

»Um dich habe ich mir damals auch Sorgen gemacht, aber ich war immer sicher, dass du nicht so dumm bist, dir ein Kind von dem Idioten machen zu lassen. Bei Pattie bin ich da nicht so überzeugt.« Pattie ist im zweiten Lehrjahr und genauso naiv, wie ich es damals war.

Die Ladentür geht auf.

»Frau Eller ist aber früh dran. Ich dachte, ich hätte noch ein paar Minuten.« Sabrina seufzt.

»Lass mich anfangen. Ich wasche ihr die Haare, dann kannst du den Kaffee in Ruhe trinken«, biete ich an.

»Die Haare kann Pattie waschen.« Sabrina wirft einen Blick zur Tür. »Das ist nicht Frau Eller. Kipp den Kaffee weg, ich habe heute Morgen eh schon zu viel von dem Zeug getrunken.«

Resolut steht sie auf und verlässt den Pausenraum. Ich muss mich verrenken, um zu sehen, wer da außer der Reihe gekommen ist. Es ist nicht die übliche Kundschaft.

»Machen Sie auch Männerschnitte? Ohne Termin?«

»Selbstverständlich machen wir Männerhaarschnitte. Und Sie haben Glück, wir haben gerade einen Termin für Sie frei. Bebe, kommst du bitte, hier ist Kundschaft für dich.«

Stalkt Tim Weigand mich? Erst der unangekündigte Besuch bei meiner Mutter, jetzt der im Laden. Leider kann ich sowohl Sabrinas Tonfall als auch den Blick auf mich interpretieren. Sie würde mich liebend gerne mit dem hübschen Kerl verkuppeln, der unverhofft im Salon steht, denn er sieht nicht nur gut aus, sondern ebenso anständig.

Wohl oder übel komme ich aus dem Pausenraum.

»Ein spontaner Haarschnitt also, Tim?«, frage ich misstrauisch. »Ist es nicht etwas früh für Feierabend?«

»Ich mache ja keinen Feierabend, sondern nur eine Pause. Weil mein Abend lang wird.«

Sabrinas Augen fliegen förmlich zwischen Tim und mir hin und her. Leider ist sie clever genug, um eins und eins zusammenzuzählen.

»Sie sind bei der Polizei?«, fragt sie und er nickt verwirrt.

Ich muss Tim Weigand schnellstens aus ihrem Umfeld entfernen, ehe sie beginnt, über das Date zu reden, oder Tim von Frau O spricht. Wortlos bugsiere ich ihn zum Waschbecken.

»Soll ich das machen?« Pattie hat sich unbemerkt angeschlichen. Sie hat noch nie angeboten, freiwillig eine Aufgabe zu übernehmen. Ihr scheint mein hübscher Bulle genauso zu gefallen.

»Nee, passt schon«, wimmle ich sie ab.

Tim Weigand ist doch nie und nimmer hier, um sich die Haare schneiden zu lassen. Der hat Hintergedanken und ich will wissen, welche. Absichtlich stelle ich das Wasser viel zu kalt ein.

»Ist es recht so?«, frage ich scheinheilig.

»Ja, danke, Bebe.«

Ist er immer zu höflich, um sich zu beschweren?

Ich nehme Shampoo aus dem Spender und beginne, seinen Kopf zu massieren. Ausnahmsweise gefällt es mir. Tim schließt die Augen, schweigt und ich habe Muße, sein Gesicht genau zu betrachten, während meine Finger kraftvoll und zugleich mit Gefühl durch seine Haare gleiten. Mir ist noch nie ein Mann begegnet, der in mir den Wunsch geweckt hat, ihn unbedingt berühren zu wollen.

Unwillig schüttle ich den Kopf, das hier ist mein Job und keine Schmuseeinheit, die ich genießen kann. Außerdem wasche ich ihm schon viel zu lange die Haare. Sabrinas Blick in meinem Rücken brennt förmlich auf mir. Diesmal stelle ich das Wasser zu heiß ein und verbrenne mir fast selbst die Hände.

»Ist es recht so?«

Die Temperatur muss an der empfindlichen Kopfhaut höllisch unangenehm sein. Er verzieht trotzdem keine Miene.

»Ja, danke«, lügt er und ich frage mich einmal mehr, was dieser Besuch bezwecken soll.

Nachdem ich Tim vor einem Spiel platziert habe, begutachte ich seine Frisur. Wie erwartet ist der Haarschnitt nicht nötig.

»Was machen wir? Mit den Haaren, meine ich.« Was wir im Anschluss machen, ist längst geklärt. Nämlich einen Hinweis auf einen Mörder finden. Ohne einen Durchbruch werde ich Frau Os Wohnung nicht verlassen und wenn es die ganze Nacht dauert.

»Kürzer, bitte.«

Innerlich verdrehe ich die Augen. Kunden wie Tim kenne ich. Da soll es nachher so aussehen wie vorher.

»Wir könnten was mit Farbe machen«, schlage ich vor. »Ich wäre für eine dunklere Nuance. Das würde auch erste graue Haare abdecken.«

»Ich habe keine grauen Haare.«

Ich fahre durch die Strähnen und täusche vor, sie sorgfältig zu kontrollieren.

»Ach, ab dreißig ist das normal.«

Er presst die Lippen aufeinander und runzelt die Stirn.

»Nein, keine Farbe. Nur den Schnitt, den ich immer habe.«

Wie langweilig.

»Ich finde die Sache mit der Polizei gar nicht so schlimm.« Leider ist Sabrinas Kundin nach wie vor nicht erschienen. Jetzt hat sie Zeit, sich neben uns zu setzen. »Das ist zwar ein krasser Wechsel nach Jason, der ja auf der anderen Seite des Gesetzes steht, aber was soll's.«

Das kann nicht gut ausgehen. Was denkt Tim Weigand von mir, wenn er herausfindet, dass ich behaupte, ihn gedatet zu haben?

»Von diesem Jason habe ich auch schon gehört«, sagt Tim und betrachtet misstrauisch die Schneidemaschine, die ich in die Hand nehme. »Muss ein übler Typ sein. Zumindest hat Bebes Mutter das angedeutet.«

»Ach, Bebes Mutter haben Sie kennengelernt? Das war ja schon sehr intim.« Sabrina ist meiner Mutter nie begegnet. Sie kennt sie nur aus Erzählungen.

»Intim? Na ja, bei der Kripo kommt man rum.«

»Kripo sogar?« Sabrina macht große Augen und starrt Tim beeindruckt an »Da muss man sicher verdammt clever für sein, oder?«

Ich schalte die Maschine an und verzichte darauf, mir die eingestellte Länge von Tim bestätigen zu lassen. Ich werde diesen Kerl jetzt einfach mal ein wenig peppiger frisieren und wenn es ihm nicht passt, hat er Pech.

»Ein NC existiert nicht, falls Sie das meinen.«

»Was ist ein NC?« Sabrina schaut verwirrt zu mir, aber ich heuchle ebenfalls Unkenntnis.

»Normal clever?«, schlage ich vor.

Tim Weigand verdreht die Augen.

Bevor er antworten kann, lege ich seinen Kopf schief und mache mich an die Arbeit.

»Unsere Bebe hier ist auch clever«, sagt Sabrina so laut, dass Tim es trotz brummender Maschine hören muss. »Frisörinnen werden schnell unterschätzt, aber wir sind nicht dumm.«

»Das habe ich nie behauptet«, murmelt Tim und betrachtet sorgenvoll die Kopfseite, die ich gerade bearbeite. »Was für krumme Dinge hat dieser Jason denn am Laufen?«

»Jason hat nichts am Laufen.« Jetzt mischt sich auch Pattie ein. »Ihm wird nur immer alles Mögliche unterstellt, weil er in so einem Ghetto-Hochhaus wohnt. An all dem Gerede ist nichts dran.«

»Ja, diese Leute aus den Ghetto-Hochhäusern haben es nicht leicht.« Tim lacht mich eindeutig aus, obwohl man es ihm nicht ansehen kann.

»Er vertickt Drogen«, informiere ich ihn trotzdem. »Nachdem ich das rausbekommen habe, habe ich auf der Stelle Schluss gemacht.«

»Er vertickt keine Drogen«, zetert Pattie und wirft mir giftige Blicke zu. »Das hat er mir geschworen. Die echten Dealer stellen ihn nur immer als den Schuldigen dar. Wenn du ihm das nicht glaubst, dann hast du ihn nie geliebt.«

»Habe ich auch nie.« Die erste Seite ist fertig, ich drehe Tims Kopf nach links. »Keine Ahnung, warum ich mich überhaupt auf ihn eingelassen habe.«

»Weil du auf den Bad-Boy-Charme standest. Und weil er hartnäckig war und hinter dir herlief«, wirft Sabrina ein. »Ich habe es leider mitbekommen, er hat ja ständig vor dem Laden herumgelungert und mir die Kundinnen verschreckt.«

Damit hat sie schon irgendwie recht. In die Sache mit Jason bin ich dank meiner Naivität reingeschlittert. Gut fand ich ihn als Mensch nie, nur seinen Ruf, den fand ich anziehend. Trotzdem sind das Wahrheiten, die den Superbullen nichts angehen, denn das ist privat und hat null mit

Frau O zu tun. Und peinlich ist mir diese dämliche Beziehung obendrein. Jason ist echt kein Vorzeigetyp, sondern passt perfekt zum Dumme-Blondinen-Klischee.

Pattie wirft giftige Blicke abwechselnd auf mich und auf Sabrina und rauscht dann ab. Die Info, dass er so nachdrücklich an mir interessiert war, schlägt ihr sicher auf den Magen.

»Ich habe die Seiten schön kurz gemacht«, informiere ich Tim Weigand über seine neue Frisur. »Damit es nicht mehr ganz so lahm aussieht. Oben lassen wir es länger, ich schneide es nur ein wenig in Form.«

Das ist jetzt nicht mehr die Frisur, mit der er reingekommen ist. Hoffentlich habe ich damit verhindert, dass er mich jemals wieder im Salon belästigt. Und einen anderen Nebeneffekt hat es ebenfalls – mir gefällt er so nämlich besser.

kapitel 7

»Machen Sie das mit all Ihren Kunden?«

Ich folge Tim Weigand zu seinem Auto und frage mich besorgt, ob ich gleich in einem Polizeiwagen sitze. Das spricht sich noch schneller rum als sein Besuch bei mir zu Hause.

»Siezen wir uns wieder?«

»Machst du das mit all deinen Kunden?«, fragt er genervt.

»Waschen und schneiden? Ja, klar.«

»Sie umstylen, obwohl sie das nicht wollten.«

»Gefällt es dir nicht?« Es ist mir egal, ob er es gut findet oder nicht. Er ist freiwillig in mein Revier eingedrungen, da muss er schon mit Verlusten rechnen.

Tim Weigand fährt sich mit einer Hand über den Kopf.

»Weiß ich noch nicht. Aber im Normalfall ist der Kunde König.«

»Im Normalfall kommt der Kunde zum Frisör, um einen Haarschnitt zu bekommen. Oder meinetwegen zum Waschen und Legen. Aber du warst aus einem anderen Grund da.«

»Und aus welchem?«

»Das würde ich gerne von dir wissen.«

Tim bleibt neben einem dunklen BMW stehen. Das passt zu dem akkuraten Polizisten. Wenigstens lande ich nicht in einem Streifenwagen.

»Nennen wir es Ermittlungen.«

»Aus welchem Grund ermittelst du in meinem Umfeld?«
Ich kneife die Augen zusammen und mustere ihn finster.
Dann kapiere ich es.

»Du denkst noch immer, ich habe Frau O umgebracht.«

»Ich darf es zumindest nicht ausschließen. Das wäre grob
fahrlässig, ich muss in alle Richtungen ermitteln.«

»Und was hast du gerade herausgefunden? Außer, dass ich
wirklich Haare schneiden kann und meine Chefin neugierig
ist.«

Er fährt erneut über seine neue Frisur. »Inwieweit du
Haare schneiden kannst, möchte ich noch nicht beurteilen.
Das hier ist nicht, was ich wollte.«

»Das ist besser als das, was du wolltest.« Sobald er sich dran
gewöhnt hat, wird er es einsehen. »Frauen stehen nicht auf
langweilige, brave Haarschnitte. Und nicht auf langweilige,
brave Männer.«

Nach wie vor lehnen wir an seinem Auto, er am Fahrersitz
und ich auf der anderen Seite, und sehen uns über das Auto-
dach hinweg an. Meinen Hinweis mit den Frauen ignoriert er.
Ob ihm das gleichgültig ist?

»Außerdem kannst du keine erträgliche Wassertemperatur
einstellen und hast Connections zum Drogenmilieu. Das sind
reichlich Hinweise, die dich verdammt verdächtig machen.
Nicht ausgeschlossen, dass ich einen Drogentest bei dir an-
ordne.«

Fassungslos starre ich ihn an.

»Du drehst auch alles so zurecht, wie es dir passt. Dann
mach halt deinen dämlichen Drogentest, ich bin clean«,
fauche ich und reiße die Autotür auf.

»Seit wann bist du clean? Manche Drogen lassen sich noch
jahrelang in den Haaren nachweisen.« Er nimmt in aller
Seelenruhe neben mir Platz und startet den Motor.

»Seit circa zweiundzwanzig Jahren.« Ich könnte es auf den
Tag genau sagen, denn ich habe nie in meinem Leben was
genommen. »Wie es vor meiner Geburt ausgesehen hat, kann

ich leider nicht einschätzen. Habe ich mich strafbar gemacht, wenn ich im Mutterleib Drogen abbekommen habe?«

Jetzt schaut er mich abwägend an. Ja, meine Mutter hat geraucht und hin und wieder getrunken, egal, ob sie schwanger war oder nicht. Eventuell war auch Härteres dabei. Keine Ahnung, ob seine Meinung über mich dadurch noch schlechter ausfällt. Schnell lockere ich die Hände, die sich zu Fäusten geballt haben, und schaue unbeteiligt aus dem Fenster. Aber meine Stimme hat längst verraten, wie sehr mich seine Vorurteile getroffen haben.

Endlich fährt er los.

Eine Weile schweigen wir.

»Hat der Name Blossom Blue etwas zu bedeuten?«, fragt er schließlich.

»Woher soll ich das wissen? Frag meine Mutter.« Ein Themenwechsel wäre mir lieber. Über Frau O zu sprechen und mögliche Mörder, die nicht ich sind, ist neutraleres Terrain als meine verkorkste Herkunft. »Sie würde dir bestimmt mehr verraten als mir, sie steht nämlich auf dich.«

Er zuckt mit keiner Wimper. »Ich dachte halt an den Metalsong von *Lake of Tears*. Der ist ungefähr zu deiner Geburt erschienen.«

»Ich hätte einen anderen Musikgeschmack bei dir vermutet.« Tim Weigand sieht nicht aus wie jemand, der Metal hört.

»Zu dem Zeitpunkt habe ich Lieder von Rolf Zuckowski gehört, mein Musikgeschmack hat sich weiterentwickelt.« Er schafft es immer wieder, mir zu antworten, ohne irgendetwas Persönliches zu verraten. Nichts Genaues über sein Alter, nichts über seinen Musikgeschmack.

»Woher weißt du, wie alt ich bin?« Von mir hat er das nicht. Ich fühle mich immer mehr im Nachteil, da mein Leben Stück für Stück offengelegt wird und er ein einziges Rätsel bleibt.

»Ich bin Ermittler, schon vergessen?«

»Dann ermittle in Frau Os Umfeld und nicht in meinem.«

»Du bist Frau Os Umfeld, Bebe.« Und ich hatte mir kurz eingebildet, es wäre Interesse an meiner Person, die ihn dazu bringt über meinen Namen zu recherchieren. Aber ich bin für ihn nach wie vor nur eine Verdächtige, die man so gut wie möglich im Auge behält. »Habe ich also recht mit meiner Vermutung? *To Blossom Blue* von *Lake of Tears*? Hat dein Vater was mit der Band zu tun? Die ist hierzulande eher unbekannt.«

»Das mit dem Song kann sein, ich weiß es wirklich nicht.« Meine Mutter sagt nur, der Name sei eben schön. So weit gehen Geschmäcker auseinander.

»Und dein Vater?«

»Ist unbekannt.«

»Deiner Mutter wohl kaum.«

»Keine Ahnung. Sie redet nicht drüber.«

»Hast du nie versucht, etwas über ihn in Erfahrung zu bringen?«

»Wie denn? Ich bin kein Ermittler«, verteidige ich mich.

Aus einer Seitenstraße schießt ein tiefergelegter Sportwagen und nimmt uns die Vorfahrt. Tim reagiert blitzschnell und geht auf die Bremse. Verärgert zieht er die Augenbrauen zusammen.

»Nimmst du jetzt die Verfolgung auf und verpasst ihm eine Strafanzeige?«

»Natürlich nicht.« Der Sportwagen entfernt sich in viel zu hohem Tempo und Tim fährt in aller Ruhe weiter, als wäre nichts passiert.

»Schon vergessen, dass du Polizist bist? Das ist dein Job.«

»Ich bin nicht bei der Streife. Mein Job ist es, Mörder zu finden, und das mache ich gerade.« Wieso fühle ich mich bei diesen Worten so, als wäre ich die bereits überführte Mörderin?

»Ich würde unbedingt wissen wollen, wer mein Vater ist.« Tim bleibt hartnäckig. Leider.

»Wozu? Mehr als seinen Samen hat er nicht in mein Leben investiert. Auf so einen Vater kann ich verzichten.«

»Einfach aus Neugierde. Gene haben so viel Einfluss auf das, was wir sind, und die Hälfte deiner Gene sind dir nicht bekannt.«

»Danke, die Hälfte der Gene, die ich kenne, reichen mir voll und ganz. Noch mehr Chaos kann ich nicht brauchen.« Entnervt reiße ich die Hände ich die Höhe. »Ehrlich, er wird irgend so ein Penner sein, der meine Mutter flachgelegt hat, um sich im Anschluss zu verpissen. Wahrscheinlich weiß er nicht mal von mir. Und wenn doch, ist es noch mieser. Oder spekulierst du darauf, dass er ein überführter und vorbestrafter Verbrecher ist, um mich dann auf meine genetische Veranlagung festzunageln? Das macht es leichter mit der Mördersuche.«

Jetzt habe ich mich in Rage geredet. Meine Hände fuchteln wild durch den Raum und zeigen immer wieder auf Tim. Wie gut, dass er so unbeeindruckt von allem ist, was um ihn herum geschieht, und uns lässig und souverän durch den Feierabendverkehr lenkt.

»Reg dich ab, Bebe. Ich halte dich nicht für die Mörderin. Ich würde nur meinen Job nicht korrekt machen, wenn ich es einfach aus Sympathie ausschließe.«

Das zieht mir den Stecker. Sprachlos lasse ich die Hände sinken und lehne mich im Sitz zurück. Sympathie also. Das habe ich jetzt nicht erwartet.

Da er in diesem Augenblick gelassen und unangestrengt in eine winzig kleine Parklücke hineinmanövriert, als wäre es keine Millimeterarbeit, komme ich um eine Antwort herum.

Wir steigen aus, es ist nicht weit bis zu Frau Os Wohnung.

»Und wie einflussreich waren die Gene deines Vaters?« Ich werde ja wohl irgendwann etwas Persönliches über diesen Mann herausbekommen. Hartnäckig bin ich ja.

»Sehr.«

Er kann nicht sehen, wie ich die Augen verdrehe, da er damit beschäftigt ist, die Haustür aufzuschließen.

»Was heißt das?«

Tim seufzt laut und wendet sich dann mir zu. »Er war bei der Polizei, Mordkommission. Reicht das als großer Einfluss?«

Ich pfeife leise. »Wenn ich mich so an meiner Mutter orientieren würde, hätte ich schon zwei uneheliche Kinder. Alles in allem hast du Glück mit deinem Vorbild.«

»Alles in allem kannst du das nicht beurteilen. Kinder zu haben, ist ja nicht das Ende der Welt.«

»Uneheliche Kinder, die man nicht ernähren kann, weil man weder den dazugehörenden Mann noch einen Job hat, aber schon.«

»Dabei hättest du Gangsterbraut werden können, Bebe. Dein Ex hat ja scheinbar einen Job.«

Tim Weigand kommt nicht über meine Beziehung zu Jason hinweg, obwohl er ihn noch kein einziges Mal gesehen hat. Man könnte fast denken, er wäre eifersüchtig.

»Du tust so, als wäre er ein Mafiakiller. Dabei ist er ein popeliger Straßendealer, der sogar zu unbedeutend ist, um von den Bullen hochgenommen zu werden.«

»Das könnte ich ändern«, knurrt er, dann schüttelt er über sich selbst den Kopf und hält mir die Tür auf. Mir hat noch nie ein Mann die Tür aufgehalten.

Von oben sind Schritte zu hören, während wir nebeneinander die Stufen hochsteigen.

»Da ist die Nutte schon wieder. Heute geht sie aber nicht zur Ostlender, die ist ja tot.« Dieser fiese Typ, der sich für was Besseres hält, obwohl er seine Augen nicht von meinem Arsch lösen konnte. Und seine Freundin ist selbstverständlich dabei.

»Vielleicht doch der alte Müller? Wir sollten den anzeigen, Prostitution im Haus ist verboten«, zischt sie.

Tim Weigand runzelt verwirrt die Stirn. Er geht auf der Treppenaußenseite, so dass die beiden außerhalb seines Blickfeldes sind. Umgekehrt bemerken auch sie ihn erst in diesem Augenblick. Die Frau stößt ihren Typen mit dem Ellbogen an.

Jetzt flüstert sie, ich glaube das Wort ›Zuhälter‹ zu verstehen. Nee, als Zuhälter geht mein geschniegelter Bulle niemals durch.

»Kennst du die beiden?«, fragt er mich leise. Wir haben nun die mittlere Etage erreicht und warten darauf, dass der Gegenverkehr die Treppe freigibt. Ich schüttle den Kopf. Der Schmierlappen versenkt wie gehabt seine Augen in meinem Ausschnitt und ich hoffe, dass er die letzten Stufen, die uns noch trennen, hinabfällt. Tut er leider nicht.

Tim Weigand schaut den beiden, die nun an uns vorbei sind, nachdenklich hinterher und ich versuche, mir nicht anmerken zu lassen, wie unangenehm mir die Kommentare und die Blicke in seiner Begleitung sind.

»Wie viel die wohl nimmt? Der alte Müller hat bestimmt irgendwo einen Haufen Bargeld gebunkert.«

»Das ist 'ne billige Nutte, die kriegt nicht viel. Guck dir doch die Klamotten an«, antwortet die Frau.

Der Typ dreht sich um und betrachtet mich. Die Kleidung interessiert ihn dabei nicht, er gafft unverhohlen meine Beine an.

Mein Begleiter ist inzwischen überaus angepisst.

»Polizei. Bleiben Sie doch bitte mal stehen.« Mit einer geübten Bewegung zieht er seinen Dienstausweis hervor und hält ihn den beiden hin. »Wohnen Sie hier?«

»Ich wohne hier. Im dritten Stock.« Die Frau ist eindeutig eingeschüchtert, mit großen Augen starrt sie Tim an.

»Und Sie?«, fragt Tim den Freund mit harter Stimme. »Ein Mann, der eine Frau so unangemessen behandelt, erscheint mir äußerst verdächtig. Sie wissen ja, dass wir in einem Mord ermitteln. Dem Mord an einer Frau.«

Tims finsterer Blick macht Eindruck auf den Gaffer. Nicht nur, dass er gerade des Mordes verdächtigt wird, er muss auch zu uns hinaufschauen und das ist psychologisch von Nachteil. Von seinem großspurigen Benehmen bleibt nichts mehr übrig.

»Ich ... ähm ...«, stottert er. »Ich wohne hier nicht.«

»Haben meine Kollegen Sie bereits befragt?«

Die Frau nickt eifrig mit dem Kopf. Dann deutet sie auf mich. »Haben Sie schon eine Verdächtige? Die habe ich hier dauernd gesehen und die war auch immer bei der Ostlender.«

»Frau Kovacek ist keine Verdächtige, sondern eine wichtige Zeugin. Und ich erwarte, dass sie mit Respekt behandelt wird. Das, was Sie machen, nennt man Verleumdung. Dafür kann Frau Kovacek Sie anzeigen. Und mit mir als Zeugen ...«

Den letzten Satz lässt unvollendet er in der Luft hängen und der Mann wird blass.

»Ich habe kein Wort gesagt. Ich wusste doch nicht ... ich wollte doch nicht ...«

»Das hast du jetzt davon, dass du deine Augen nicht bei dir behalten kannst«, zischt sie.

»Ihre beleidigenden Anschuldigungen habe ich ebenfalls einwandfrei vernommen«, sagt Tim und betrachtet die Frau mit grimmigem Blick. »Bitte weisen Sie sich aus.«

Stumm schaue ich mir an, wie er die Personalien ordentlich und akkurat auf einem Block notiert, während das Pärchen verunsichert vor sich hin starrt.

»Sie hören von mir.«

Er gibt den beiden ihre Ausweise zurück. Sie ergreifen auf der Stelle die Flucht, nur Sekunden später fällt unten die Haustür ins Schloss.

Ich weiß nicht so recht, wie ich mich aktuell fühle. Auf der einen Seite bin ich unglaublich gedemütigt, in Tims Beisein als Nutte bezeichnet zu werden, auf der anderen Seite berührt es mich, dass er sich darüber so aufregt.

»Warum hast du das gemacht?«, frage ich.

Ihm kann doch egal sein, wie andere Menschen über mich reden.

»Was meinst du damit? Das war total daneben.«

Ich zucke die Schultern. Solange der Typ in Begleitung seiner Freundin ist, ist es kein Problem. Und selbst wenn er allein wäre, ich habe mir schon so einige zudringliche Hände mit einem wohlplatzierten Tritt vom Leib gehalten.

»Wieso ziehst du dich auch so an?«, motzt er und schließt die Tür zu Frau Os Wohnung auf. Mit meinem Schlüssel.

»Wieso denn nicht?«

»Weil die Leute dadurch annehmen, du wärst eine Nutte.«

»So wie du zum Beispiel.« Diesen allerersten, abfälligen Blick auf mich, den werde ich nicht so schnell vergessen.

»Ich weiß nicht, was ich gedacht habe. Vor allem, dass du nicht hier hinpasst.«

»Aber da wo ich wohne, da passe ich hervorragend hin.«

Mit gerunzelter Stirn lässt Tim mich vorangehen und ich betrete Frau Os Flur.

»Willst du, dass dir jeder Mann in den Ausschnitt starrt? Oder auf den Hintern?«

Ich werfe keinen Blick zurück, um nachzuprüfen, ob Tim mir auf den Hintern schaut. Bei meinem Ausschnitt hat er sich immer unter Kontrolle. »Wieso nicht? Solange die Männer mich wollen, sind sie leichter zu beeinflussen.«

»Oder nicht mehr zu kontrollieren und dann bist du das Opfer.«

»Ich kann mich wehren.«

»Das glaubst du doch nicht ernsthaft, Bebe. Selbst wenn du geheime Nahkampf-Qualitäten hast, irgendwann kommt einer mit einer Waffe und spätestens dann bist du erledigt.«

Ich stehe mitten im Wohnzimmer und drehe mich nun doch um. Er starrt mir nicht auf den Hintern.

»Willst du eigentlich darauf hinaus, dass ich an einer Vergewaltigung selbst schuld bin, weil ich mich sexy anziehe? Das ist doch die Moral der Spießer.«

»Nein, darauf will ich nicht hinaus. Aber du spielst mit dem Feuer und das wird nicht für immer gutgehen. Kannst du dich wirklich gegen einen zugedröhnten Kleinganoven wehren, den dein Outfit scharfgemacht hat?«

»Habe ich schon.«

Okay, ein Mal war es verdammt knapp. Der Typ hat erst von mir abgelassen, als Jason aufkreuzte. An meiner Kleidung lag das jedoch nicht. Ich war einfach zur falschen Zeit am falschen Ort. Da hätte mir auch eine Nonnenkluft nicht genützt. Tim schaut resigniert an mir auf und ab. »Ich mache mir eben Sorgen.«

Hui. Verwundert fahre ich mir durch die Haare. Könnte ihm nicht völlig gleichgültig sein, ob ich vergewaltigt werde oder nicht? Besser ist es, das Thema zu wechseln.

»Ich mache am Schreibtisch weiter«, informiere ich ihn.

»Okay, wonach suchen wir?«

»Nach einem Hinweis auf einen Mann. Einen jungen Mann nach Möglichkeit.«

Entschlossen ziehe ich die erste Schublade auf. Frau O war extrem ordentlich, schon fast penibel. In der Grundschule fand ich das lustig, sie war die einzige Lehrerin, die für jedes Fach und jedes Kind eine eigene Kiste hatte. Jetzt freue ich mich darüber. Hier lagert sie ihre Schreibutensilien. Neue Stifte, Zeichenmaterial, Lineal und irritierenderweise eine Sammlung an Radiergummis. Die nächste Schublade beherbergt Briefe. Sich da durchzuwühlen fühlt sich an wie Grabschändung, aber alles in allem ist das die erfolgversprechendste Stelle.

Ich schaue rüber zu Tim, eventuell ist es weniger indiskret, wenn er die Briefe übernimmt. Er blättert durch einen Aktenordner. Ich befürchte nach wie vor, dass er den Hinweis, auf den es ankommt, übersieht. Er hat nun mal keine Ahnung von Frau Os Privatleben. Schweren Herzens nehme ich den ersten Brief in die Hand, lasse mich auf den Boden sinken und beginne zu lesen.

Eine halbe Stunde später bin ich kein Stück schlauer. Ihre ehemalige Schulfreundin, von der ein großer Teil der Briefe ist, hat eine riesige Familie und akribisch beschrieben, welche Anekdoten sich Tag für Tag dort abspielen. Meiner Meinung nach könnte sie damit problemlos Bücher füllen und eventuell sogar einen Bestseller landen, denn an Humor und skurrilen Ereignissen mangelt es nicht. Ein ernsthafter Hinweis findet sich jedoch nicht.

Als Tim ein ersticktes Gurgeln von sich gibt, fahre ich alarmiert hoch. Mit weit aufgerissenen Augen starrt er in den Ordner, den er in den Händen hält, und ich bin mir absolut sicher, dass er entweder den Mörder persönlich oder den ultimativen Hinweis auf ihn gefunden hat. Und es muss etwas sein, mit dem er nie im Leben gerechnet hätte.

Ich lege den Brief, in den ich versunken war, weg.

Tim starrt und starrt.

Langsam wandert sein Blick hoch und dann zu mir. So wie er mich ansieht, muss dieser Hinweis auf mich hindeuten.

Mein Herz setzt einen Schlag aus, nur um im Anschluss doppelt so schnell weiterzuschlagen.

kapitel 8

»Du ...«, sagt er.

»Ich?«

Scheiße, was hat er gefunden? Ich weiß ja, dass ich nichts mit Frau Os Tod zutun habe, aber trotzdem wird mir echt anders. Es hat schon Fehlurteile gegeben, aufgrund deren unschuldige Menschen einen Großteil ihres Lebens in Haft verbracht haben. Oder in anderen Ländern gar hingerichtet wurden. Langsam rapple ich mich vom Boden hoch, auf dem ich mich schutzlos und ausgeliefert fühle, und schiebe mich hinter den Schreibtisch.

»Du hast ...«

»Habe ich nicht«, sage ich reflexartig. Was auch immer es ist, ich war es nicht. Ich habe nicht mal einen Anwalt.

»Ist das eine Fälschung?« Anklagend hält er mir ein sorgfältig eingetütetes Dokument entgegen und mein Herzschlag beruhigt sich allmählich wieder.

»Natürlich ist es keine Fälschung, was denkst du denn von mir?« Stirnrunzelnd gebe ich meine Deckung auf und gehe zwei Schritte auf Tim zu. Die Gefahr ist eindeutig gebannt.

»Beziehungsweise, was denkst du von Frau O? Die hat doch keine Zeugnisse gefälscht.«

»Hätte sie aber machen können, sie war schließlich Lehrerin.«

»Erstens war sie schon ewig in Rente. Und zweitens war sie Grundschullehrerin. Das ist doch kein Grundschulzeugnis.«

Aktuell zweifle ich an Tims Intelligenz, zum ersten Mal.

»Aber das ist irre. Wenn das stimmt, was hier steht, ...«

Nach wie vor hält er mein Abiturzeugnis hoch, als wäre es ein Beweismittel in einem Mordprozess. Dabei ist es nur ein Beweis, dass Frau O mein Leben gerettet hat.

»Was ist, wenn das stimmt? Was willst du mir damit sagen?«

Mir ist so was von klar, was er andeutet. Trotzdem sollte er wenigstens die Eier haben, es mir ins Gesicht zu sagen. Dass er mich für eine minderbemittelte Schlampe hält.

»Verdammt, Bebe, ich hatte ja schon gemerkt, dass du um Längen intelligenter bist, als du dich gibst. Aber das hier ...«

Noch einmal wedelt er mit meinem Zeugnis. »Das hier ist der beste Notendurchschnitt, den ich je gesehen habe. Und ich habe einige Freunde, die Medizin studieren.«

Ich zucke die Schultern. Eventuell hat er mir die minderbemittelte Schlampe nicht lange abgekauft. Tim gegenüber habe ich meine Tarnung vergleichsweise schnell aufgegeben und ihm mehr Wahres Ich gezeigt als den meisten anderen Menschen.

»Ich denke nicht, dass Medizin das Richtige für mich ist«, antworte ich.

Sämtliche berufliche Perspektiven habe ich schon längst mit Frau O durchdiskutiert. Mir ist ja nicht erst seit meinem Abschluss vor einem Monat klar, dass ich einen Schnitt habe, mit dem ich absolut alles studieren kann. Wie auch immer ich überhaupt studieren soll, wenn ich gleichzeitig meine Mutter und Schwestern durchfüttern muss.

»Weil?« Tim starrt mich an wie ein exotisches Tier. Da ich nicht antworte, beginnt er zu raten. »Du kannst kein Blut sehen? Du hast Angst vor der Pathologie? Du hast trotz dieses irren Schnitts nicht kapiert, dass du hochintelligent bist?«

»Ich habe kein Problem mit Blut. Ich will unbedingt einmal in die Pathologie. Und ich weiß, seit ich fünf bin, dass ich so schlau bin, dass ich es besser verstecke.« Ich habe nur ein einziges Mal demonstriert, dass ich cleverer als andere bin, und bin danach tierisch vermöbelt worden. Der Junge von damals ist inzwischen ein Mann und längst im Knast, das nenne ich ausgleichende Gerechtigkeit.

»Was ist es dann?«

»Ich mag Menschen nicht besonders.«

Ein paar Sekunden sieht er mich fassungslos an, schließlich schiebt sich ein ungläubiges Grinsen in sein Gesicht. »Wie bist du denn dann ausgerechnet beim Frisör gelandet? Ununterbrochen körperlicher Kontakt inklusive Klatsch und Tratsch.«

»Ein weiterer Grund, den Job zu wechseln.«

Jetzt lacht er wirklich. »Du kannst trotzdem Medizin studieren. Wenn du Rechtsmedizinerin wirst, hast du nicht mehr allzu viel mit lebenden Menschen zu tun.«

»Es gibt jede Menge Berufe, in denen man nicht viel mit lebenden Menschen zu tun hat. Es gibt so viele Möglichkeiten, dass mir schwindelig davon wird. Nach dem Hauptschulabschluss war das simpel, da konnte ich von Glück reden, dass Sabrina mich trotz meiner Noten genommen hat.«

»Warum hast du nicht bessere Noten geschrieben? Denn dann ... du weißt schon.«

»Die Mädchen mit den besseren Noten wohnen nicht da, wo ich wohne. Da, wo ich wohne, schwänzt man, fällt durch oder schafft maximal mit Ach und Krach den Abschluss. Andernfalls wird man Tag für Tag verprügelt, das war keine echte Option.«

»Da hast du dich lieber dumm gestellt«, schließt er mit einer Traurigkeit in der Stimme, die mir absolut gar nicht gefällt.

Ich kneife die Augen zusammen und mustere ihn finster. »Sich dumm stellen, hat auch Vorteile. Schule schwänzen macht mehr Spaß, als in einer Klasse Pubertierender mit unmotivierten Lehrern auf das nächste Klingeln zu warten. Ich hatte jede Menge Freizeit.«

»Die du dann im benachbarten Park mit einer Horde Pubertierender verbracht hast, indem ihr auf die nächste Polizeikontrolle gewartet habt?«

»Ach was.« Ich winke großzügig ab und mache noch einen Schritt näher an ihn heran. »Ich habe mit den Älteren abgehangen und meine wachsenden Brüste wie eine verbotene Frucht vor deren Nase baumeln lassen. Das hatte in dem Alter durchaus seinen Reiz. Und die Bullen haben sich da, wo wir waren, nie blicken lassen. Die hatten zu viel Schiss.«

Tims Augen zucken einmal kurz, aber er kann verhindern, seinen Blick in meinem Ausschnitt zu versenken, den ich ihm gerade mal wieder so unübersehbar präsentiere. Er hat entweder eine unmenschliche Selbstbeherrschung oder er ist schwul.

Lässig kommt er zu seinem eigentlichen Thema zurück und wirft erneut einen Blick in mein Zeugnis. »Echt, Bebe, Chemie und Mathematik als Leistungskurse und in beiden volle Punktzahl. Das ist beeindruckend. Und deine Reaktion nach dem Fund der Leiche war es auch. Die meisten Menschen geraten in Panik, werden hysterisch und vernichten unbeabsichtigt Spuren. Du warst cool und hast sogar schneller als wir gemerkt, dass es kein Unfall sein kann.«

»Ich glaube nicht, dass ich in einer regulären Schule so gut abgeschnitten hätte, selbst wenn ich gewollt hätte. Aber sobald man das Lernen nur für sich macht, ohne Druck von außen, nur mit den eigenen Erwartungen, dann ist es einfacher.«

»Nach dem Job das Abi per Abendschule zu machen, ist ganz bestimmt nicht einfacher. Die meisten Abiturienten haben nichts anderes als Schule.«

Die Bewunderung in seiner Stimme fühlt sich gut an. Ist es

wirklich ein einzelnes Blatt Papier, das mich aus der Masse der Asozialen heraushebt und zu einem vollwertigen Menschen macht? Und wenn es das ist, finde ich das in Ordnung? Ein anderer Mensch bin ich dadurch nicht.

»Und cool war ich auch nicht. Ich habe seit Frau Os Tod mehr geheult als in meinem ganzen Leben zuvor«, beharre ich auf der Ich-bin-gar-nicht-toll-Tour.

Das ist eine ungewohnte Unterhaltung, üblicherweise läuft das anders herum.

Jetzt schaut er mich still an.

»Das tut mir leid«, sagt er dann. »Ich glaube, mir war gar nicht bewusst, wie wichtig sie für dich war.«

Das Gespräch bekommt eine emotionale Tiefe, die mir überhaupt nicht passt. Was vor allem an dem Umstand liegen dürfte, dass mir in diesem Moment Tränen in die Augen steigen. Hart blinzle ich sie weg. Hart sein kann ich. Daran wird auch Tim Weigand und das Mitgefühl in seiner Stimme nichts ändern.

»Mein Abizeugnis hat Frau O nicht gegen den Türrahmen geschmettert. Du hast da nichts gefunden, was uns weiterbringt«, sage ich mit kalter Stimme und wende mich wieder den Briefen zu.

Meine heimlichen Blicke verraten mir, dass Tim mich eine Weile frustriert mustert, dann aber seine Kontrolle der Aktenordner weiterführt. Ich nehme mir den letzten und aktuellsten Brief der Schulfreundin an Frau O vor und stoße auf der Stelle einen Pfiff aus.

»Liebe Silvia, meiner Meinung nach solltest du dich an die Polizei wenden«, lese ich laut vor. »Man kann nicht jedes Problem still und leise lösen und nachdem du dich nun monatelang damit quälst und hoffst, es erledigt sich von allein, sind wir uns doch inzwischen einig, dass das nicht der Fall sein wird. Ich mache mir Sorgen um dich. Wenn man sich im eigenen Zuhause nicht sicher fühlt, wird man über kurz oder lang krank davon.«

Tim hat seine Aktivitäten eingestellt und ist hinter mich getreten. Ich halte ihm den Brief hin und deute auf das Datum. »Der hier ist keine Woche alt.«

Eine Schande, dass wir nur die Antwort haben und nicht den Originalbrief, in dem Frau O ihre Probleme geschildert hat.

»Geht es noch weiter?«

»Nee, der Rest ist dasselbe Blabla wie in den anderen Briefen.«

»Klingt definitiv nach einer heißen Spur.«

»Klingt eher nach einem Haufen Andeutungen, ohne konkret zu werden. Als ob diese Lore uns mit Absicht ärgern möchte«, maule ich. »Mehr als den Hinweis, dass es ein Problem im Haus sein muss, liefert sie nicht.«

»Und wie würde die Hobbydetektivin das Geheimnis lösen?«, fragt Tim mit leichtem Lächeln. »Immerhin wärst du ja letzte Nacht allein auf den Hinweis gestoßen, wenn ich dich nicht erwischt hätte.«

Unbewusst reibe ich mir über das Handgelenk, das sich noch immer empfindlicher als normal anfühlt. Dann werfe ich Tim einen finsteren Blick zu.

»Ich rufe Lore an und erzähle ihr ein wildes Lügenmärchen. Frau O hätte Andeutungen über ein Problem im Haus gemacht, wolle aber nicht so recht mit der Wahrheit rausrücken. Und ich wolle ihr helfen, so in der Art.« Ich finde meinen Plan nicht schlecht. Solange Lore mich nicht zu sehen bekommt, könnte ich mit der Story durchkommen. »Und wie würde der Superbulle es lösen?«

»Ich rufe Frau Lore Mallat an und erzähle ihr die Wahrheit.« Tim Weigand amüsiert sich eindeutig über meinen Plan mit dem Märchen. »Sie wollte ja eh die Polizei einschalten.«

»Was mir nichts nützen würde. Mit der Wahrheit brauche ich keinem kommen.«

»So ein Glück, dass du mich dabei hast.«

Irgendwie wirkt er selbstgefällig. Trotzdem verkneife ich mir einen Kommentar dazu, während ich ihm Frau Os Telefonbuch präsentiere, das wie üblich in der oberen Schublade des Schreibtisches liegt. Die Nummer von Lore Mallat ist ordnungsgemäß unter M notiert.

»Kriminalpolizei Stadt Köln, Kriminalkommissar Weigand am Apparat. Spreche ich mit Frau Lore Mallat?«, leitet er das Gespräch überaus seriös ein.

Mein Plan kommt mir auf der Stelle noch kläglicher vor. Ich hätte mich sogar mit einem falschen Namen melden müssen, denn einer Blossom Blue vertraut sich niemand an.

Trotzdem bin ich aktuell nicht erpicht darauf, mit Tim zu tauschen. Er muss nämlich der armen Frau erklären, dass ihre liebste Freundin unter ungeklärten Umständen zu Tode gekommen ist. Was er auch überaus professionell und einfühlsam über die Bühne bringt. Nach ein paar tröstenden Worten lenkt er das Gespräch auf den Hinweis aus dem Brief und der Tatsache, dass Hilfe nun für Frau Ostlender zu spät kommt, die Polizei aber trotzdem ein großes Interesse daran hat, diesem erwähnten Problem auf den Grund zu gehen.

Danach höre ich nur noch »Aha« und »Hmm« und »Verstehe«. Ungeduldig trommle ich mit den Fingernägeln auf dem Schreibtisch. Das Gespräch zieht sich. Und Tim gibt keinen einzigen Satz von sich, der mir wenigstens einen kleinen Hinweis über den Verlauf liefert.

Endlich legt er auf.

»Und?«, frage ich angespannt.

»Nette Frau«, sagt er und nimmt auf dem Schreibtischstuhl Platz.

»Bist du auf Partnersuche?«, frage ich ungehalten.

Er schaut mich nachdenklich an und schweigt.

Ich setze mich mit Schwung auf die Schreibtischplatte und lasse die Beine baumeln. Frau O hätte die Hände über dem Kopf zusammengeschlagen, sie war im Umgang mit ihren Möbeln überaus penibel und zu ihren Lebzeiten hätte ich mich das nie gewagt. Aber vor Tim stehenzubleiben, während ich darauf warte, dass er sich dazu herablässt, mich einzuweihen, geht gar nicht.

»Die Spur ist nicht nur heiß, sie ist ultraheiß«, redet er endlich.

»Und das bedeutet was?«, quengle ich. Wie kann ein Mensch nur so langsam und gemächlich reden? Will er mich mit Absicht quälen?

»Das bedeutet, dass ich dieser Sache mit meinen Kollegen nachgehen muss.«

»Welcher Sache denn nun?«

»Blossom Blue«, beginnt er, dann sieht er aus dem Fenster. Verlegen fährt er sich durch die Haare und zuckt zusammen, als er dabei bemerkt, wie kurz sie sind. »Das ist echte Polizeiarbeit, da kann ich niemanden von außerhalb mit hineinziehen. Das verstehst du doch, oder?«

Ich schnappe nach Luft, als ich kapiere, dass er mich außen vor lassen will.

»Du kannst mir nicht einmal sagen, was Frau Mallat dir erzählt hat?« Meine Stimme krächzt ein bisschen und ich spüre, wie Wut in mir aufsteigt und die Fassungslosigkeit verdrängt. »Ich habe den Brief gefunden. Ich habe darauf beharrt, dass es einen Hinweis geben muss. Und jetzt lässt du mich fallen wie eine heiße Kartoffel?«

»Tut mir leid. Ich habe keine Wahl.« Zugegeben, er scheint sich zu schämen. Das nützt mir jedoch nichts.

Wütend kaue ich auf meiner Unterlippe, die als Kaugummiersatz herhalten muss.

»Okay«, gebe ich schließlich klein bei. »Ich muss auf die Toilette. Das darf ich doch? Oder willst du mich auf der Stelle aus der Wohnung schmeißen?«

»Mach das, die Spusi ist durch. Und wir sind ebenfalls fertig.«

Ich rutsche vom Tisch, werfe ihm einen verächtlichen Blick zu und rausche ins Badezimmer. Glaubt der blöde Bulle wirklich, ich lasse mich so leicht ausbooten? Ich habe ein ausgezeichnetes Gedächtnis, auch für Zahlen. Und er ist nicht der Erste, der mich verarschen will.

»Kriminalpolizei Stadt Köln, Laura Kovacek am Apparat«, melde ich mich und ahme Tims ernsthaften Tonfall nach. »Frau Mallat, Sie haben gerade mit meinem Kollegen Weigand gesprochen. Leider sind doch noch ein paar Fragen offengeblieben.«

»Bebe, was machst du da?«, höre ich Tims fassungslose Stimme durch die Tür. Es ist eine solide Tür und er klingt so gedämpft, dass Frau Mallat ihn durch das Handy nicht vernehmen wird. Ein triumphierendes Grinsen kann ich mir nicht verkneifen.

»Ach ja, natürlich.« Die Stimme von Frau Mallat klingt verheult. Sie muss Frau O wirklich gerngehabt haben. »Wie kann ich Ihnen denn noch helfen?«

»Diese Sache, die Sie geschildert haben ...«, taste ich mich langsam ran.

»Ja, mit dem Herrn Müller«, führt sie den Satz fort.

»Das war schon bedrohlich.«

»Das habe ich auch immer gesagt. Aber Silvia war so geduldig. Sie war sich sicher, dass dieser Mann nicht gefährlich ist. Ich habe das ja anders gesehen.«

»Belastet hat es sie doch vermutlich trotzdem.«

»Bebe, mach sofort die Tür auf. Das kannst du nicht bringen«, ruft Tim durch die Tür. Er drückt die Klinke hinunter, aber ich habe selbstverständlich abgeschlossen.

»Das würde ja jeden belasten. Es war ja fast täglich ein neuer Vorwurf. Silvia würde die Tageszeitung stehlen, also wirklich. Sie würde absichtlich Dreck im Treppenhaus verteilen, mitten in der Nacht laut Rockmusik hören, und so weiter und so fort. Es nahm ja kein Ende.«

»Das klingt nach lächerlichen Vorwürfen.« Frau O hat Klassik geliebt und definitiv keine Rockmusik. Und eine Tageszeitung hatte sie selbst.

Tim hämmert mittlerweile gegen die Tür.

»Sagen Sie, was ist denn das für ein Lärm bei Ihnen?«, fällt es auch Frau Mallat auf.

»Fragen Sie nicht, wir haben gerade die Handwerker im Haus. Arbeiten kann man so nicht«, stöhne ich. »Und dabei haben Sie sowieso schon so einen harten Beruf. Vor allem für eine Frau muss es bei der Mordkommission doch belastend sein.«

»Man gewöhnt sich dran. Und das Wichtigste ist, dass wir etwas bewirken. Die Welt ein wenig sicherer machen.«

Wieso soll es für eine Frau härter sein, Polizistin zu sein, als für einen Mann? Ich spare mir widerwillig eine Grundsatzdiskussion.

»Ach, wie schön, jemanden zu treffen, der seine Arbeit als Berufung sieht.« Ich freue mich über das Lob, obwohl alles gelogen ist. »Ich hoffe, Sie klären Silvias Tod schnell auf. Ehe Herr Müller ein weiteres Opfer findet.«

»Hat er Frau Ostlender denn körperlich bedroht?«

»Sie sagt nein. Aber ich bin mir nicht sicher, ob sie die Wahrheit gesagt hat. Dieser Mann ist ja krank im Kopf, da muss man mit allem rechnen. Hätte Silvia doch bloß direkt die Polizei eingeschaltet.«

»Da haben Sie wohl recht, Frau Mallat.« Von Tim ist nichts mehr zu hören. Glücklicherweise. »Darf ich Ihnen eine ganz andere Frage stellen? Auch wenn sie etwas merkwürdig klingt?«

So heiß, wie Tim die Spur findet, ist sie meiner Meinung nach nicht. Ich kenne nämlich Herrn Müller. Und der ist definitiv nicht der jugendliche Liebhaber. Oder jemand, der als derjenige durchgehen könnte.

»Aber selbstverständlich, Frau Kovacek. Ich bin doch froh, wenn ich helfen kann. Wenigstens das. Das ist ja das Einzige, das ich noch für Silvia tun kann.« Sie schnieft laut und ich muss mich echt zusammenreißen, nicht mit ihr zusammen zu heulen.

»Hat Frau Ostlender in letzter Zeit etwas von einem jungen Mann berichtet? Jemandem, der ihr nahestand.«

»Ein junger Mann? Nein, da gab es weder einen jungen noch einen alten Mann, der ihr nahestand. Silvia war ...« Sie schweigt.

»...anspruchsvoll?«, führe ich den Satz zu Ende.

»So würde ich es nicht nennen.«

»Gerne allein?«

»Auch nicht.«

Nachdenklich lasse ich mich auf den Rand der Badewanne sinken. Es ist irritierend, dass Frau Mallat nicht mit der Wahrheit rausrücken möchte.

»Dann hatte sie einfach kein Glück in der Liebe?«

Mit kein Glück in der Liebe kenne ich mich aus, auch wenn ich erst zweiundzwanzig bin und keine Rentnerin, die meines Wissens nach nie verheiratet war.

»Ja, so kann man das nennen«, stimmt Frau Mallat mir erleichtert zu. »Auf jeden Fall gab es nie einen Mann, weder früher noch jetzt.«

Ich vermute nach wie vor, dass mehr hinter den Worten steckt, als ich erkenne, aber ich bin am Ende meiner Weisheit. Solange es keinen Mann betrifft, ist es eh nicht relevant für den Unbekannten, der mit Frau O gesehen wurde.

»Gut, Frau Mallat, ich bedanke mich recht herzlich bei Ihnen. Wir melden uns, sobald es Neuigkeiten gibt.«

Möglicherweise ist auch das eine Lüge. Ich befürchte nämlich, dass die Polizei Freunde und Zeugen nicht regelmäßig über den Stand der Ermittlungen informiert.

»Das ist lieb von Ihnen. Auf Wiederhören, Frau Kovacek, machen Sie es gut.«

Ich lege auf und frage mich beklommen, was mich erwartet, sobald ich die Tür öffne. Von Tim ist nämlich nichts mehr zu hören. Es ist jedoch offensichtlich, dass er stinksauer sein wird. Aber egal, wie angepisst er ist, die Aktion war es wert. Auf keinen Fall gehe ich brav nach Hause und überlasse der

Polizei die Ermittlung, die echte Polizeiarbeit, wie Tim es nannte. Frau O war meine Freundin, sie hat so viel für mich getan und die einzige Art, auf die ich mich jetzt bei ihr bedanken kann, ist dafür zu sorgen, dass ihr Tod aufgeklärt wird.

Entschlossen straffe ich die Schultern, schiebe das Handy zurück in die Tasche und verlasse das Badezimmer. Tim lehnt an der Wand gegenüber und hat die Arme vor der Brust verschränkt. Er mustert mich mit ungerührter Miene und sagt kein Wort. Jetzt einfach zu gehen, sähe nach Flucht aus. Trotzig schiebe ich einen Kaugummi in den Mund und lehne mich an die Wand ihm gegenüber. Dann warte ich die Standpauke ab.

Eine Weile liefern wir uns ein Blickduell.

»Ich werde dich nicht davon abhalten können, mit Herrn Müller zu sprechen, richtig?«, fragt Tim schließlich resigniert.

»Richtig.«

»Kannst du dich benehmen, wenn ich dich mitnehme?«

Ich runzle die Stirn und kaue heftiger auf dem Kaugummi.

»Was willst du damit sagen?«

»Schlichte Klamotten, weniger Schminke. Ohne Kaugummi. Und ich rede und du hörst zu.«

Jetzt kneife ich die Augen zusammen. Will er mir einen reinwürgen, weil ich mich ohne seine Zustimmung weiter in die Ermittlung dränge? Seine Stimme ist jedoch so neutral, dass ich den Gedanken ignoriere.

»Okay, kriege ich hin.«

Eine gewagte Behauptung. Weder die Klamotten noch der Kaugummi ist ein Problem. Aber wenn Tim nicht die richtigen Fragen stellt, werde ich nicht schweigen. Das wird er dann schon merken. Ich versuche mich trotzdem an einem unschuldigen Blick.

kapitel 9

Die Klamotten stellen sich doch als Problem heraus. Egal, was ich anziehe, es sieht billig aus und lächerlich, sobald ich mir vorstelle, wie ich neben Tim wirken werde. Tim mit seinen akkurat gebügelten Hemden, der gut sitzenden Hose und den geputzten Schuhen.

Schlussendlich ziehe ich an, was ich immer trage.

»Ach du je«, werde ich von Sabrina begrüßt. »So schlimm?«

»Ja«, brumme ich.

»Mir hat er gefallen.«

»Habe ich gemerkt.«

Sabrina hält mir einen Kaffee hin.

»Sag mir, was das Problem ist«, fordert sie mich auf. »Ich habe vielleicht kein Glück mit Männern, auskennen tue ich mich aber durchaus.«

»Nee, die Sache zwischen Tim und mir ist anders.«

Ich werfe einen Blick in den Terminkalender und stelle fest, dass wir heute einen harten Tag vor uns haben. So gut wie keine Pause.

»Was meinst du damit?«

»Ich habe kein Problem à la er-mag-meine-Mutter-nicht oder er-küsst-schlecht. Es ist genau genommen kein Männerproblem.«

Sabrina lächelt mich wohlwollend an.

Was sagt es über mich aus, dass die einzige Person, die ich eine Freundin nennen würde, meine fünfunddreißigjährige Chefin ist, die in Scheidung lebt?

Ich gebe nach.

»Ich habe keine Klamotten«, murmle ich peinlich berührt.

»Du hast ihn ja gesehen. Mein Kleidungsstil passt nicht zu seinem. Meine ganze Optik passt nicht zu seiner.«

»Hat er sich beschwert?« Sabrina zieht die Augenbrauen hoch.

Na ja, nicht direkt. Die Aussage, dass ich mich für einen Besuch bei Herrn Müller anders präsentieren muss, hat schon seine Berechtigung.

»Bebe, echt, wenn er an deinen Klamotten mäkelt, schießt du ihn ab. Ein Mann, der nicht akzeptiert, wie du dich anziehst, macht dich auf Dauer nicht glücklich. Er würde nach und nach immer mehr an dir ändern wollen.«

»Es geht eigentlich nur um einen einzigen Besuch. Wir gehen zu einem älteren Herrn.« Oh Mann, wie beschreibe ich Sabrina mein Problem, ohne von Mord und Polizeiermittlungen zu sprechen? Es schmeichelt mir so sehr, dass sie nach wie vor glaubt, Tim Weigand könne an mir als Person interessiert sein. Er könne an einer Beziehung mit mir interessiert sein. »Und dieser ältere Herr ist ein wenig ... prüde.« Ich deute auf meinen Ausschnitt.

»Ach so. Verwandtenbesuch?«

»So in etwa.«

Sabrina lacht auf. »Ich bin ja durchaus der Meinung, dass du diese zwei Schätzchen dort zeigen kannst, aber einen sabbernden Greis möchte man vielleicht auch nicht im Ausschnitt hängen haben. Ich schau mal in der Mittagspause, was ich in meinem Kleiderschrank finde.«

Sabrina und ich haben eine ähnliche Kleidergröße, trotzdem habe ich Bedenken. Auch Sabrina ist viel zu flippig, um als Begleitung der Mordkommission durchzugehen.

Sie grinst mich vergnügt an.

»Ich habe mir extra für den Anwalt und die Gerichtsverhandlungen so 'ne Art Anzug gekauft. Seriös bis zum Abwinken. Damit wirst du auch deinen geschniegelten Kripobeamten umhauen.«

Die Türklingel läutet.

»Sabrina, du bist ein Schatz.« Schnell springe ich auf. »Die erste Dauerwelle übernehme ich.«

Meine Chefin kichert, denn sie weiß, wie sehr ich Lockeneindrehen hasse.

Am Abend erkenne ich mich selbst nicht mehr.

Der Hosenanzug passt perfekt und sogar geeignete Schuhe und eine Handtasche hat Sabrina für mich organisiert. Was aber den Vogel abschießt, ist die Frisur, die sie mir verpasst hat. Meine platinblonde Mähne ist zu einem ordentlichen Dutt eingedreht, aus dem kein einziges unordentliches Haar herauslugt. Ich verzichte auf die falschen Wimpern und lege nur dezentes Make-up auf. So würde selbst meine Mutter auf der Straße an mir vorbeilaufen.

Gut gelaunt und eine Viertelstunde früher als abgemacht nähere ich mich Frau Os Haus, vor dem ich mit Tim verabredet bin. Er ist noch pünktlicher als ich. Mit den Händen in den Hosentaschen steht er auf dem Bürgersteig und schaut gelangweilt die Straße entlang. Als er mich entdeckt, nickt er mir höflich zu und lässt seinen Blick dann zum Park auf der anderen Straßenseite wandern.

»Ich bin bereit, mich in mein erstes Verhör zu stürzen. Es wird doch ein Verhör, oder?«, begrüße ich ihn.

»Verzeihung, was meinen Sie?« Erschrocken dreht er sich zu mir und mustert mich verwirrt. »Kennen wir ...«

Er stockt und erstarrt. Seine Augen wandern einmal an mir entlang, über die Kleidung, die Frisur, mein fast nacktes Gesicht.

»Ob wir uns kennen?«, frage ich mit breitem Grinsen. »Da du der erste Mann bist, der mein Gesicht genauer betrachtet hat als meine Brüste, solltest du mich auch erkennen, wenn ich sie nicht zeige.«

»Ich … aber …«, stammelt er. Dann schüttelt er entschlossen den Kopf. »Entschuldige bitte, Bebe, das war gerade echt blöd von mir. Ich hatte dich ja gebeten, dich dezenter zu kleiden, aber damit habe ich jetzt nicht gerechnet.«

»Dann ist es dezent genug?«

»Ja, definitiv.« Eine Sekunde lang scheinen ihm weitere Worte zu dem Outfit auf der Zunge zu liegen, doch er schluckt sie ungesagt hinunter. »Wenn du meine Bitte, mich reden zu lassen, genauso konsequent umsetzt, dann wirst du die schweigsamste Begleitung, die ich je hatte.«

»Ist deine Freundin so eine Plaudertasche?«, wage ich einen neuen Vorstoß.

Er schnaubt nur.

»Ich kann mir gut vorstellen, dass du zu Hause kaum zu Wort kommst«, fahre ich ungerührt fort. »Darfst du überhaupt über die Ermittlungen sprechen oder ist das alles geheim? Und will deine Frau das hören? Oder gruselt es sie, wenn du über Tote sprichst? Für die Kinder ist das selbstverständlich auch kein geeignetes Thema. Du hast doch Kinder, oder?«

»Sprichst du zu Hause über deine Arbeit?«, stellt er eine Gegenfrage und hält mir die Haustür auf.

»Natürlich nicht.« Ich rolle mit den Augen. Meine Mutter will kostenlose Extensions und immer neue Farbe, sobald ich den Frisör erwähne.

»Siehst du.« Herr Müller wohnt genau ein Stockwerk höher. Tim geht neben mir die Treppe hinauf, an Frau Os Wohnung vorbei. »Genauso handhabe ich das auch.«

»Ich habe niemanden, den es interessiert, was ich auf der Arbeit erlebe«, wende ich ein. Er hat meine Mutter doch kennengelernt. »Du wahrscheinlich schon.«

»Ich ziehe es trotzdem vor, nicht darüber zu reden.«

Aha, da habe ich meine Antwort. Er hat also jemanden, den es interessieren würde. Resigniert beiße ich mir auf die Lippe und schweige.

Tim klingelt an der Wohnungstür. Eine Weile warten wir wortlos, ohne dass sich etwas im Inneren regt. Tim klingelt erneut.

Schließlich wird die Tür geöffnet, langsam, nur einen Spalt. Ich habe Herrn Müller selbstverständlich hin und wieder gesehen. Vier Jahre lang war ich regelmäßig vor Ort, da begegnet einem jeder Bewohner im Treppenhaus. So alt habe ich ihn jedoch nicht in Erinnerung.

»Herr Müller, ich bin Kriminalkommissar Weigand von der Mordkommission.« Er hält ihm seinen Dienstausweis hin. »Neben mir steht Frau Kovacek. Sie haben ja schon mit den Kollegen gesprochen, wir haben jedoch noch ein paar Fragen. Dürfen wir reinkommen?«

Herr Müller betrachtet eingehend den Ausweis. Dann nickt er langsam und öffnet uns wortlos die Tür.

Mich hätte er im Treppenhaus abgefertigt.

Ich werfe einen neidischen Blick auf Tim, der seinen Ausweis einsteckt, ohne ihn weiter zu beachten. Für ihn ist es selbstverständlich, so einen Türöffner zu haben. Ist ihm gar nicht klar, wie cool und professionell und beeindruckend er damit wirkt?

Sowohl mit dem Ausweis als auch mit seinem ganzen Auftreten.

Leise betrete ich hinter ihm die Wohnung.

Sie liegt genau über der, die ich kenne, und ist identisch geschnitten. Auch hier bedeckt ein langer Läufer den Flur und instinktiv wandert mein Blick erst zu der Stelle, an der der Hausschuh gelegen hat, dann zum Türrahmen am anderen Ende, an der ich meine Freundin gefunden habe.

Wir folgen Herrn Müller ins Wohnzimmer, in dem er sich in einen Sessel setzt und uns das gegenüberliegende Sofa zuweist. Jetzt bin ich sozusagen Tims Kollegin, denn das ist der Schluss, zu dem Herr Müller kommen muss. Es fühlt sich gar nicht schlecht an.

Unser Gastgeber hat nach wie vor kein Wort gesprochen.

»Ich muss Sie darauf hinweisen, dass es Ihnen freisteht, Angaben zu verweigern, durch die Sie sich selbst belasten würden. Wenn Sie sich äußern, sind Sie verpflichtet, die Wahrheit zu sagen«, eröffnet Tim äußerst akkurat und professionell das Gespräch. Ich schätze, das muss er machen. »Haben Sie mich verstanden, Herr Müller?«

Der alte Mann nickt zwar, trotzdem bin ich mir sicher, dass er gar nicht so recht zugehört hat.

»Herr Müller, Sie kannten Frau Ostlender?«, fragt Tim. Er sitzt ordentlich auf dem Sofa, die Beine leicht gespreizt und aufmerksam nach vorne gebeugt. Ich ahme seine Haltung nach. Die Anzughose bietet den Vorteil, dass ich mir keine Gedanken darüber machen muss, in welcher Pose ich zu viel Bein oder gar meine Unterwäsche zeige.

Herr Müller nickt erneut. Dann blickt er sich im Raum um, als müsse er nachschauen, wo er sich befindet. Sein Blick fällt auf uns und er wirkt verwirrt.

»Und wie war Ihr Verhältnis zu Frau Ostlender?« Tim lässt sich nicht aus dem Konzept bringen.

»Wer ist Frau Ostlender?« Das sind die ersten Worte, die wir aus dem Mund unseres Gastgebers hören. Seine Stimme klingt alt und brüchig und zu selten genutzt.

»Die Dame, die unter Ihnen gewohnt hat. Sie haben doch schon mit den Kollegen über sie gesprochen.«

»Ach, ja.«

»Und?«

»Ja, doch, die habe ich gekannt.«

Tim seufzt leise neben mir auf, fast unhörbar.

»Und wie standen Sie zu ihr?«

Das stockende Gespräch ist ermüdend. Gelangweilt schaue ich mich im Wohnzimmer um. Es riecht nicht nur muffig, es sieht auch aus, als ob zu lange nicht geputzt wurde.

Staub auf allen Möbeln, Fusseln auf dem Teppich. Immerhin ist es ordentlich. Herr Müller wirkt wie seine Wohnung. Angekleidet und gekämmt, aber ich könnte schwören, dass er nicht geduscht ist. Er verströmt den Geruch nach alten Menschen, die sich selbst nicht mehr wahrnehmen und sich daher nicht waschen. Weder ihren Körper noch ihre Kleidung.

»Ja«, sagt er. Sonst nichts.

»Haben Sie sie oft getroffen?«

»Ja, doch.«

»Haben Sie sie gemocht?«

»Ja, doch.«

Mühsam unterdrücke ich ein Kichern. Als Verhörprofi erweist Tim sich bisher nicht.

»Wir glauben ja vielmehr, dass Sie sie gehasst haben.« Jetzt wird sein Ton schärfer.

»Ach, ja«, gesteht er bereitwillig. »Wen denn?«

Tim gibt einen erstickten Ton von sich.

Entweder ist Herr Müller gerissen oder dement. Ich tippe auf dement. So wie Tim seine Lippen aufeinanderpresst, tendiert er zu gerissen.

»Herr Müller, wir haben Beweise dafür, dass Sie Frau Ostlender terrorisiert haben. Sie haben sie bedroht und sie hatte Angst vor Ihnen.«

»Ist Frau Ostlender nicht die Frau, die unter mir wohnt?«

»Ja, natürlich ist sie das.«

»Ach ja. Dachte ich mir doch.«

»Sie haben sie bedroht.«

»Wen denn?«

»Frau Ostlender. Sie ist tot. Sie wurde ermordet. Und sie hatte Angst vor Ihnen.« Tim redet nun lauter, strenger.

»Ach so? Das ist ja schlimm.«

Unser Verdächtiger nickt langsam, sein Kopf wackelt hin und her. Keine Ahnung, welche der Infos er verstanden hat. Ich befürchte, nicht viele.

»Was ist schlimm? Dass Sie nun unser Hauptverdächtiger sind?«, fragt Tim und bemüht sich, bedrohlich zu wirken.

»Ja. Ja, ja.«

Herr Müller nickt nach wie vor, aber ich bezweifle, dass er noch zuhört. Er macht den Eindruck, jeden Moment einzuschlafen. Seine Augenlider sind schwer und er schaut nicht mehr Tim an, sondern auf den Boden. Wenn er nicht dement ist, dann ist er ein begnadeter Schauspieler.

»Herr Müller, wir wissen, dass Frau Ostlender jede Nacht wilde Partys gefeiert hat«, übernehme ich das Verhör. Mit Tims Methode sehen wir dem alten Mann noch beim Sterben zu, ehe etwas Sinnvolles hierbei herauskommt. »Sie hat das Treppenhaus mit ihren Gästen verwüstet, sie hat einen Höllenlärm veranstaltet. Womöglich hat sie sogar Orgien in ihrer Wohnung gefeiert. Direkt unter Ihnen.«

Jetzt ist der alte Herr hellwach.

»Rockmusik«, sagt er anklagend. »Die Wände haben gewackelt. Es war unerträglich.«

»Das konnten Sie sich doch nicht bieten lassen.« Ich nicke Herrn Müller mitfühlend zu. Tim neben mir bewegt sich nicht mehr, seinen vorwurfsvollen Blick kann ich jedoch spüren.

Hat er ernsthaft geglaubt, ich würde mir das Elend stundenlang ansehen?

»Jede Nacht?«

Herr Müller nickt eifrig. »Und wenn ich geklingelt habe, um mich zu beschweren, hat sie die Musik ausgestellt und ihre Gäste haben sich versteckt. Immer wieder.«

»Du legst ihm Worte in den Mund«, zischt Tim mich an. »Das geht so nicht.«

Es geht hervorragend. Ich grinse.

Dann hole ich mein Handy heraus und starte *Smells like Teen Spirit* von *Nirwana*. Das ist für mich der ultimative Rock-Klassiker.

Schon bei den ersten Tönen fährt Herr Müller vom Sofa auf und steht mit erhobenen Fäusten und irrem Blick vor uns.

Ich stelle mich ebenfalls rasch hin.

Der tattrige Greis hat sich verwandelt. Aus dem orientierungslosen, harmlosen Mann ist eine wuterfüllte Person geworden. Kein Wunder, dass er Frau O Angst gemacht hat.

»Sie ...« Er geht drohend einen Schritt auf mich zu und deutet mit dem Zeigefinger auf mich. »Sie sind auch eine von denen. Glauben Sie, ich erkenne Sie nicht? Ich habe Sie gesehen, so oft.«

Ich werfe einen fragenden Blick zu Tim. Er hat sich ebenfalls vom Sofa erhoben und hebt versöhnlich die Hände.

»Ist schon gut, Herr Müller. Beruhigen Sie sich doch.« Erbost sieht er zu mir herüber.

»Mach sofort die Musik aus«, zischt er.

Ich denke nicht daran. Unser Gegenüber zeigt zum ersten Mal sein wahres Gesicht, zeigt zum ersten Mal, wozu er fähig ist. Sobald Nirwana verklingt, wird er unter Garantie wieder zur Mumie.

Ich drehe lauter.

Die Hände von Herrn Müller beginnen zu zittern und einen winzigen Moment lang schäme ich mich, einen alten Mann so zu quälen. Als aber die Wut in seinen Augen überhandnimmt, mischt sich Sorge in meinen Triumph. Ich möchte mir keine Schlägerei mit einem Greis liefern. Ganz bestimmt nicht in dem schicken Hosenanzug, den Sabrina mir geliehen hat und den ich gerne unbeschädigt zurückgeben möchte.

»Sie haben Frau Ostlender getötet«, sage ich laut. Sobald ich ein Geständnis von Herrn Müller habe, drehe ich auf der Stelle die Musik ab. »Herr Müller, Sie haben sie durch den Flur gestoßen, bis sie gestorben ist.«

»Ich werde mir das nicht bieten lassen«, brüllt der alte Mann über die Musik, die ich mittlerweile voll aufgedreht habe. »Ich werde mir das nicht bieten lassen, nicht bieten lassen.«

Er schüttelt drohend eine Faust in meine Richtung, Tim dagegen nimmt er gar nicht mehr wahr.

Mit einem letzten wütenden Blick auf mich schlägt sich Tim auf meine Seite.

»Geben Sie den Mord an Frau Ostlender zu, Herr Müller?«, fragt er. »Wir haben so viele Beweise, die auf Sie deuten. Es hilft Ihnen, die Wahrheit zu sagen.«

»Here we are now, entertain us«, murmle ich leise und warte gespannt ab, was als Nächstes geschieht, während Kurt Cobain den Refrain ins Mikro brüllt.

kapitel 10

Die Wohnungstür fällt hinter uns ins Schloss.

»Wir haben den Mörder«, stellt Tim triumphierend fest.

»Wir müssen es nur noch beweisen.«

Man kann von Tim sagen, was man will, nachtragend ist er nicht. Egal, ob ich ihn mit einem heimlichen Telefonat reinlege oder gegen seinen Willen das Verhör crashe. Alles in allem hätte ich nämlich die nächste Strafpredigt verdient.

»Wenn er es war, dann kann er sich definitiv nicht mehr daran erinnern, ein Geständnis kannst du dir abschminken. Lass ihn einen Wutanfall bekommen, sobald er Nirwana hört. Am besten vor Gericht«, schlage ich vor und hüte mich, ihn zu fragen, warum er nicht sauer auf mich ist.

Dann seufze ich laut. Obwohl ich die Reaktion aus Herrn Müller herausgekitzelt habe, bin ich nicht von ihm als Täter überzeugt. Die Vorstellung, wie dieser alte Mann Frau O den Flur entlang jagt und schlussendlich gegen den Türrahmen schmettert, ist absurd. Mehr, als drohend die Fäuste in unsere Richtung zu schütteln, hat er nämlich nicht geboten. Im Anschluss ist er völlig erschöpft auf den Sessel gesunken und hat auf keine Ansprache reagiert. Ich hoffe aufrichtig, ich habe es mit dem Abspielen der lauten Musik nicht übertrieben. Wenn er wegen Nirwana einen Herzinfarkt bekommt, habe ich ihn auf dem Gewissen.

»Das ist kein Beweis, nur ein Indiz«, muffelt Tim.

»Es gibt auch Indizienprozesse.«

»Da kennt sich ja jemand aus.« Tim zieht eine Augenbraue hoch und mustert mich aufmerksam.

»Da guckt jemand gerne Tatort«, erwidere ich. »Und da liest jemand gerne Krimis.«

»Ich habe in deinem Zimmer keine Krimis gefunden. Genau genommen waren da gar keine Bücher.«

»Weil sie hier sind.«

Wir sind wieder einmal in Frau Os Wohnzimmer. Der einzige Platz, an dem wir ungestört unter uns sind und reden können. Ich deute um mich. Das Zimmer sieht aus wie eine Bibliothek, Frau O hat alle Lektüren behalten, die sie jemals besessen hat. Ich liebe die Atmosphäre, die das erzeugt.

»Woran kann ich erkennen, welche Bücher von dir sind und welche von Frau Ostlender?«

»Es gibt da keinen Unterschied. Wir haben beide wie irre alles gelesen, was wir in die Finger bekommen haben.«

»Nur abends im Bett, da hast du wohl nicht gelesen.« Tims beiläufige Frage klingt wie eine Fangfrage. Will er mich einer Lüge überführen? Beweisen, dass ich bei meiner Leseleidenschaft nicht die Wahrheit sage, und damit nachweislich auch nicht bei meiner Trauer über Frau Os Tod?

»Nein, habe ich noch nie«, antworte ich vorsichtig.

»Warum nicht? Ich lese immer im Bett.«

Die intimste Information, die Tim je von sich gegeben hat.

»Weil ich im Bett Besseres zu tun habe. Du anscheinend nicht«, provoziere ich ihn.

»Bei dir zu Hause? Mit deiner Mutter und deinen Schwestern nebenan?«, fragt er mit einer Mischung aus Entsetzen und Unglauben. »Die Wände in diesem Haus sind aus Pappe.«

Ich kichere hinter vorgehaltener Hand.

»Ich schnarche ja nicht«, sage ich dann ernsthaft. »Wenn ich schlafe, bin ich quasi lautlos.«

Tim verzieht das Gesicht, als er bemerkt, dass ich ihn aufs Glatteis geführt habe.

»Meine Mutter dagegen bringt ihre Liebhaber regelmäßig mit nach Hause. Und sie ist furchtbar laut beim Sex«, fahre ich fort. Das Thema ist meinem kleinen Bullen unangenehm. Ob er prinzipiell ein wenig prüde ist oder ob er das Gespräch unpassend für unser Verhältnis findet? Und wie sieht er unser Verhältnis überhaupt? Polizist und Verdächtige? Polizist und Privatdetektivin? Mann und Frau?

Tim greift blind nach einem Buch und hält es mir hin.

»Hast du das schon gelesen?«

»Das Synonymwörterbuch?« Tapfer verkneife ich mir ein lautes Lachen. »Nein, weiter als über die ersten einhundert Seiten bin ich nicht hinausgekommen. Hast du deiner Mutter schon mal beim Sex zugehört?«

»Nein.« Tim schaut peinlich berührt aus. Wegen seiner Mutter oder weil sein Ausweichmanöver aufgeflogen ist?

»Deinem Vater?«

»Nein.« Er sieht mich nun wieder an. »Und das eine impliziert bei mir das andere. Ich komme aus so einer Spießerfamilie, in der die Eltern nach wie vor miteinander verheiratet sind und nicht einmal fremdgehen.«

Er fährt sich mit der Hand durch die Haare. Sie liegen anders als gestern. Ich hatte sie nämlich mit Haarwachs schön wuschelig nach oben geknetet, Tim hat sie wie gehabt brav zur Seite gegelt.

»Ich würde sonst was dafür geben, aus einer Spießerfamilie zu kommen«, sage ich leise. Im selben Moment ist mir mein Geständnis peinlich. Es klingt, wie das jämmerliche Gejammer einer Dreijährigen, die Mutter-Vater-Kind spielen will. Schnell lenke ich vom Thema ab. »Wenn ich mir jedoch anschaue, wie lahm du deine Haare heute wieder trägst, verzichte ich doch lieber.«

Nach einem nachdenklichen Blick auf mein Gesicht geht Tim auf den Themenwechsel ein. Netterweise.

»Ich hatte dich nicht um ein Umstyling gebeten. Ich musste heute Morgen retten, was zu retten war.«

»Dann gefällt es dir nicht?« Ich täusche ein betroffenes Gesicht vor. »Wenn du zu meiner Chefin gehst, um dich zu beschweren, feuert sie mich vielleicht.«

»Das würde sie nicht tun. Sie mag dich.«

»Wie kommst du darauf?« Er weiß nicht einmal, dass ich aktuell in Sabrinas Klamotten stecke.

»Ich bin Polizist, du erinnerst dich?«

»Flüchtig.« Ich strecke ihm die Zunge raus. »Und was sagt dir dein kriminalistisches Gespür?«

»Dass deine Chefin mehr Freundin für dich ist als Boss. Sie weiß, wie clever du bist, obwohl du es so gekonnt versteckst.«

»Und du magst sie, weil sie nichts gegen Bullen hat.«

»Was in deiner Umgebung ja Seltenheitswert hat.«

Ich schnaube nur und deute auf den Schreibtischstuhl.

»Setz dich da hin, dann schaue ich mal, wie ich deine Haare wieder so langweilig hinbekomme, wie du es magst.«

»So schlimm ist es nicht, ich werde mich schon dran gewöhnen.«

»Setz dich.« Ich deute nachdrücklich auf den Stuhl und Tim lässt sich augenrollend nieder. Ich stelle mich hinter ihn und fahre langsam durch seine Haare.

»Und deine Kollegin? Ist sie auch eine Freundin?«, fragt er.

»Pattie?« Ich werde Tims alten Haarschnitt nicht wieder herstellen können, aber wenn ich ehrlich bin, wollte ich ihn eh nur berühren.

»Sie hat sich mir nicht vorgestellt.«

»Es ist ja nur noch Pattie da. Sie ist im zweiten Lehrjahr.«

»Sie himmelt dich an. Sie hat allerdings was gegen Bullen«, übernimmt er meine Ausdrucksweise.

Ich lache hart auf. »Sie sagt es natürlich nicht, aber ich schätze, sie kann mich nicht ausstehen. Von wegen anhimmeln.«

»Das sehe ich anders. Und ich bin Ermittler, da ist Menschenkenntnis wichtig. Vergiss das nicht.«

Ich ziehe spöttisch eine Augenbraue hoch und entscheide mich dann für Proletensprache. »Pattie fickt mit Jason. Noch Fragen?«

Tim zuckt zusammen, schafft es aber, nicht rot zu werden. Obwohl ich wette, dass er selbst dieses Wort nie benutzt hat. Wahrscheinlich nennt er es ›Liebe machen‹.

Eine Weile schweigt er, während meine Finger seine Kopfhaut massieren.

»Ist das ein Problem für dich?«, fragt er dann.

»Was?«

»Die Sache mit Pattie und deinem Ex.«

»Könntest du konkreter werden, Tim?«, ziehe ich ihn auf.

»Was genau meinst du mit ... Sache?«

Mal schauen, wie er es ausdrückt.

»Dass sie miteinander ficken, Bebe. Das meine ich. Was war daran nicht klar?«

»Oh, ich wollte nur hören, ob du dich so vulgär ausdrücken kannst.«

»Ich habe mich schon oft genug vulgär ausgedrückt.« Tim schnaubt, trotzdem bewegt er sich nach wir vor nicht, während ich mit Druck durch seine Haare fahre.

»Und ich dachte, du bist so 'ne Art Klosterschüler. Oder wenigstens Messdiener. Mit dieser Spießerfamilie im Rücken.«

»Ich bin nicht einmal katholisch.«

Ich schnalze mit der Zunge. »Das hätte ich nicht gedacht. Tim, du schockierst mich.«

Ich sehe, wie sich ein Lächeln in sein Gesicht schiebt. »Du bist aber leicht zu schockieren.«

Bin ich nicht. Und liebend gerne würde ich die Gelegenheit ergreifen und austesten, wie schnell ich ihn endgültig aus der Fassung bringen kann. Denn ich komme aus der Gosse und Tim ist nicht halb so abgebrüht, wie er sich sieht.

Trotzdem sage ich nichts.

»Ist aus dem Grund dein Zeugnis hier? Da wo auch die Bücher sind.« Er deutet auf den Schrank, in dem ordentlich die Akte steht, in der mein Abiturzeugnis abgeheftet ist. Nach wie vor.

»Alles, was mir etwas bedeutet, ist hier.«

»So wie Peter Pan?«

»So wie Peter Pan.«

»Ich habe es übrigens gelesen.«

»Du hast Peter Pan gelesen?«

»Hm«, brummt er. »Jetzt ist mir klar, warum es dir so wichtig ist.«

»Weil Frau O es mir vorgelesen hat. Darum ist es wichtig. Das habe ich dir schon erklärt.«

»Und es hat nichts mit Wendy zu tun? Ihrer Mutterrolle, obwohl sie noch ein Kind ist? Allgemein dem Thema Mutter und Familie und wie es ist, keine zu haben?«

»Erspar mir deine Amateurpsychologie«, knurre ich. »Es ist einfach herrlich verrückt. Mehr ist es nicht.«

Er schnaubt zwar, beharrt aber nicht auf der Psychoanalyse.

»Hast du Angst, dass deine Mutter die Schulsachen und Zeugnisse zu Hause findet? Ich gehe doch recht in der Annahme, dass sie nichts von deiner schulischen Laufbahn weiß.«

»Was glaubst du?«

Ich lasse meine Hände auf seine Schultern sinken. Tims Frisur ist wieder so unordentlich, wie ich es ihm nach dem Schnitt gestylt hatte.

»Sie hat keine Ahnung«, sagt er entschlossen. Dann wendet er den Kopf und schaut zu mir hoch. »Sie denkt, du kannst mit Mühe lesen und höchstens bis drei zählen. Irgendwann wirst du ihr die Wahrheit sagen müssen.«

»Warum?«

»Willst du heimlich studieren?«

»Will ich studieren?«

»Dann sind wir also wieder bei null angekommen? Aus welchem Grund hast du das Abi gemacht, wenn du nichts damit anfängst?«

Habe ich eine neue Frau O gefunden? Ich zupfe an Tims Hemdkragen. Das Hemd ist akkurat gebügelt.

»Bügelt deine Frau deine Hemden?«, wechsle ich das Thema. »Jeden Tag ein frisches, es ist bestimmt eine Heidenarbeit.«

»Ich bügle selbst.«

»Es bleibt eine Heidenarbeit.«

»Ich erledige es am Wochenende. Fünf Stück, das ist nicht so wild.«

Meine Hände machen sich selbstständig, sanft fahre ich die Kontur seiner Schultern ab. Die Kopfmassage habe ich ihm unter der Tarnung der Frisörin gegeben. Aber auch jetzt hindert er mich nicht daran, ihn zu berühren, obwohl das echt kein Frisörservice mehr ist. Stattdessen schaut er wieder von mir weg und gibt vor, es nicht zu registrieren. Tim hat breitere Schultern, als ich bisher realisiert hatte. Er ist weniger muskulös als die Männer, die ich kenne, und die darauf achten, möglichst viel Masse zu zeigen, daher hatte ich seine Figur falsch eingeschätzt.

Ehe ich mich hier in eine peinliche Situation manövriere, drehe ich den Schreibtischstuhl mit einem Ruck um, so dass er mir das Gesicht zuwendet.

»Meine Mutter würde das Zeugnis zerreißen. Genauso wie jedes Buch, das ich anschleppen würde. Sie hat mich Streberin genannt und die Auszeichnung im Müll entsorgt, als ich in der ersten Klasse den Lesewettbewerb gewonnen habe. Bist du wirklich der Meinung, dass Herr Müller unser Täter ist?« Ich deute nach oben, von dort ist selbstverständlich kein Ton zu hören.

»Das bedeutet dann wohl, dass das Gespräch über deine Familie und deine Zukunftspläne beendet ist?«

»Gut erkannt, Sheriff.«

»Dabei wollte ich jetzt eigentlich Feierabend machen. Hast du mal auf die Uhr geguckt, Bebe?« Er hält mir demonstrativ sein Handgelenk hin, an dem eine große, silberne Uhr schimmert.

»Und einen Mörder laufen lassen?«

Tim steht mit einem Ruck auf, nun muss er nicht mehr zu mir heraufschauen. Schade.

»Selbst wenn Herr Müller jetzt losläuft, was glaubst du, wie weit er bis morgen früh kommt? Ich habe Hunger.«

Langsam gehe ich zum Sofa, setze mich und lehne mich demonstrativ entspannt nach hinten. »Ich denke eh nicht, dass er der Mörder ist.«

Wer wartet auf Tim mit dem Abendessen? Freundin? Frau mit Kindern? Ein Hund?

»Obwohl er uns den harmlosen Tattergreis nur vorgespielt hat?«

»Ich denke auch nicht, dass das gespielt war. Der ist unter Garantie dement. Und Nirwana hat ihn getriggert.«

»Dann hat ihn in der Mordnacht ebenfalls Nirwana oder ein anderer Song getriggert.«

»Du glaubst ernsthaft, Frau O hat des Nachts wilde, laute Partys gefeiert? Das könnte man ja bei den Nachbarn erfragen.«

»Nein, das glaube ich nicht. Entweder kam die Musik aus einer anderen Wohnung oder es hat sich nur in seinem Kopf abgespielt. Wenn er dement ist, ist alles möglich.«

Tim läuft im Wohnzimmer auf und ab, er ist jemand, der sich beim Denken bewegen muss. Ich nicht, ich sitze reglos auf dem Sofa und sehe ihm dabei zu.

»Du vergisst den jugendlichen Liebhaber.«

Er schnauft und verdreht die Augen. »Der ist absurd. Wenn du an den glaubst, dann doch genauso an wilde Partys. Das passt zumindest zusammen.«

»Der junge Mann hat hier laute Musik gehört? Das wäre eine Theorie.«

»Oder du hast hier laute Musik gehört. Vielleicht ist es kein Zufall, dass du genau wusstest, dass Herr Müller bei Nirwana so abgeht.«

»Ah, da sind wir endlich wieder bei mir als Verdächtiger angelangt. Verhafte mich doch.«

»Man verhaftet keine Verdächtigen. Erst, wenn die Beweislage eindeutig ist oder derjenige gestanden hat.«

»Ich gestehe aber nicht«, fauche ich. Es trifft mich jedes Mal mehr, wenn Tim mich in den Kreis der möglichen Täter einreiht. Obwohl er mich mit jedem Tag besser kennenlernt.

»Dann müssen wir wohl weiter ermitteln.«

»Gegen mich?«

»In alle Richtungen, Bebe. Das ist dir doch klar, oder?« Tim ist stehengeblieben und befindet sich genau vor dem Sofa. Als Verdächtige zu ihm hochschauen zu müssen, ist nicht hilfreich.

Ich will mich nicht klein und schutzlos fühlen.

Ziemlich sauer – über Tim und seine Gedanken und ebenso über mich selbst – springe ich auf.

»Dann ermittle doch. Los, zerr mich in einen Verhörraum, richte Licht auf mich, das mich blendet, und nimm mich richtig in die Mangel. Irgendwann knickt dann doch jeder ein, oder?« Da meine Hände sich zu Fäusten geballt haben und ich mich auf die Art tatsächlich schuldig fühle, löse ich sie rasch. Entspannt sind sie trotzdem nicht. »Wenn du mich vorher noch in Handschellen abführst, bin ich eh weichgekocht, ehe es losgeht.«

Tim sieht mich intensiv an. Ein wenig verzweifelt, ein wenig bekümmert, ein wenig amüsiert.

»Wenn wir dich vernehmen, wirst du ganz sicher nicht von einem Licht geblendet und wir werden auch nicht versuchen, dich weichzukochen oder in die Mangel zu nehmen. Es geht nicht darum, jemanden zu einem Geständnis zu nötigen, es geht um die Wahrheit, Bebe. Und die kommt nicht unter Zwang zutage.«

»Die Wahrheit ist, dass ich …«

Plötzlich treten Tränen in meine Augen. Die Wahrheit ist nämlich, dass ich Frau O so sehr vermisse. Dass ich mich so allein fühle, so haltlos, so verloren.

Wütend blinzle ich die Tränen weg und stoße Tim nach hinten, denn er steht einfach zu nah vor mir.

Im selben Moment wird mir klar, dass mich das noch verdächtiger macht. Genau das hat der Mörder mit Frau O getan.

Nur, dass mein Stoß bei Tim nicht viel bewirkt, er weicht nämlich nur einen Schritt zurück, aber eher vor Schreck als durch die Kraft, die ich habe.

Das war ein riesiger Fehler.

Mit einem Schluchzen drehe ich mich weg und stürme aus der Wohnung.

kapitel 11

»Ich weiß nicht, Bebe, jeden Morgen stelle ich fest, dass du noch unglücklicher aussiehst als am Vortag.«

Sabrina hat scharfe Augen. Ich reiche ihr achselzuckend die Tüte mit ihren guten Klamotten.

»Danke hierfür.«

»Nimm den Rat einer weisen Frau an, die schon genug schlechte Erfahrungen mit Männern gemacht hat: Egal, wie sexy er ist, wenn er dich unglücklich macht, dann schieß ihn ab. So schnell wie möglich.«

»Findest du ihn wirklich sexy?«

Tim fällt nicht in die Kategorie, die ich auf den ersten Blick sexy nennen würde. Hübsch, definitiv. Clever, gebildet, selbstbewusst. Aber nicht unbedingt testosteronversprühend sexy.

Mir ist Sabrinas Exmann einmal begegnet. Er ist der typische Macho, hartes Kinn, breiter Gang, taxierender Blick. Er hat mich Kleines genannt. Und nachdem Sabrina seine ewigen Seitensprünge satt war und ihn verlassen hat, versucht er sich jetzt vor Gericht zu rächen.

Alles in allem das Gegenteil von Tim.

»Mega sexy«, sagt Sabrina und kichert. »Und dass er bei der Polizei ist, finde ich noch heißer.«

Ich lasse den Kopf hängen.

»Wenn ich zugebe, dass ich geflunkert habe, bist du dann sehr sauer auf mich?«, murmle ich geknickt. Ich bin echt an einem Punkt, an dem diese Lügengeschichte nicht nur wackelt, sondern buchstäblich einzubrechen droht. Besser auf der Stelle die Hosen runterlassen.

Sabrina reißt die Augen auf. »Wenn du solche Andeutungen machst, bekomme ich Angst. Ist er kein Polizist?«

»Doch, das ist die Wahrheit. Er ist bei der Kripo.«

Pattie kommt hereinstolziert. Sie hat meinen letzten Satz gehört und verzieht angewidert das Gesicht.

»Du lässt dich echt mit einem Bullen ein, Bebe?«, fragt sie und betrachtet mich abschätzend. »Das finde ich erbärmlich.«

So viel zum Thema, Pattie himmelt mich an. Der doofe Bulle hat null Menschenkenntnis.

»Warum, Pattie? Weil er keine Drogen zur Hand hat, um sich am Wochenende wegzuknallen?«

Jason hat ein paar Mal versucht, mich high zu machen. Ich habe immer abgelehnt.

Pattie wirft einen raschen Blick auf Sabrina.

»Ich habe nichts mit Drogen zu schaffen. Jason auch nicht. Egal, was du denkst.«

»Es sind nicht nur die Drogen. Er hat ebenfalls eine Anzeige wegen Körperverletzung am Hals.« Pattie sollte das wissen. Ich habe gehört, sie war bei der letzten ausgearteten Schlägerei dabei.

»So ein Unfug, er hat sich nur verteidigt. Der Andere hat angefangen, da musste Jason zurückschlagen.«

»Und treten, als der Gegner schon am Boden lag?«

»Warst du dabei oder ich, Bebe?«, faucht Pattie. »Der hatte 'ne Lektion bitter nötig, kannst du mir glauben.«

»Ja, ja«, murmle ich. »Jason ist ein Heiliger. Warum habe ich das bloß nicht begriffen?«

»Hört auf, ihr beiden«, schimpft Sabrina. »Pattie weiß, dass ich sie feuere, sobald sie Drogen nimmt.« Pattie verdreht die Augen, wohlweislich so, dass Sabrina es nicht sieht. »Und wenn Bebes neuer Freund bei der Polizei arbeitet, ist das völlig in Ordnung für uns. Für uns alle. Hier ist ja niemand in etwas Illegales verwickelt.«

Sie wirft mir einen nachdenklichen Blick zu, aber vor Patties Ohren werden wir unser Gespräch nicht fortführen.

Trotzdem fühle ich mich den Tag über von ihr beobachtet. Sabrina stellt ihre Vermutungen an, aber auf die Wahrheit wird sie niemals kommen. Pattie betrachtet mich ebenfalls ständig, sie macht es jedoch unauffälliger aus den Augenwinkeln. Ob sie wirklich ein Problem damit hat, dass Tim Polizist ist? Das ist nicht ausgeschlossen, wenn ihr bewusst ist, dass Jason doch keine so reine Weste hat, wie sie das glauben möchte.

Zum ersten Mal fällt mir auf, wie ähnlich Pattie mir sieht. Das war nicht der Fall, als sie die Ausbildung bei uns begonnen hat. Da hatte sie dunkel gefärbte Haare, trug schwarze Klamotten und hin und wieder sogar schwarzen Lippenstift. Inzwischen ist sie platinblond und bevorzugt dramatisch geschminkte Augen und rosafarbene Lippen – wie ich. Selbst Minirock und Ausschnitt macht sie nach. Nur ihre Augenfarbe hat sie nicht ändern können. Ist an Tims Beobachtung doch etwas dran? Oder hat sie das gemacht, um Jason abzugreifen?

»Wir sprechen nach Feierabend«, flüstert Sabrina mir in einer stillen Sekunde zu.

Ich nicke, denn ich muss dringend mit ihr reden. Über Frau O, deren Tod mich so aus der Bahn geworfen hat. Über Tim, der alles nur noch komplizierter macht. Und leider Gottes ebenso über mein Abitur und was das für meine Zukunft im Frisörsalon bedeuten mag.

Sabrina wird stinksauer auf mich sein.

Halbherzig lausche ich auf das Geplapper der Kundin, der ich Farbe in die Haare schmiere.

»Glauben Sie wirklich, dass der neue Farbton mit meinen Augen harmoniert?«

»Kastanienbraun passt zu allem. Sie wissen doch, dass Frau Peters ein ausgezeichnetes Auge dafür hat, was Ihnen steht«, schleime ich. Dass ich für Typberatungen nicht die Richtige bin, hat Sabrina glücklicherweise schnell gemerkt. Seitdem verschont sie mich damit und lässt mich ihre Entscheidungen nur umsetzen.

Ich zwinkere ihr zu.

Dann schweifen meine Gedanken zum letzten Abend. Zu diesem Angriff auf Tim. Wird er das zum Anlass nehmen, mich verhaften zu lassen? Da ich ja nach wie vor auf der Liste der Tatverdächtigen stehe. Die Vorstellung, wie ich in Handschellen aus dem Geschäft gezerrt werde, noch bevor ich Sabrina von der Sache mit Frau O erzählt habe, bringt mich ganz schön ins Schwitzen. Bei meinem Glück behauptet Sabrina gleichzeitig, ich hätte doch ein Date mit dem ermittelnden Beamten gehabt.

Die Kundin ergeht sich in einem Monolog über Haarfarben und wie sehr sie ihre Stimmung beeinflussen und erwartet von mir nur zustimmendes Nicken. Das sind mir die liebsten Kunden, unecht lächeln und Aufmerksamkeit heucheln, kann ich im Schlaf.

Irgendwann sind die Kunden versorgt, der Salon ist geputzt und die Kasse abgerechnet. Pattie hat sich schon vor einer halben Stunde vom Acker gemacht.

»Trinken wir noch was?«, fragt Sabrina.

Die Frage hinter der Frage lautet, ob es ein langes Gespräch wird, und ich nicke. Solange wir in einer Bar sitzen, wird sie mir wohl kaum die Augen auskratzen, wenn ich ihr gestehe, sie seit Jahren belogen zu haben.

Ausnahmsweise greife ich zu einem Getränk mit Alkohol. Normalerweise bin ich übervorsichtig. Ich weiß, dass sowohl ich als auch meine Schwestern unter Alkoholeinfluss entstanden sind. Obwohl ich nicht viel Ähnlichkeit mit meiner Mutter aufweise, fürchte ich die Macht der Gene.

»Mai Tai?«, kommentiert Sabrina meine Wahl. »Unterschätz den nicht, nur weil er ein nettes Schirmchen und Obst als Deko hat. Da sind jede Menge Umdrehungen drin.«

»Die kann ich heute brauchen«, erwidere ich.

»Ich habe keine Hemmungen, einen Polizisten zu schlagen, wenn er es verdient hat«, sagt Sabrina vollkommen ernsthaft und entlockt mir ein leises Kichern. Noch mag sie mich.

Wir haben einen abgelegenen Tisch im Café Extrablatt belegt. Draußen hasten Leute, die ihre Besorgungen nach Feierabend erledigen, vorbei und mein Blick wird kurz abgelenkt, als eine Gruppe laut durcheinander schnatternder Mädchen hereinkommt. Sie setzen sich in unsere Nähe.

Während ich versonnen an dem Cocktail nippe und einen passenden Einstieg in mein Geständnis suche, ergreift Sabrina erneut das Wort.

»Ist dir der Bulle nicht sexy genug?«, fragt sie. »Er ist viel heißer als Jason. Diese Muskeln, die sich dein Ex da antrainiert hat, die sind nicht sexy.«

Da gebe ich ihr recht.

»Es geht nicht darum, ob Tim sexy ist«, sage ich frustriert. »Es ist völlig egal, wie ich ihn finde. So ist unser Verhältnis nämlich nicht.«

»Er findet dich mega heiß«, korrigiert Sabrina mich. »Er glotzt dir zwar nicht in den Ausschnitt, aber nur weil er dich richtig ansieht. Dein Gesicht, deine Mimik, was du sagst. Das nimmt er wahr und nicht nur deine Geschlechtsmerkmale.«

»Weißt du, warum er mich anders ansieht als Männer, die mit mir in die Kiste wollen? Er will mich in den Knast bringen.«

Sabrina prustet ungläubig in ihr Glas. Ein paar Tropfen verteilen sich auf dem Tisch zwischen uns. Dann weicht das Lachen langsam aus ihrem Gesicht, während sie mich betrachtet und nach und nach realisiert, dass ich das ernst meine.

»Bebe, entweder du sagst, dass es ein morbider Scherz ist, oder du lieferst mir eine sehr lange, sehr ausführliche Erklärung.«

»Bestell dir eine neue Cola. Und am besten noch etwas zu knabbern. Die Cajuns sind super lecker«, erwidere ich und seufze tief. Ich habe gerade das Drehbuch für die Geschichte entworfen und das beginnt damit, dass ich eine alte Dame tot in ihrem Hausflur finde.

Sabrina verliert schnell ihre Gesichtsfarbe, während ich berichte, und auch die Cola bleibt unangetastet vor ihr stehen.

»Oh mein Gott«, flüstert sie schließlich. »Ich hätte das Haus zusammengekreischt und du, Bebe, du bist so cool geblieben.« Sie greift nach meiner Hand und presst die Finger so hart zusammen, dass ich schmerzerfüllt das Gesicht verziehe. »Das tut mir so leid. Warum hast du denn nichts gesagt?«

»Weil ich geheult hätte, sobald ich auch nur ein Wort über sie verloren hätte. Und ich hätte nicht mehr aufgehört.«

»Stattdessen hast du deine harte Schale vorgeführt, wie immer.« Sie schnieft. »Dabei weißt du doch, dass du zumindest mir die Wahrheit sagen kannst. Ich kenne dich, vor mir musst du nicht Bebe, die knallharte Überfrau, spielen.«

Natürlich weiß ich das. Ich will es aber nicht. Ich will weder in diesen Minuten heulen noch zu einem anderen Zeitpunkt.

»Magst du den Bullen jetzt noch immer?« Ich grinse Sabrina schief an. Es ist amüsanter über Tim zu reden als in Tränen auszubrechen, vor allem weil inzwischen die Chance besteht, dass wir gemeinsam gnadenlos über ihn ablästern.

»Wenn er das nächste Mal den Laden betritt, fesseln wir ihn an einen Stuhl und foltern ihn«, knurrt Sabrina. Jawohl, genau das möchte ich hören.

»Im Anschluss lassen wir seine Leiche verschwinden«, spiele ich begeistert mit.

»Die können wir in der Bleiche auflösen. Wir sind in der Hinsicht ausgezeichnet ausgestattet.«

Ich kichere.

»Wir könnten gleichzeitig meine Haarfarbe auffrischen und Tim beseitigen. Das spart Zeit und Material.«

Sabrinas Lächeln verschwindet und sie rutscht ein Stück näher an den Tisch.

»Aber jetzt im Ernst. Wie kommt der Idiot ausgerechnet auf dich? Welcher Mörder ist schon so blöd, selbst die Polizei zu rufen?« Die Kellnerin läuft an unserem Tisch vorbei und Sabrina winkt ihr. »Zwei Mai Tai, bitte.«

»Oh, du schließt dich mir an? Das ist kein gutes Zeichen.« Betroffen verziehe ich das Gesicht. Sabrina trinkt noch seltener Alkohol als ich.

»Ich hätte deiner Ansage von eben sofort trauen sollen. Das hat mich jetzt echt geschockt.« Sie trinkt ihre Cola aus und wirft einen ungeduldigen Blick zur Theke, an der unsere Cocktails gemischt werden. »Obst und Schirmchen sind zwar keine Lösung, mildern manche Wahrheiten aber ab.«

»Dann dekorieren wir demnächst die Kundinnen mit Obst und Schirmchen«, schlage ich vor.

»Und mit diesem Bullen fangen wir an. Echt, Bebe, ich hatte mich so für dich gefreut. Ich dachte, das ist so ein toller Mann und du hast endlich einmal Glück. Nicht mal deine Familienverhältnisse hatten ihn abgeschreckt.«

»Nein, meine Familie hat ihn auf die Idee gebracht, dass ich prima als Täterin in Frage komme.«

Unsere Cocktails werden serviert und wir stoßen an.

»Egal, irgendwann wirst du den Richtigen finden, Bebe, ganz bestimmt.«

»Ich brauche keinen Mann, Sabrina. Ich sehe doch an dir, dass man ohne besser dran ist.« Ich nehme die Orangenscheibe vom Rand und knabbere sie an. »Und ich kenne keine einzige Frau, bei der es anders ist.«

»Ich schon.« Sabrina seufzt. »Ein paar meiner Freundinnen sind glücklich verheiratet und ich kenne ihre Männer gut genug, um zu wissen, dass das nicht vorgetäuscht ist. Es gibt sie da draußen, Bebe, die tollen Männer. Und ich dachte echt, der Bulle gehört dazu.«

»Tut er ja auch vielleicht. Aber eben nicht für mich.«

Sabrina sieht mich nachdenklich an. Dann zuckt sie die Schultern. »Ich wusste gar nicht, dass du deine Oma regelmäßig besuchst. Ich wusste nicht einmal, dass du eine Oma hast.«

»Jeder hat eine Oma, beziehungsweise zwei«, korrigiere ich reflexartig. »Zumindest im Stammbaum.«

Meine Chefin verdreht die Augen.

»Aber die Tote ist nicht mit mir verwandt. Meine Mutter hat selbst null Kontakt zu ihrer Mutter. Und die zweite Oma ...« Ich zucke die Schultern. »Kein Vater, ergo keine Großeltern.«

»Wer war sie dann?«

Jetzt kommt die Stunde der Wahrheit. Ich schaue Sabrina betreten an. »Du erinnerst dich an mein Abschlusszeugnis von der Hauptschule?«

Sabrina beginnt laut zu lachen. »Oh ja. Das war noch mieser als das von Pattie.«

»Ich bin nicht gar so blöd, wie man denken könnte, wenn man dieses Zeugnis sieht«, gebe ich zu.

»Weiß ich.«

Ich nehme meinen ganzen Mut zusammen. »Ich bin sogar schlau genug, um nochmal zur Abendschule gegangen zu sein.«

»Weiß ich.«

Äh. Sie weiß es?

»Ich habe das Abi nachgemacht.«

»Weiß ich auch, Bebe.«

Eine Weile starre ich Sabrina sprachlos an.

»Ich habe Pattie erwischt, wie sie in deiner Tasche herumwühlte. Das ist ein paar Monate her. Und sie hatte deine Mitschriften und Notizen zum Lernen gefunden«, räumt Sabrina widerwillig ein. »Ich habe ihr den Arsch aufgerissen und ich bin sicher, sie hat es nicht nochmal versucht. Aber ich hatte genug gesehen, um zu erkennen, was du da lernst.«

»Pattie?«, knurre ich. »Diese ... diese ... diese miese kleine ... ich werde ...«

»Ich habe sie echt zusammengefaltet, Bebe. Sie hat stundenlang geheult und mir geschworen, nie wieder so einen Scheiß zu machen.«

Ich erinnere mich inzwischen an die Szene. Zu dem Zeitpunkt habe ich in jeder freien Minute gelernt. Damals bin ich davon ausgegangen, dass Sabrina Pattie beim Kiffen erwischt hat.

»Dann weiß Pattie jetzt auch, dass ich an der Abendschule war«, stelle ich irritiert fest.

»Als ob die kapiert hätte, was sie da in den Händen hält.« Sabrina schnaubt. »Ich glaube, es war Chemie. Völlig abgedrehtes Zeug.«

Ein schwaches Grinsen schiebt sich in mein Gesicht und hellt meine Stimmung auf. Das bedeutet nicht, dass ich Pattie einfach so verzeihe. Aber ich werde sie eventuell nicht auf der Stelle umbringen.

»Wunderst du dich nicht?«, frage ich Sabrina. »Über die Abendschule. Und dass ich das Abi geschafft habe? Nach dem Zeugnis, mit dem du mich eingestellt hast.«

»Ich kenne dich jetzt sechs Jahre, Bebe. Mir war schnell klar, dass du ziemlich clever bist und es sehr gekonnt versteckst. Ich kapiere zwar nicht, warum jeder dich für dumm halten soll, aber ich respektiere es. Du wirst schon deine Gründe haben.«

»Bist du nicht sauer auf mich?« Ich wäre an ihrer Stelle sauer.

»Wieso soll ich sauer sein? Weil du klug bist?«

»Weil ich da so ein Geheimnis drum gemacht habe.«

Sie nimmt ihren Cocktail, trinkt durch den Strohhalm und lässt mich nicht aus den Augen. »Ich wundere mich bei dir über so Einiges. Angefangen bei der Sache mit Jason. Aber wenn ich bedenke, was du so von deiner Familie erzählst, kann ich das heimliche Abi verstehen.«

»Es tut mir trotzdem leid. Zumindest dir hätte ich die Wahrheit sagen sollen«, murmle ich betreten.

Sabrina erweist sich mal wieder als netter und cooler und selbstloser, als sie sein dürfte.

»Was machst du jetzt mit deinem Abi? Die klügste Frisörin der Welt zu sein, kann ja nicht das Ziel sein.«

Eine sinnvolle Frage. Der dritte Mensch, der sie stellt, und der dritte Mensch, der nur einen verzweifelten Gesichtsausdruck als Antwort bekommt.

»Der blöde Bulle hat vorgeschlagen, ich solle in die Rechtsmedizin gehen«, sage ich mit einem halben Grinsen. »Aber ich kann mir gar keinen Beruf für mich vorstellen.«

»Tote Leute zerschnippeln?« Sabrina verzieht angeekelt das Gesicht. »Ich glaube, hinter dem hübschen Gesicht von deinem Bullen steckt ein Perverser. Nimm dich vor dem in Acht.«

Eventuell hat sie recht. Tim gibt sich mir gegenüber zwar aufrichtig, da er aber nach wie vor in meine Richtung ermittelt, ist das möglicherweise eine Falle. Ich werde definitiv sehr, sehr vorsichtig sein.

»Was hat dein Abi denn jetzt mit der Toten zu tun?«

»Frau O war meine Grundschullehrerin und die einzige Lehrerin, die jemals geahnt hat, dass ich schlau sein könnte. Sie hat mich nie aufgegeben. Und als wir uns vor ein paar Jahren zufällig über den Weg gelaufen sind ...«

Unglaublich, dass sie mich nach all der Zeit erkannt hat. Blondiert, jede Menge Make-up im Gesicht, Gossensprache. Und doch hat sie nicht gesehen, was ich geworden war, sondern wer ich als Kind war. Als magere Erstklässlerin mit strähnigen Haaren und der ewigen Angst, den falschen Jungs in die Hände zu fallen und mal wieder verprügelt zu werden.

Ich erzähle Sabrina, wie Frau O mich ermutigt hat, sie zu besuchen.

Bei ihr zu lesen.

Sie das zu fragen, was ich schon immer wissen wollte.

»Und schlussendlich hat sie es geschafft, das Potential aus dir herauszukitzeln, das sie in dir gesehen hat«, schließt Sabrina leise und beeindruckt meine Schilderung. »Das ist so toll, Bebe.«

»Und jetzt ist sie tot.«

Leider steigen nun doch Tränen in meine Augen und laufen langsam die Wange hinab. Das Gerede über Frau O hat mich weich gemacht. Und sentimental.

Was für eine Scheiße.

»Glaubst du, das hat etwas mit dir zu tun?«, fragt Sabrina mit großen Augen.

»Quatsch. Wie denn? Es wusste doch niemand von unserer Verbindung. Und einen Hinweis auf Frau O hat nicht mal Pattie beim Schnüffeln in meiner Tasche finden können.«

»Stimmt.« Sabrina lehnt sich zurück und zupft an ihrer Unterlippe. Das macht sie jeden Abend bei der Abrechnung. Das macht sie bei jeder Kundin, die einen völlig neuen Schnitt wünscht. »Um dich aus dem Visier der Mordkommission herauszuholen, sollten wir den Mörder finden. Das hilft dir und der Gerechtigkeit gleichermaßen.«

»Ich bin ja schon dabei.«

Ich rutsche näher an den Tisch, schaue mich einmal um und kontrolliere, dass uns niemand belauscht. Dann berichte ich von dem Gerücht über den jungen Liebhaber und dem Verhör mit Herrn Müller.

»Das sind ja schon mal zwei Verdächtige, ein junger und ein alter«, staunt Sabrina.

»Ich tendiere zu dem jungen und Tim hat den dementen Greis auf dem Kieker. Und mich natürlich.«

»Schnapp dir die Tratschtante aus dem Frisörsalon nochmal. Die weiß eventuell noch mehr«, schlägt Sabrina vor. »Mit dieser Art Frau geht zwar manchmal die Fantasie durch, aber die beobachten gut. Sie deuten es nur nicht immer richtig.«

»Sabrina, du solltest dich bei der Kriminalpolizei bewerben«, schlage ich grinsend vor. »Du hast gute Ideen und bist aufgeschlossener als Kriminalkommissar Weigand, der nichts von einem jugendlichen Liebhaber wissen will, weil das nicht in sein altmodisches Weltbild passt.«

»Ich bin in meinem Salon sehr glücklich. Aber vielleicht solltest du dich bei der Kriminalpolizei bewerben. Die brauchen definitiv frisches Blut. Und einen innovativen Blickwinkel auf ihre verstaubten Ermittlungsmethoden.«

Ich lache laut. Irgendwie hat sich der Abend doch noch ganz nett entwickelt. Und vor allem hilfreich.

kapitel 12

Sabrina schickt mich am nächsten Tag früher in den Feierabend. Selbstverständlich ohne laut zu sagen, warum. »Bebe, darf alles«, mault Pattie. »Ich muss um jede freie Minute betteln und sie darf drei Stunden früher weg. Einfach so.«

»Dann denk mal darüber nach, warum das so sein könnte, Pattie«, sagt Sabrina und zwinkert mir zu.

»Häh?« Pattie ist überfordert. Sie wird nie drauf kommen.

Ich habe im Internet nach Frau Erdmann gesucht. In einer großen Stadt wie der unseren gibt es jede Menge Leute mit diesem Nachnamen. Aber anhand der Adresse und der Wahrscheinlichkeit, dass eine ältere Dame wie meine Traschtante nicht ans andere Ende der Stadt fährt, um sich frisieren zu lassen, habe ich die Auswahl auf vier einschränken können.

Da die Dame meine Kleidung beim letzten Mal nicht kritisiert hat, bleibe ich so, wie ich bin. So fühle ich mich eh wohler. Die Version, die ich Herrn Müller präsentiert habe, bin ich nicht.

Ich klingle an der ersten Tür.

»Ja, bitte?« Die ältere Dame, die mir mit misstrauischem Blick die Tür des Einfamilienhauses öffnet, ist nicht sonderlich erfreut über die Störung. Sie ist aktuell mit dem Hausputz beschäftigt, das Staubtuch liegt einsatzbereit in ihrer Hand.

»Guten Tag, ich suche Frau Erdmann.«

»Das bin ich.«

»Dann verzeihen Sie bitte die Störung, Frau Erdmann. Ich suche eine andere Dame, die so heißt.« Ich kann höflich sein, auch wenn ich nicht so aussehe.

Die falsche Frau Erdmann schaut trotzdem argwöhnisch hinter mir her, bis ich um die nächste Ecke verschwunden bin. Die zweite Adresse befindet sich in der Nähe. Diesmal ist es ein Mehrfamilienhaus und die Haustür wird ohne Nachfrage auf mein Klingeln hin geöffnet. Ich gehe in ersten Stock.

In der Wohnungstür steht ein übergewichtiger Mann mittleren Alters.

»Guten Tag, ich suche Frau Erdmann«, sage ich höflich.

»Aha.«

»Ja, sie wohnt doch hier. Oder nicht?«

Der Typ mustert mich ungeniert. »Und wenn?«

»Dann würde ich sie gerne sprechen. Ist sie da?«

Hätte ich bloß einen Dienstausweis. Der würde dem Typen Beine machen. Tim weiß echt nicht, wie gut er es hat. Ich dagegen muss auf das zurückgreifen, was ich habe. Der Widerling führt die Unterhaltung nämlich mit meinen Brüsten.

»Ich könnte Ihnen jetzt eine Szene machen und laut durchs Haus kreischen, dass Sie mich für den letzten Fick nicht bezahlt haben«, drohe ich, ohne mit der Wimper zu zucken. »Oder ich sage, wir hätten eine Affäre und Sie hätten mich geschwängert. Welche Version ist Ihnen lieber?«

Ich habe gepokert. Und gewonnen.

Denn der entsetzte Blick, der von meinen Brüsten in mein Gesicht wandert, ist es wert.

»Wie können Sie es wagen?«

»Ist Frau Erdmann da?«

»Lydia«, brüllt der Kerl in die Wohnung. »Hier ist jemand, der dich sprechen will. Ich habe die Frau noch nie gesehen.«

Ich verkneife mir mühsam ein Kichern. Gut zu wissen, was Trumpf ist. Die Frau, die zur Tür geschlurft kommt, ist jedoch nicht meine Frau Erdmann.

»Was wollen Sie?«, fragt sie kurzangebunden. Im Hintergrund ist der Fernseher zu hören, ich störe wohl bei der täglichen Vorabendserie.

»Wohnt hier auch eine andere Frau Erdmann? Ihre Mutter oder Schwiegermutter eventuell.«

»Nee, das wäre ja noch schöner. Meine Schwiegermutter ist eine Hexe.« Sie wirft einen Blick auf den Mann, der nach wie vor neben ihr steht. Gelangweilt zuckt er die Schultern.

»Dann entschuldigen Sie bitte die Störung. Ich suche jemand anderen.« Eine letzte Spitze gegen ihren Mann, der die Ehe auf eine Belastungsprobe stellen könnte, verkneife ich mir. Ich finde, sie ist mit dem Typen genug gestraft.

Die Tür fällt laut hinter mir ins Schloss.

Für die dritte Frau Erdmann muss ich erneut die Bahn nehmen.

Das Haus, in dem sie wohnt, hat Ähnlichkeit mit meinem Zuhause und ist trotzdem das pure Gegenteil. Ein Wohnturm, der jeder Menge Menschen ein Heim bietet und gleichzeitig sauber und weit und offen wirkt. Ein Ort, an den man gerne kommt. Der Eingang besteht aus einer großen Glasfront und keine einzige Scheibe ist eingeschlagen.

Ich suche den Namen Erdmann auf dem Klingelschild und drücke.

»Ja, bitte.« Sogar die Gegensprechanlage funktioniert.

»Hallo, Frau Erdmann. Ich war vor kurzem bei Ihrem Frisör und habe nach Frau Ostlender gefragt. Erinnern Sie sich?«

Wenn nicht, ist sie die Falsche. Oder vergesslich. Oder sie mag mich nicht sprechen. Ich habe keine Möglichkeit, das von hier unten festzustellen.

»Aber natürlich, Kindchen. Kommen Sie doch hoch. Fünfter Stock.«

Volltreffer.

Ich nehme den Aufzug und Frau Erdmann erwartet mich in der Wohnungstür. Diesmal ohne Trockenhaube und ohne Umhang. Ich erkenne sie trotzdem an ihrem munteren Gesicht und den frech zwinkernden Augen.

»Ich freue mich immer über Besuch«, sagt sie und winkt mich in ihre Wohnung. »Jetzt habe ich nur leider nicht einmal Kuchen da.«

»Ach«, wundere ich mich über so viel Herzlichkeit. »Das macht doch nichts. Ich heiße übrigens Bebe.«

Ich mag eine so nette Dame nicht anlügen, obwohl mir schon der Name Laura auf den Lippen lag.

»Bebe ist aber ein ungewöhnlicher Name.«

»Es ist nur eine Abkürzung.« Ich hoffe aufrichtig, dass sie nicht meinen vollständigen Vornamen wissen möchte.

»Es klingt wie ein Kosename. Wunderhübsch.«

Na ja.

Ich werde ins Wohnzimmer geführt.

»Aber einen Kaffee kann ich Ihnen doch anbieten, Bebe. Wenigstens das.«

Ich trinke nicht so gerne Kaffee, aber jemand, der mich bewirtet, wird bestimmt so einiges zu erzählen haben. Außerdem muss ich meinen fehlenden Dienstausweis kompensieren.

Kurz darauf sitze ich also vor einer alten, edlen Porzellantasse mit Rosenranken, die liebevoll mit der schwarzen Brühe befüllt wird.

»Milch?«

»Gerne.«

»Zucker?«

»Nein, danke.«

»Das machen Sie richtig. Ich sollte mir den Zucker abgewöhnen, er ist einfach nicht gut für meine Gesundheit.«

Sie wirkt wie das blühende Leben. So schlimm kann der Zucker nicht sein. Obwohl sie neben dem Kaffee auch ein paar Kekse aufgetrieben hat, die sie mir lächelnd präsentiert. Aus Höflichkeit greife ich zu.

»Kannten Sie Frau Ostlender?«, frage ich und beiße ab.

»Welchen Menschen kennt man schon, junges Fräulein?« Frau Erdmann nimmt sich ebenfalls einen Keks und tunkt ihn in den Kaffee. »Bevor ich sie mit ihrem jungen Liebhaber gesehen habe, hätte ich das nicht vermutet. Aber trotzdem war es so. Das ist doch ein Beweis, dass man sich nicht auf Vermutungen über seine Mitmenschen verlassen sollte.« Der halb aufgelöste Keks wandert in ihren Mund. »Bei Ihnen würde ich auf den ersten Blick annehmen, dass Sie jeden Tag mit einem anderen Kerl im Bett landen. Ist das so?«

»Nein«, antworte ich und muss mir das Lachen verkneifen. So unverhohlen hat mir das noch niemand ins Gesicht gesagt.

»Sehen Sie.«

»Aber Sie wussten, wer sie war. Und Sie sind ihr hin und wieder begegnet.«

Während Frau Erdmann ihre Kaffeetasse erneut füllt, schaue ich mich im Raum um. Neben den Sesseln, auf denen wir Platz genommen haben, gibt es ein Sofa in demselben Stil mit schweren Holzlehnen und der passenden Eiche-rustikal-Schrankwand. In der Ecke entdecke ich ein Hundekörbchen. Bei dem Dackel, der darin liegt, kann ich nicht erkennen, ob er noch lebt. Nicht einmal bei meinem Eintreffen hat er sich bewegt, als Wachhund taugt er null.

»Wir sind ja zum selben Frisör gegangen. Seit Jahren. Da weiß man schon, wie die andere Kundschaft heißt. Unterhalten habe ich mich aber nur ein einziges Mal mit ihr.« Nachdenklich klopft sie auf die Tischplatte. »Es regnete in Strömen und wir haben uns vor demselben Schaufenster untergestellt. Na ja, wenn man zum selben Frisör geht, kommt man dabei ins Gespräch. Wir sind ja beide alleinstehende Frauen.«

Jetzt mustert sie mich aufmerksam.

»Sagen Sie, Bebe, in welcher Beziehung stehen denn Sie zu Frau Ostlender. Oder standen, wenn man korrekt sein will.«

»Sie war meine Lehrerin.«

Das ist eine unzureichende Bezeichnung für das, was sie war. Aber für den Großteil der Menschen ist es die beste Erklärung.

»Ich habe ja eine Vermutung, wer Sie sind.« Frau Erdmann lächelt mich wohlwollend an. »Es hat lange geregnet an dem Tag. Und wir haben über alles Mögliche geredet, auch über den Lehrerberuf und wie schwer es manchmal ist, die Kinder nach vier Jahren ziehen zu lassen und nicht zu wissen, was aus ihnen wird. Und da kam dann das Gespräch auch auf Sie. Denke ich zumindest. Das schlaue, kleine Mädchen aus dem Ghetto, das endlich kapiert hat, dass ihr die Welt offensteht, wenn sie ihre Möglichkeiten nutzt.«

Frau O hat über mich geredet! Das verschlägt mir kurz die Sprache.

»Ja, damit war dann wohl ich gemeint«, gebe ich zu.

»Lassen Sie sich jetzt bloß nicht davon abhalten, weiterzumachen, Bebe.« Frau Erdmann wird mit einem Mal ernst. »Frau Ostlender würde sich im Grab umdrehen, wenn Sie aufgeben. Die Welt steht Ihnen nach wie vor offen.«

»Ich weiß.« Betreten lasse ich den Blick auf die Tischplatte sinken. Eine hübsche, weiße Tischdecke mit Lochstickereien ziert sie. Makellos sauber. »Die Welt ist aber verdammt groß.«

»Man muss ja nicht auf der Stelle eine Weltreise machen. Man kann auch in kleinen Schritten erst das eigene Land bereisen und sich als Nächstes in ein Nachbarland wagen. Symbolisch gesehen. Kleine Schritte, Hauptsache es geht weiter.«

»Das würde ja bedeuten, dass ich zuerst eine Ausbildung zur Kosmetikerin mache, bevor ich Medizin studiere.«

Ich verziehe das Gesicht, denn der Job passt kein Stück besser zu mir als mein aktueller Beruf.

»Zum Beispiel.« Meine Gastgeberin lächelt herzlich. »Oder Sie studieren erst einmal irgendetwas, um in ein Studium hineinzuschnuppern. Auch wenn es nachher nicht das richtige

Studienfach ist, ist es keine verschwendete Zeit. Das ist es nie, solange man etwas Neues lernt.«

»Haben Sie Kinder, Frau Erdmann?«, platzt es aus mir heraus.

»Nein, leider nicht. Ich war über dreißig Jahre verheiratet, aber das Glück, Kinder zu bekommen, war uns nicht vergönnt.«

»Das tut mir leid.« Frau Erdmann wäre eine tolle Mutter gewesen. Meine Mutter dagegen ist es nicht und sie wird jedes Mal schwanger, wenn ein Mann sie länger als drei Sekunden ansieht. Das Leben ist manchmal einfach mies.

»Ich will mich nicht beschweren. Meine Ehe war glücklich und mein Mann ein Traummann. Niemand kann im Leben alles haben und ich hatte viel Glück. Die Weltreise zum Beispiel, die haben mein Samuel und ich noch erleben dürfen.«

Sie lächelt mich so strahlend an, dass ich einfach zurücklächeln muss. Ihre positive Ausstrahlung, die ich schon beim Frisör bemerkt habe, kommt nicht von ungefähr.

»Nun aber zurück zu Ihnen, mein Kind. Versprechen Sie, dass Sie weitermachen? Egal welches Studienfach, egal welche Zusatzausbildung. Hauptsache weiter.«

»Ich verspreche es«, sage ich feierlich.

Ich hatte eh nicht vor, meine Ambitionen auf einen Berufswechsel aufzugeben. Ich bin nur planlos und aktuell vor allem bemüht, den Mord an Frau O aufzuklären. Die Polizei ist ja definitiv auf dem Holzweg, wie Tim mir gestern so unübersehbar bewiesen hat.

Das bringt mich zurück zu dem Grund meines Besuchs.

»Können Sie mir mehr über den geheimnisvollen Liebhaber erzählen?«

»Das ist schwierig, ich bin ja nur an den beiden vorbeigegangen und sie waren so mit ihrer Unterredung beschäftigt, dass sie mich nicht wahrgenommen haben.« Sie deutet auf ihren schlafenden Dackel. »Es war kein schönes Wetter und der Erwin ist da sehr empfindlich. Wenn es regnet, möchte er nur eine kleine Runde um den Block gehen.«

»Was genau haben Sie denn beobachtet?«

»Frau Ostlender stand an der Wand eines Wohnhauses und der junge Mann eng bei ihr. Ich habe ihn nur von hinten gesehen.«

»Dann würden Sie ihn nicht erkennen?«, frage ich enttäuscht. Frau Erdmann war die beste Chance, diesen Unbekannten zu finden.

»Nein, er hatte eine Kappe auf, ich kann nicht mal sagen, welche Haarfarbe er hatte. Und trotz des ungemütlichen Wetters trug er ein weit ausgeschnittenes Shirt, bei dem man sehen konnte, wie muskulös er war.«

»Wieso denken Sie, dass er ihr Lover war?«

»Weil er sich an sie lehnte und seine Hände links und rechts neben ihr an der Wand abstützte. So nah kommt man doch nur einem Menschen, mit dem man intim ist.«

Oder einem Menschen, den man einschüchtern will. Jason hat das oft genug bei mir versucht.

»Können Sie die Kappe beschreiben? Und wie groß er war?«

»Oh, viel größer als Frau Ostlender. Bestimmt einen Kopf größer. Die Kappe war schwarz und auf dem Schirm glitzerte ein Schriftzug in Silber.« So sehen tausend Kappen aus. Auch die Körpergröße ist nichts Ungewöhnliches. »Und tätowiert war er. An beiden Armen«, sagt sie mit einem leichten Schaudern. »Das hat es ja zu meiner Zeit nicht gegeben.«

Zur heutigen Zeit gibt es das aber zuhauf. Fast jeder, den ich kenne, ist tätowiert.

»Haben Sie da etwas erkennen können? Ein Symbol? Ein spezielles Muster? Irgendetwas, das Sie beschreiben könnten?«

»Ach nein. Das war viel wirres Zeug. Und ich bin ja nur rasch vorbeigegangen.«

Frustriert seufze ich.

Als Frau Erdmann mir auffordernd ein weiteres Plätzchen hinhält, springt der Dackel auf, als wäre er mit einem Mal zum Leben erwacht. Gleichzeitig gongt die Wohnzimmeruhr. »Oh, es ist vier Uhr«, kommentiert Frau Erdmann. »Der Erwin braucht seinen Spaziergang. Es tut mir so leid, dass ich Ihnen nicht helfen konnte, Bebe.«

Mir tut es auch leid.

»Das macht doch nichts, Frau Erdmann«, sage ich trotzdem. »Es war einen Versuch wert.«

»Kommen Sie gerne jederzeit wieder vorbei. Beim nächsten Mal werde ich Ihnen Kuchen anbieten.« Der Dackel gibt ein leises Knurren von sich, als er mich bemerkt. Der hat ja vortreffliche Instinkte, wenn er eine halbe Stunde braucht, ehe er sein Frauchen verteidigt. »Aus, Erwin. Das ist Bebe, mein Besuch. Du ungezogener Hund.«

Erwin knurrt lauter.

»Er hat Angst, dass ich nicht mit ihm rausgehe«, erklärt Frau Erdmann mit verlegenem Blick. »Und leider ist er nicht gut erzogen. Mein verstorbener Mann war immer zu verständnisvoll mit dem Erwin und jetzt ist er zu alt, um das noch zu ändern.«

Ich kichere.

»Beim nächsten Mal komme ich früher, Frau Erdmann. Dann haben wir mehr Zeit, um zu plaudern.«

Ich mag die alte Dame. Und es tut mir aufrichtig leid, wie einsam sie ist. Ungewollt kinderlos und nun auch noch Witwe. Eventuell kann ich ein wenig Leben in ihren Alltag bringen.

kapitel 13

Ich habe gute Laune, als ich in meine Straße einbiege –
obwohl ich keine hilfreichen Informationen erhalten habe.
Aber der Besuch bei Frau Erdmann hat mich an die Treffen
mit Frau O erinnert. Sie hat dieselbe kraftvolle und positive
Aura.

Vor dem Eingang steht Tim. Mein Lächeln gefriert mir im
Gesicht. Freitagabend und die Polizei wartet vor dem Haus –
das kann nur eines bedeuten.

Tim selbst sieht ebenfalls alles andere als erfreut aus. Mit
hochgezogenen Schultern und verschränkten Armen
signalisiert er, wie unwohl er sich in dieser Gegend fühlt. Aber
ehe ich auf die glorreiche Idee kommen kann, mich einfach
wieder vom Acker zu machen, bemerkt er mich. Ich stampfe
auf ihn zu. Die Angst werde ich mir nicht anmerken lassen.
Ich bin unschuldig und kein Mensch kann mir etwas anderes
nachweisen.

Mit einem Ruck halte ich ihm die Hände hin, als ich ihn
erreiche.»Hier bitte. Du musst dir keine wilde Verfolgungs-
jagd mit mir liefern, mit diesen Schuhen habe ich eh keine
Chance.«

Verwirrt wandern seine Augen zu meinen Füßen, dann
zurück zu den Handgelenken. Die Handschellen sind nach
wie vor nicht zu sehen.

»Möchtest du mir etwas gestehen?«, fragt er.

»Ich soll gestehen?«, frage ich zurück. »Kannst du haben. Ich gestehe, dass ich so unsportlich bin, dass ich dir auch in anderen Schuhen nicht davonlaufen könnte.«

»Gut zu wissen.«

»Soll ich die Hände hinter den Rücken halten?«, fauche ich, da er noch immer keine Anstalten macht, mich zu verhaften.

»Wenn es dir Vergnügen bereitet, bitte.«

Tims Haltung hat sich verändert. Sämtliche Anspannung ist aus ihm gewichen, im Gegensatz zu mir. In seinem Mundwinkel liegt ein winziges Lächeln.

»Wahrscheinlich bereitet es dir Vergnügen«, schimpfe ich irritiert über seine Erheiterung. »Es ist doch das Highlight für einen Bullen, wenn er jemanden verhaften kann. Geht dir dabei einer ab?«

»Ich fürchte, du bist auf dem Holzweg, Bebe. Ich bin hier, um mich zu entschuldigen. Mir war nicht klar, dass du so emotional darauf reagierst, dass du nach wie vor nicht als Täterin ausgeschlossen wirst.« Sprachlos starre ich ihn an und lasse langsam die Hände sinken. Tim fährt sich durch die Haare und schaut nun doch einigermaßen verlegen. »Ich wollte nur ehrlich zu dir sein und dich nicht verärgern. Und ich dachte, es ist besser, das zuzugeben. Zum aktuellen Zeitpunkt ist jeder verdächtig, der mit Frau Ostlender in Verbindung stand. Als Erstes sind das du und Herr Müller, und zwar solange, bis ihr ein Alibi liefert.«

Er schaut mich treuherzig und leicht hoffend an. »Hast du ein Alibi?«

Ich verdrehe die Augen. Erleichterung schwingt eindeutig in meiner Stimme, als ich leicht patzig sage: »Dazu müsste ich erst einmal wissen, für welchen Zeitraum ich ein Alibi brauche.«

»Ach so, ja klar. Die Obduktion hat ergeben, dass Frau Ostlender am Tag bevor du sie gefunden hast zwischen neunzehn und einundzwanzig Uhr starb.«

»Dann sieht es schlecht aus. Da hatte ich schon eine ganze Weile Feierabend, an einem Samstag machen wir nie so lange.«

»Aber du wirst ja bei Feierabend nicht unsichtbar. Wenn du zu Hause warst, kann deine Familie dir ein Alibi liefern.«

Ich lache auf. »Und denen würdest du glauben? Die lügen jedem Polizisten schon aus Prinzip ins Gesicht.« Ich zucke die Achseln. »Außerdem war ich nicht zu Hause.«

»Wo warst du dann?«

»Im Bett mit einem heißen Typen. Die ganze Nacht.«

Tim mustert mich nachdenklich, seine Miene ist undurchdringlich. War ja klar, dass ich ihn nicht eifersüchtig machen kann. »Dann hast du ja ein Alibi. Wie heißt er?«

»Keine Ahnung.«

»Keine Ahnung? Das kann ja nicht sein. Nicht, wenn ihr im Bett wart.«

»Ich habe ihn Honey genannt. Er hatte breite Schultern, einen guten Körper und echt Ausdauer. Mehr musste ich nicht von ihm wissen.« Jetzt verschränke ich die Arme vor der Brust. Sabrina würde mich bei der Geschichte haltlos auslachen, sie kennt mich in der Hinsicht so gut wie niemand sonst. »Reicht das als Alibi? Du kannst ihn mit der Beschreibung bestimmt finden.«

»Es hat dich in den Stunden wirklich kein Mensch gesehen, Bebe?«, fragt Tim und wischt mein Märchen einfach so zur Seite.

»Nein«, gebe ich zu. Irgendwie freut es mich, dass er mir die Lüge nicht abkauft. »Ich war am Rhein spazieren. Das mache ich oft. Und da ist nie jemand, den ich kenne.«

»Dann wirst du mir verzeihen müssen, dass du leider auf der Verdächtigenliste bleibst. Ich schätze, Herr Müller hat auch kein Alibi.«

»Bebe, was sagt deine Mutter, wenn sie erfährt, in welch anstößiger Gesellschaft du dich herumtreibst?«, ertönt eine Stimme in meinem Rücken.

Ich fahre herum.

Mack.

Er grinst mich dreckig an. Dann Tim.

»Nichts für ungut, Herr Wachtmeister.«

»Kriminalkommissar«, erwidert Tim ungerührt. »Wachtmeister ist veraltet.«

Mack grinst noch breiter. »Veraltet, so, so. Veraltet wollen wir natürlich nicht sein, nicht wahr, Herr Wachtmeister.« Ich schaue zwischen den beiden hin und her. Mack hasst Bullen. Wie jeder hier. Jetzt reibt er hoffnungsvoll die Hände gegeneinander und checkt Tims Körperbau ab. Hoffentlich ist Tim schlau genug, sich nicht provozieren zu lassen.

»Das war nur eine freundliche Information. Wenn Sie das nicht wissen wollen, ist mir das auch recht.«

Ich grinse erleichtert, Tim bleibt cool. Cooler als jeder Mann, den ich kenne. Normalerweise hätte das in einer Schlägerei geendet.

»Verzieh dich, Mack«, mische ich mich ein. »Hier unterhalten sich Erwachsene.«

»Verzieh dich selbst, Bebe. Hier ist noch immer mein Revier, meins und Jasons, und wir schätzen keine Bullen vor unserer Tür.«

Tim betrachtet Mack, als wäre der soeben auf seiner persönlichen Verdächtigenliste aufgetaucht.

»Komm, Bebe. Dein Bekannter hat recht. Hier ist nicht der geeignete Ort, um sich zu unterhalten.«

»Oh, unterhalten nennt man das also in Bullenkreisen? Wo genau fickt er dich, Bebe? In seinem Streifenwagen? Oder wird es eine schnelle Nummer an einer einsamen Hauswand? Ich schätze, für ein Hotelzimmer bist du ihm zu billig.«

Ich kneife die Augen zusammen, aber Tim lacht nur.

»Ist da jemand eifersüchtig, Herr Mack?« Er zwinkert Mack zu und greift dann meine Hand, um mich hinter sich herzuziehen.

Wir biegen um die Ecke und er lässt mich los.

»Wie heißt der Typ mit vollständigem Namen?«

»Wieso? Willst du ihm deine Kollegen auf den Hals jagen?«

»Nein, das mache ich schon selbst, wenn es nötig ist. Ich will zuerst einmal seinen Background abchecken.«

»Sieh dich um.« Ich deute auf den verlotterten Park, in dem ein paar Halbstarke gelangweilt herumlungern, sich rauchend möglichst cool geben und uns aus der Ferne beobachten. Und auf die Häuser, die uns umgeben. Die Fenster sind abgeklebt oder mit billigen Gardinen verdeckt. Keine einzige Pflanze auf einem Fensterbrett, anders als bei Frau O. »Hier hast du Macks Background.«

»Hat er Vorstrafen?«

»Bestimmt.«

»Siehst du, die will ich sehen.«

Ich verdrehe die Augen. »Machst du auch einen Background-Check von mir? Wegen der Vorstrafen.«

»Habe ich längst, Bebe. Du bist sauber.«

Das verschlägt mir kurz die Sprache. Erneut fühle ich mich hintergangen, obwohl er es so freimütig zugibt.

»Wie heißt er also?«, beharrt er.

»Weiß ich nicht. Der wird immer nur Mack genannt. Fünfter Stock, ganz rechts. Stenzel mit Nachnamen.«

»Das sollte doch reichen«, sagt Tim zufrieden. »Und wie heißt Jason mit Nachnamen? Wenn ich schon einmal dabei bin, will ich gründlich sein.«

»Dimitrijevic.«

Ich fühle mich, als würde ich Freunde verpfeifen. Dabei sind sie nicht meine Freunde, nicht mehr, und ich sage nichts, was Tim nicht so oder so herausfinden könnte. Aber der Background-Check wird Tim noch deutlicher zeigen, wie ich aufgewachsen bin und wie perfekt ich in sein Täterprofil passe. Mürrisch versinke ich in Schweigen, während wir nebeneinander an den Rhein gehen.

»Bist du noch immer sauer auf mich?«, fragt er schließlich.

»Ja.«

»Warum eigentlich?« Er hat die Hände in den Hosentaschen vergraben und betrachtet eingehend die Gegend. »Weil ich meinen Job sorgfältig mache oder weil du nicht wusstest, dass ich dich ohne Alibi nicht von der Liste streichen kann?«

»Ich dachte einfach, dass du mich inzwischen gut genug kennst, um zu wissen, dass ich niemals einen Mord begehen könnte«, murre ich.

»Ich kenne keinen einzigen Menschen gut genug, um das auszuschließen. Genau genommen traue ich wenigen einen geplanten Mord zu, aber Totschlag aus dem Affekt ...« Er bleibt stehen und sieht mich intensiv an. »Sei ehrlich, Bebe, das kann man fast jedem zutrauen. Da muss nur der richtige Trigger kommen.«

»Was wäre der Trigger bei mir?«

»Das weiß ich doch nicht.«

»Und was wäre der Trigger bei dir? Oder nimmst du dich da raus?«

»Selbstverständlich nehme ich mich da nicht raus. Ich bin nicht so überheblich, mich für moralischer oder selbstbeherrschter anzusehen als Andere. Ich schätze nur, ich würde den Totschlag auf der Stelle gestehen.« Er zuckt die Schultern. »Mein Vater war bei der Kripo, ich weiß, dass die wenigsten damit durchkommen.«

»Gut zu wissen«, knurre ich. »Ich würde auch gestehen, wenn ich es getan hätte. Zumindest das könntest du netterweise von mir denken.«

»Nett sein klärt aber keine Todesfälle auf. Im Gegenteil.«

Ich funkle ihn noch einmal wütend an und gehe dann rasch und mit harten Schritten weiter. Ein Fahrradfahrer kommt uns entgegen und klingelt. Ich weiche an den Rand des Weges, näher zum Rhein. Manchmal klettere ich über die Böschung, setze mich auf die Steine und halte meine Füße ins Wasser.

Das Schlimme ist, dass er recht hat. Der blöde Bulle.

Bei welchem Menschen kann man schon ausschließen,

dass er in einem Wutanfall die Kontrolle verliert und jemanden solange schubst, bis derjenige an einen Türrahmen knallt? Eventuell bei Mutter Theresa, aber die bin ich nicht. Tim folgt mir in einigem Abstand. Bis ich stehenbleibe und mich wieder zu ihm umdrehe. »Okay, ich sehe es ein«, sage ich, als er mich erreicht. »Es trifft mich nach wie vor, aber ich bemühe mich, es zu akzeptieren. Und nicht persönlich zu nehmen. Ich habe kein Alibi und damit bleibe ich eine Tatverdächtige. Allerdings eine Tatverdächtige ohne Motiv, so viel musst du mir schon zugestehen.«

»Eine Tatverdächtige ohne erkennbares Motiv«, wendet Tim ein. »Es kann etwas geben, das wir nur noch nicht kennen.«

»Genau das Gegenteil ist doch der Fall. Ich verliere nur ohne Frau O.«

»Wie gesagt, auf den ersten Blick ist das so. Aber ich kann nicht ausschließen, dass du noch mehr Geheimnisse hast. Wie dieses Abiturzeugnis, zum Beispiel.«

»Habe ich nicht.« Ich wende mich dem Rhein zu und deute einmal um mich. »Das ist mein Leben. Ich gehe arbeiten, besuche Frau O und lerne für die Schule. Hin und wieder gehe ich hier spazieren, allein.«

»Hast du keine Freunde?«

»Nur Frau O und Sabrina.« Scheiße, klingt das jämmerlich. Ich fühle mich zu einer Erklärung genötigt. »Früher war das anders, da habe ich in einer Riesenclique rumgehangen. Aber mit der Abendschule und Frau O hat sich das langsam geändert. Und da konnte ich keinen von denen mehr ertragen. In den letzten Monaten habe ich mit keinem von meinen ehemaligen Freunden etwas zu tun gehabt.«

»Gibt es keinen Mann in deinem Leben?«

Ich nehme Tim fest ins Visier. »Warum willst du das wissen?«

»Weil ein Mann etwas an deinem Motiv verändern könnte.«

Ich verdrehe die Augen. Das ist lächerlich. »Nein, kein Mann.«

»Auch kein Liebhaber, Gelegenheitslover, One-Night-Stand?«

Jetzt lache ich laut.

»Und wenn schon, die würden doch keinen Einfluss auf mich und ein eventuelles Motiv haben.« Ich sehe Tim kopfschüttelnd an. »Wenn du wissen willst, wie mein Sexleben aussieht, dann frag mich das direkt und nicht unter dem Vorwand eines beruflichen Verhörs.«

Tim schweigt.

Freiwillig rücke ich nicht mit der Wahrheit heraus. Ich lebe seit Monaten wie eine Nonne, das ist sie nämlich. Da Tim selbst aber über seinen Beziehungsstatus so ein Geheimnis macht, werde ich ihn ebenfalls im Ungewissen lassen.

»Erzähl mir was über Jason und diesen Mack«, sagt er stattdessen. Wir setzen uns wieder in Bewegung und gehen weiter den Rhein entlang Richtung Innenstadt.

»Mack versucht ununterbrochen, mich ins Bett zu bekommen«, antworte ich augenrollend. »Ist es das, was du wissen willst?«

»Ich will alles wissen.«

»Ich denke, er ist in Jasons krumme Geschäfte verwickelt. Auf jeden Fall sind sie Kumpel und hängen ständig gemeinsam ab. Die Leute hier haben Angst vor den beiden und gehen ihnen nach Möglichkeit aus dem Weg.«

»Du auch?«

»Nee, ich doch nicht. Ich weiß schon lange, wie ich mit denen umgehen muss«, winke ich ab. Die beiden nerven mich kolossal, aber Bedenken habe ich keine.

»Und wie ist das? Ist ja nicht ausgeschlossen, dass ich erneut in eine Situation wie eben komme«, fragt Tim todernst.

Ich kichere. »Ich setze meinen Körper ein. Lasse sie in meinen Ausschnitt glotzen und mache sie so scharf, dass sie versuchen, mir zu gefallen. Das ist also nichts, was du umsetzen könntest.« Zumindest ist es das, was ich getan habe, solange ich mit ihnen zutun hatte. Mittlerweile bevorzuge ich möglichst wenig Kontakt.

»Das stimmt. Ich brauche eine andere Taktik.« Er schaut geradeaus und beobachtet eine Taube, die über dem Fahrradweg kreist.

»Deine Taktik von eben war doch gut«, lobe ich ihn. »Einfach jede Provokation mit einem höflichen Lächeln abprallen lassen ist genial.«

»Danke.«

»Nicht viele Männer können bei so etwas cool bleiben.« Definitiv niemand, den ich kenne. Entweder sie schlagen zu oder sie kriechen und wimmern und zeigen offen, wie unterlegen sie Jason und Mack sind.

»Das nennt man Deeskalation. Lernt man bei der Polizei als Erstes.«

»Und ich dachte, es wäre einfach dein Charakter.« Er ist ja sogar im Straßenverkehr gelassen bis zum Abwinken.

»Das auch. Dieser Teil ist mir von Anfang an leicht gefallen.«

Tim fasziniert mich immer mehr. Hinter dem hübschen Äußeren steckt ein Mann, der in einer anderen Liga spielt als jeder, den ich kenne. Er hat es nicht nötig, sich zu profilieren. Den harten Mann zu spielen. Bloß keine Schwäche zuzugeben.

»Jetzt bin ich dran, Fragen zu stellen«, beschließe ich. Auf dem Rhein fährt ein Lastkahn an uns vorbei und die Taube dreht ab. Ein leichter Wind kommt auf und wirbelt meine Haare durcheinander.

»Was willst du wissen?«

»Was machst du tagsüber? Während ich arbeite.«

»Ich arbeite ebenfalls.«

Verärgert schnaube ich.

»Was genau machst du?«

»Ich bin bei der Polizei. Ich dachte, du wüsstest das, Bebe.«

Tim bringt solche Sachen, ohne dabei eine Miene zu verziehen. Ich finde es irrsinnig komisch, trotzdem stoße ich ihn grob in die Seite und täusche Verärgerung vor.

»Was hast du heute tagsüber getan, Herr Kriminalkommissar? Auf der Arbeit.«

»Mich über Herrn Müller informiert.«

»Ah, ein Background-Check also. Hat er Vorstrafen?«

»Nein.«

»Schade, wäre er ein verurteilter Mörder, hätten wir es viel einfacher.«

»Einmal Mörder, immer Mörder? So simpel ist die Mörderjagd nicht.«

»Wie bedauerlich.«

»Jeder verdient eine zweite Chance.«

»Sogar ein Mörder?« In meinen Augen nicht. Das Opfer hat ja auch keine zweite Chance. Es sei denn, man glaubt an Wiedergeburt.

»Dem Gesetz nach schon. Und ich bin kein Richter, sondern nur derjenige, der einen Täter für sein Verbrechen enttarnt und vor Gericht bringt. Danach bin ich raus.«

»Du wirst ja wohl eine persönliche Meinung haben«, schnaube ich. Tim ist politisch viel zu korrekt.

Langsam wird es voll auf dem Weg den Rhein entlang. Wir nähern uns der Innenstadt und das Wetter ist schön genug, um viele Leute nach draußen zu locken. Uns trifft mehr als ein erstaunter und abschätzender Blick. Tim und ich sind optisch so konträr, dass es zu Spekulationen anregt. Glücklicherweise ist Tim in Zivil.

»Ich bemühe mich, meine Meinung in dieser Hinsicht einzuschränken. Sonst könnte ich den Job nicht machen.«

»Weil?«

»Weil ich dann denke, jeder Mörder hat selbst den Tod verdient. Es ist nicht hilfreich, so zu empfinden, wenn man bei der Kripo ist. Auge um Auge und Zahn um Zahn ist in unserem Gesetz nicht vorgesehen.«

»Aha«, sage ich zufrieden. »Du bist ja doch ein Mensch und nicht nur ein Polizeiroboter.«

»Findest du meine Einstellung gut?«

»Ja.«

Tim runzelt die Stirn. »Es gibt übrigens erwähnenswerte Informationen über Herrn Müller«, erzählt er mir unverhofft.

»Und jetzt lässt du mich betteln, ehe du mir um die Ohren haust, dass das Ermittlungsgeheimnis ist und ich als Verdächtige das große Geheimnis nicht erfahren darf.« Wenn er das macht, hat er es endgültig mit mir verdorben. Es ist schon hart genug, als Mörderin in Betracht gezogen zu werden.

»Das müsste ich eigentlich so halten, da hast du recht. Allerdings würdest du den armen Mann dann solange terrorisieren, bis du es in Erfahrung gebracht hast. Das kann ich nicht riskieren.«

Ah, meine Frechheit in der bisherigen Ermittlung hat mir einen sehr nützlichen Ruf beschert. Ich lächle erfreut.

»Also?«

»Vor zwanzig Jahren ist Herr Müllers Frau verschwunden. Von einem Tag auf den anderen war sie weg und ist nie wieder aufgetaucht.«

Ich pfeife beeindruckt. Das ist wirklich aufschlussreich.

»Die ist doch bestimmt ermordet worden« überlege ich laut. »Und die Leiche ist so gut versteckt, dass niemand sie gefunden hat.«

»Das ist durchaus möglich. Obwohl Tote selten so lange Zeit verschwinden. Nicht in unserem bevölkerungsreichen Land.«

»Glaubst du, Herr Müller ist der Mörder? Gab es damals Beweise gegen ihn?« Wie viele Menschen ich wohl kenne, die ebenfalls ein dunkles Geheimnis hüten? Entweder vertuscht in längst vergangener Zeit oder unbeobachtet in den eigenen vier Wänden geschehen.

»Ich habe die Akten angefordert, aber noch nicht erhalten. Die Ehemänner sind häufig die Verantwortlichen, wir können

Herrn Müller jedoch nicht aufgrund einer Wahrscheinlichkeit beschuldigen. Und eventuell geht es Frau Müller hervorragend und sie hat sich einfach nur ins Ausland abgesetzt.«

»Und selbst wenn das so ist, wird sie einen Grund dafür gehabt haben. Und der ist vermutlich Herr Müller.«

»Denke ich ja auch. Ich hoffe, die alte Akte liefert mir Hinweise.«

Ich male mir aus, wie es an dem Abend von Frau Os Tod abgelaufen sein könnte. Herr Müller hört Rockmusik, möglicherweise aus einer anderen Wohnung, möglicherweise nur in seinem Kopf. Rockmusik kann er einfach nicht ertragen. Und er hört sie in letzter Zeit ständig.

Wuterfüllt verlässt er seine Wohnung, stürmt die Treppe hinunter zu Frau Os Wohnungstür und klingelt dort Sturm. Die Musik ist lauter geworden, er ist an der richtigen Adresse. Frau O öffnet die Tür. Sie bestreitet, dass der Lärm aus ihrer Wohnung kommt. Mal wieder. Und Herr Müller tickt aus. Er hat sie schon so oft gebeten, Rücksicht zu nehmen, doch sie lügt jedes Mal und sagt, er bildet sich den Lärm ein. Er schubst sie, aber sie lenkt noch immer nicht ein. Er stößt erneut und folgt ihr in den Flur, als sie nach hinten stolpert. Und dann macht er es wieder und wieder, bis sie mit dem Kopf an den Türrahmen schlägt und am Boden liegt.

Noch immer völlig aufgelöst schaut er ins Wohnzimmer, von wo die Musik kommen muss. Dabei stößt er den Bücherstapel um, eventuell aus Wut, weil er die Musikanlage nicht findet.

Und danach? Geht er zurück in seine Wohnung und vergisst, was er angerichtet hat? Obwohl die Musik wohl kaum verstummt ist.

Irgendwas an der Geschichte stört mich. Ich kann es nicht wirklich greifen, aber es klingt schlicht und ergreifend falsch. Und mein Bauchgefühl sagt mir, dass der junge Typ, der null in Frau Os Leben passt, eine Rolle spielt.

»Ich habe übrigens auch ermittelt«, weihe ich Tim in den

Besuch bei Frau Erdmann ein. Er hat Möglichkeiten, die ich nicht habe.

Statt einer Antwort zieht er nur eine Augenbraue hoch und schaut mich fragend an.

»Ich habe diese Zeugin ausfindig gemacht. Die, die Frau O mit ihrem Liebhaber gesehen hat.«

»Ah«, sagt Tim.

Ich kann nicht erkennen, was er darüber denkt.

»Ich muss herausfinden, wer der Typ ist und was er von Frau O wollte.«

»Was will ein Liebhaber schon? Das ist doch immer dasselbe.«

»Vielleicht wollte er an ihr Geld.«

»Bebe.« Tim lacht mich aus. »Wäre Frau O eine vermögende Societydame, würde ich das ja in Erwägung ziehen. Es wäre nicht der erste Heiratsschwindler, der über das Ziel hinausschießt. Aber bei einer pensionierten Grundschullehrerin sehe ich das nicht.«

»Ich gehe ja nicht davon aus, dass er Heiratsschwindler ist. Frau Erdmann, so heißt die Zeugin, hat gesagt, er trug eine schwarze Kappe und knappe Kleidung. Groß und muskulös. Das passt eh nicht zu einem Mitgiftjäger.«

»Ach? Was erwartest du stattdessen?«

»Einen Anzug, gebügeltes Hemd, ausgezeichnete Manieren. Das, was man nicht an jeder Ecke findet.«

Während ich das ausspreche, bemerke ich, dass diese Beschreibung durchaus auf Tim zutrifft.

»Wenn er nicht diese Art Betrüger ist, was vermutest du?«, fragt er.

Eventuell ist ihm die Ähnlichkeit nicht aufgefallen.

»Keine Ahnung.« Ich werfe verzweifelt die Hände in die Luft. »Das ist ja das Problem. Ich habe keine sinnvolle Erklärung dafür. Überhaupt keine. Das macht mich wahnsinnig.« Ich löchere Tim mit einem hoffnungsvollen Blick. »Kannst du nicht deine Beziehungen spielen lassen?«

»Was genau soll ich deiner Meinung nach machen? Ihn zur Fahndung ausschreiben? Groß, muskulös, schwarze Kappe. Da finden wir Tausende.« Tim deutet auf einen Mann, der uns entgegenkommt und eine passende Kopfbedeckung trägt. »Vielleicht ist so jemand schon mal in einem anderen Zusammenhang aufgefallen?«, versuche ich mein Glück. Der Typ mit der Kappe grinst mich an, ich ignoriere ihn. »Bei einer anderen Ermittlung.«

»Bebe, die Hälfte aller Straftäter sieht so aus. Hatte die Zeugin nicht mehr?«

»Leider nicht.«

»Dann fällt mir auch nichts ein. Auf deinen Bekannten Mack würde die Beschreibung übrigens genauso zutreffen.«

»Na toll«, zische ich. »Wir sind also wieder bei mir.«

»Möglicherweise bist du ja nicht die Täterin, sondern der Schlüssel.«

»Wie denn das? Niemand aus meinem Umfeld wusste von Frau O. Nicht mal Sabrina und die kennt mich besser als jeder andere.«

»Und deine Mutter?«

»Auf keinen Fall«, sage ich vehement. Meine Mutter hat null Einblick in mich und mein Leben und will davon auch nichts wissen. Solange ich arbeite und Geld abliefere, interessiert sie sich nicht für mich. Selbst wenn ich nicht arbeite, wäre es ihr egal, vorausgesetzt, dass ich auf irgendeine Art Asche ranschaffe.

»Was macht deine Mutter, falls sie herausfindet, dass du jetzt Abitur hast? Wovor hast du so viel Angst?«

Mit einem Ruck bleibe ich erneut stehen. Dann drehe ich mich langsam in seine Richtung und stemme die Hände in die Seiten.

»Ich habe vor gar nichts Angst«, fauche ich.

»Du hast eine riesige Scheißangst, Bebe. Sieh dich doch an.« Tim steht nah vor mir, völlig unbeeindruckt von meiner Haltung, und deutet langsam einmal von den Füßen bis zu meinem Kopf. »Du versteckst nicht nur dieses Superzeugnis und deine Leidenschaft für Bücher, du gibst nichts von dir preis. Du zeigst so viel von deinem Körper, nur damit niemandem auffällt, dass du die echte Bebe dahinter verbirgst.«

»Was willst du damit sagen?«

»Alles an dir schreit: Ich bin ein Objekt. Ich biete nur meinen Körper. In meinem Kopf herrscht absolute Leere und das muss ich mit Arsch und Titten wettmachen.«

Tims Blick zuckt zu meinem Ausschnitt, aber nur den Bruchteil einer Sekunde. Inzwischen habe ich kapiert, dass er zu gut erzogen ist, um mir nicht ins Gesicht zu schauen.

Es ist irritierend, dass meine Masche, mit der ich Männer gewöhnlich im Griff habe, bei ihm einfach nicht funktioniert.

Resigniert lasse ich die Hände sinken und verabschiede mich von meiner vorgetäuschten Wut. Er hat ja recht.

»Ich wusste echt nicht, dass du Wörter wie Arsch und Titten benutzt, Tim.«

»Lenk nicht ab.«

Laut stoße ich die Luft aus den Lungen.

»Meine Mutter rastet aus, wenn sie hört, dass ich studieren möchte. Sie braucht das Geld, das ich zu Hause abliefere.«

Tim sieht mich nachdenklich an.

»Als du noch zur Schule gegangen bist, musste sie auch allein klarkommen«, sagt er leise. »Eigentlich sollte sie für dich sorgen und nicht umgekehrt.«

»Eigentlich sollte ich meinen Vater kennen. Eigentlich sollte meine Mutter Unterhalt von unseren Vätern bekommen. Eigentlich sollte es uns alle nicht geben, denn wir sind eine Ansammlung von Unfällen.«

Scheiße, warum hört man die Bitterkeit in meiner Stimme? Ich bin hart, viel zu hart, um mir den Frust über diese Familie anmerken zu lassen. Nur leider schafft Tim es wie kein anderer, mich weichzumachen.

»Aber ...« Tim greift nach meiner Hand, lässt sie allerdings auf der Stelle wieder los. »Es ist nicht deine Verantwortung.

Und du darfst dafür nicht deine Zukunft opfern. Du kannst nichts für die Situation, in die deine Mutter sich manövriert hat.«

»Und was wird dann aus meinen Schwestern? Die können auch nichts dafür.«

Jemand wie Tim kann das nicht verstehen. Der kommt aus einer ganz anderen Welt.

»Okay, ich sehe das Problem«, sagt er trotzdem. »Aber, Bebe, lass dir niemals einreden, dass du ein Unfall bist. Du bist ein Gewinn – für jeden und ebenfalls für deine Mutter. Auch wenn sie nicht in der Lage ist, dir das zu zeigen.«

kapitel 14

Tim begleitet mich nach Hause.

»Was machst du morgen?«, frage ich. »Oder arbeitet die Polizei samstags nicht?«

»Bei einer laufenden Mordermittlung schon. Ich bin guter Dinge, dass die Akte über die verschwundene Ehefrau im Laufe des Tages auf meinem Schreibtisch landet. Und was machst du morgen?«

»Ich bin guter Dinge, dass ein paar frisierwillige Damen in den Laden kommen, an einem Samstag ist meist die Hölle los«, antworte ich frustriert. Ich glaube zwar nicht an Herrn Müller als Mörder, aber diese alte Ermittlungsakte würde ich liebend gern unter die Lupe nehmen. Oder jede andere Ermittlungsakte. Das klingt tausendmal spannender, als graue Haare zu kaschieren.

Tim grinst bei meiner Antwort. »Das will ich doch für deine Chefin hoffen. Bringt uns aber in Bezug auf den Unbekannten nicht weiter.«

Wir haben den Park erreicht, der die Hochhäuser ansprechender machen soll. Auf einer Bank sitzt ein Mädchen mit Leggings und hohen Stiefeln. Bauchfrei, obwohl es dafür eigentlich zu kalt ist.

»Claudine«, sage ich scharf. »Was machst du hier?«

Sie kaut Kaugummi. Bei meinem Erscheinen macht sie

eine Blase und lässt sie platzen. Dann zuckt sie die Schultern.

»Rumsitzen.«

»Weiß Mutti, dass du hier herumlungerst?«

»Als ob die das interessiert.«

Natürlich hat sie recht. Trotzdem. Claudine ist in einem schwierigen Alter. Körperlich auf der Schwelle zur Frau und leider alt genug, um schwanger zu werden. Misstrauisch lasse ich meine Augen durch den Park schweifen. Zu sehen ist aktuell niemand, es gibt jedoch eine Menge Stellen, an denen man schwer entdeckt wird.

»Zieh dir was Ordentliches an«, fahre ich sie an.

»Das sagt ja die Richtige.« Claudine mustert meinen Rock.

»Echt, Bebe, kümmer dich um deinen eigenen Scheiß.«

In diesem Moment entdeckt sie Tim, der sich im Hintergrund gehalten hat. Sie pfeift.

»Der Bulle also. Jetzt weiß ich auch, was Mack eben so aufgeregt mit Jason beredet hat.«

»Man sagt nicht Bulle, sondern Polizist. Und du redest ihn mit Herr Weigand an, kapiert.« Ich werfe einen peinlich berührten Blick zu Tim, der langsam näher kommt.

Claudine kämpft mit sich. So wie in letzter Zeit immer öfter. Sie war bis vor ein paar Wochen ein braves kleines Mädchen, aber damit ist es wohl vorbei. Von mir lässt sie sich immerhin noch mehr sagen als von unserer Mutter.

Langsam steht sie von der Bank auf, klopft sich imaginären Dreck von der Leggings und richtet ihr Oberteil. Dabei beobachtet sie, ob Tim sie betrachtet. Tut er zwar, aber mit einer freundlichen, neutralen Miene und den Augen nicht eine Sekunde auf ihrem Körper. Claudine verzieht enttäuscht das Gesicht und ich frage mich mit einem Mal, ob ich auch so leicht zu durchschauen bin, wenn ich versuche, Tim mit meinen Brüsten zu irritieren.

»Und was genau hast du mit Herrn Weigand zu schaffen?«, fragt sie und betont seinen Namen affektiert.

»Und was genau würde dich das angehen?«

»Ich habe einen Ruf, Bebe. Ich will nicht die Schwester von dem Bullenflittchen sein. Was glaubst du, was das für mich bedeutet?«

Zischend ziehe ich die Luft ein. Bullenflittchen also.

»Achte auf deine Wortwahl, Claudine.«

»Dann eben Polizistenflittchen. Das ändert nichts.«

»Die Sache mit Herrn Weigand und mir ist beruflich«, stelle ich klar. Es ist tatsächlich nicht clever, hier mit Tim gesehen zu werden, aber das ist eh zu spät. »Es geht um ein Verbrechen, über das ich nicht sprechen darf. Und jetzt geh wieder rein und komm erst zurück, wenn du nicht mehr angezogen bist wie eine Nutte.«

Ich wende meinen strengsten Blick an. Noch funktioniert er.

Mit einem verärgerten Zischen zieht Claudine ab.

»Mit der bekomme ich noch Spaß«, sage ich zu Tim. »Wie soll ich sie daran hindern, sich dem erstbesten Typen an den Hals zu werfen?«

»Mich erinnert sie an jemanden.« Tim lacht unverhohlen.

»Das kannst du nicht vergleichen«, verteidige ich mich. »Ich bin neun Jahre älter als Claudine. Sie ist noch ein Kind.«

»Und wie warst du in dem Alter?«

Das ist eine Wahrheit, an die ich nicht erinnert werden möchte.

»Brav«, antworte ich bockig und verschränke die Arme.

Tim lacht erneut. »Definiere brav«, sagt er.

»Schätzungsweise anders als du.« Ich ziehe einen Schmollmund, dann gebe ich mich geschlagen. »Und anders, als ich es jetzt tue. Ich mache mir trotzdem Sorgen um Claudine.«

»Und du machst dir Sorgen um deine anderen Schwestern und deine Mutter. Mach dir mal mehr Sorgen um dich.«

»Aus welchem Grund denn? Bei mir ist alles in Ordnung.« Bis auf die Tatsache, dass Frau O tot ist und ich von einem Bullen verfolgt werde, der mir den Mord in die Schuhe schieben will. Pardon, einem Polizisten.

»Ich mache mir Sorgen um dich. Es tut mir nämlich leid, dass ich dir jetzt den Ruf verderbe. Wenn du als Geliebte eines Polizisten in Verruf kommst, ...« Er zuckt die Schultern. »Ist vielleicht nicht so günstig.«

Übertrieben rolle ich mit den Augen und mache eine wegwerfende Bewegung. Geliebte! Klingt schon netter als Bullenflittchen. Nicht nur Sex, sondern Gefühle. Die Frau an Tims Seite kann sich glücklich schätzen.

»Ich bin Ärger gewohnt. Mein Ruf ist eh schon im Keller, seit ich nicht mehr mit Jason und der Clique abhänge und einem geregelten Beruf nachgehe. Das mit dir macht es kaum schlimmer.«

»Wirklich? Deine Schwester sieht das anders.«

»Meine Schwester ist in der Pubertät. Das kennst du doch von deinen Töchtern.«

Tim schnaubt. Nee, Kinder hat er wohl keine – noch nicht.

»Darf ich die Ermittlungsakte sehen, wenn du sie morgen bekommst?«, frage ich wider besseren Wissens. Tim schüttelt erwartungsgemäß den Kopf.

Meine Optionen sind bei der Sache auch verdammt mager. Andere als betteln gibt es nicht, denn ich kann die Akte weder eigenhändig anfordern noch stehlen – selbst wenn ich mir erneut ein Lügenmärchen ausdenke. Frustriert seufze ich.

Ich brauche einen anderen Plan für den nächsten Tag.

»Ich könnte Herrn Müller noch einmal besuchen«, kündige ich Tim an. Das ist ja nicht verboten.

»Klar, mach das«, erwidert er ungerührt. »Nimm am besten einen Bodyguard mit, für den Fall, dass er dich angreift, und einen Notarzt, falls er dabei einen Herzinfarkt bekommt. Damit habe ich nämlich gestern gerechnet.«

Ja, möglich ist beides. Und einen Sinn sehe nicht einmal ich in diesem Besuch. Ich lasse die leere Drohung fallen, da Tim mir nicht auf den Leim geht. »Mir fällt nichts Sinnvolles ein, was ich tun kann, um Frau Os Tod aufzuklären«, gebe ich missmutig zu.

Zwei der Mädchen, mit denen ich früher abgehangen habe, kommen den Weg entlang auf uns zu. Sie mustern Tim und beginnen zu tuscheln.

»Lass doch einfach mal die Polizei ihre Arbeit machen.« Tausend Argumente dagegen liegen mir auf der Zunge. Aber der gewichtigste Grund ist peinlich. Ich will die Polizei sein. Ich will für Gerechtigkeit sorgen. Ich sehe mehr Sinn darin, Verbrecher zu verhaften als Haare zu schneiden.

Ich schweige.

Tim interpretiert mein Schweigen falsch.

»Hör mal, Bebe, wir untersuchen Frau Os Tod wirklich nachdrücklich und mit allen Mitteln. Ich weiß, wie wichtig sie dir war und wie wichtig es dir ist, dass es aufgeklärt wird. Vertrau mir.«

Still nicke ich.

Dann lächle ich Tim an.

Mir ist nämlich gerade doch noch die Idee gekommen, was ich am nächsten Tag Nützliches unternehmen kann.

Erwin, der Dackel, geht jeden Tag um sechzehn Uhr spazieren.

Und er ist nicht das einzige Gewohnheitstier.

Ich stehe daher am nächsten Tag um Punkt vier an der Stelle, an der Frau Erdmann Frau O und den Unbekannten gesehen hat.

Und ich bin bewaffnet. Zwar nur mit einem Foto von meiner ehemaligen Lehrerin, aber immerhin. Enthusiastisch quatsche ich jeden an, der an mir vorbeikommt, und halte ihm das Bild unter die Nase.

»Entschuldigen Sie, kennen Sie diese Frau?«

Die meisten schütteln unwillig den Kopf und werfen kaum einen Blick auf die Aufnahme. Aber die sind eh schlechte Zeugen. Ich brauche die Aufmerksamen und Gelangweilten, die sich über jede Zerstreuung freuen.

Der Erste, der sich für mich und mein Foto interessiert, ist ein langhaariger Typ, der gefühlte Stunden das Bild betrachtet.

»Jo, Schwester, klar kenn' ich die.«

»Hast du sie hier mit einem jungen Mann gesehen?«

»Klar, Schwester, hab' ich.«

Na, ich weiß nicht. Die Pupillen sind geweitet, er nickt ununterbrochen.

»Der Mann war ein Alien und hat sie entführt. Hast du zufällig das Ufo landen sehen?«

»Jo, das war krass.«

Sag ich doch.

»Danke, du hast mir echt geholfen. Mehr muss ich nicht wissen.« Leider versteht er den Wink mit dem Zaunpfahl nicht. Freundlich lächelnd bleibt er neben mir stehen und betrachtet die wenigen Passanten, die unterwegs sind. Was soll's, er ist harmlos. Ich ignoriere ihn und spreche eine ältere Dame an.

»Entschuldigung, kennen Sie diese Frau?«

Die Angesprochene betrachtet das Bild.

»Kann schon sein. Ich wohne ja hier um die Ecke, da sieht man oft dieselben Leute.« Treffer.

»Ich suche ...«

»Sie wurde von Aliens entführt. Mitten aus der Stadt. Das muss man sich mal wegtun.« Der Kiffer hat sich angeschlichen und mischt sich ein.

Die Dame weicht auf der Stelle einen Schritt zurück. Dann eilt sie ohne ein weiteres Wort davon.

»Was soll das?«, fahre ich den Störenfried an. »Das war wichtig. Sie ist eine Zeugin und du hast sie vertrieben.«

»Chill mal, Schwester. Ich wollte nur helfen.«

»Dann hilf mir, indem du weitergehst. Lass mich in Ruhe meine Arbeit machen.«

Wäre ich bei der Polizei, wäre das tatsächlich mein Job. Vielleicht nicht auf offener Straße, aber Anwohner abklappern und nach Zeugen suchen, gehört definitiv zu deren Aufgaben.

Er hebt beide Hände in die Luft.

»Du bist so unentspannt. Da solltest du echt mal dran arbeiten.«

Egal, wie harmlos er ist, in seiner Begleitung bekomme ich keinen anständigen Hinweis.

Ich gehe nah an ihn ran und flüstere verschwörerisch: »Ich bin Undercoveragentin bei der Polizei. Die Frau, die ich suche, war Drogendealerin. Dope, Tabletten, Meth und so weiter, du weißt schon. Verrat es bloß nicht.«

Mein Kiffer-Freund wird blass. Er hat also doch auf dem Schirm, dass er sich am Rand der Legalität bewegt.

»Ich muss los, Schwester. Viel Glück auch.«

Der wäre erledigt. Ich warte, bis er um die Ecke gebogen ist, bevor ich einen älteren Herrn anspreche.

Eine Stunde später bin ich demotiviert. Es haben zwar ein paar Leute Frau O erkannt, aber mit einem jungen Mann hat niemand sie gesehen. Immer nur allein. Immer nur auf ihrer Spazierrunde oder auf dem Weg vom Einkaufen.

Egal.

So schnell gebe ich nicht auf. Ich werde die Befragung fortführen, bis ich jeden Menschen gesehen habe, der regelmäßig hier entlanggeht.

Oder bis ich eine sinnvollere Idee habe.

Der Kiffer kommt zurück. Bei meinem Anblick bleibt er stehen und zögert. Dann schleicht er näher.

»He, Schwester, die Drogendealerin, die du suchst. Ich weiß, wer die beliefert.« Er senkt seine Stimme. »Aber verpfeif mich bloß nicht, ich will keinen Ärger. Der Typ vertickt auch hartes Zeug.«

Nicht jeder, der gerne kifft, ist ein Fan von harten Drogen. Bei vielen ist sogar das Gegenteil der Fall, denn sie wollen ihren Stoff aus der illegalen Szene raushalten.

»Du hast gesehen, wie sie beliefert wurde?«

»Nur einmal. Aber ich kenne den Typen. Deshalb war mir

sofort klar, dass du echt undercover bist. Ist 'ne gute Masche, die du da hast. Nutte, die den Dealer sucht. Läuft, Schwester.«

Ja, danke auch.

»Kannst du den beschreiben?«

»Nee, der sieht aus wie jeder andere. Voll aufgepumpt, schwarze Kappe, Schlägergesicht.«

Staunend ziehe ich die Augenbrauen hoch. Mein tiefenentspannter Freund ist tatsächlich ein Zeuge. Nur die Sache mit dem Drogendealer ist mir suspekt.

»Wieso meinst du, dass der Dealer ist?«

»Hab' den schon ein paar Mal am Neumarkt gesehen, da lungern die doch alle rum.«

»Da lungern auch die Konsumenten rum.« Ja, Scheiße, ich kenne mich aus. Leider.

»Man sieht schon, wer da wem was zusteckt.« Er druckst leicht verlegen rum. »Hör mal, Schwester, komm nicht auf falsche Gedanken. Ich hab da nichts mit zutun. Aber ich bin da hin und wieder, da trifft man coole Leute.«

Ich verstecke mein Kichern. Er meint sicher, coole Leute mit Gras. Aber das geht mich nichts an. Frau Erdmann hat allerdings keinen Drogendeal beobachtet. Nicht, dass sie einen erkennen könnte, Verwechslungsgefahr mit einem romantischen Stelldichein besteht jedoch auch nicht.

»Und du bist sicher, dass der Dealer und die Frau auf dem Foto kein Liebespaar waren?«, hake ich nach.

Jetzt lacht er mich aus.

»Was mischen die euch da in den Tee, Frau Undercover? Der wollte die einschüchtern. Schätze, die Omi hat falsch abgerechnet. Oder versucht, was für sich abzuzweigen.« Er schiebt sich eine Haarsträhne hinters Ohr, eine Haarwäsche hätte er auch noch mal nötig. Dann rückt er ein Stück näher. »Die, die so harmlos aussehen, sind oft die Schlimmsten.«

Die Theorie, dass ein Dealer, der sich betrogen fühlt, sich rächt und dabei jemanden tötet, ist nicht so abwegig.

Nur Frau O als Zwischendealer ist absurd.

»Hör mal, wie heißt du eigentlich? Und wo kann ich dich finden, falls ich weitere Fragen habe?«

Eine Polizistin muss ein Protokoll erstellen, sobald sie Zeugen verhört. Nicht, dass ich scharf auf den Papierkram bin.

Mein Freund zuckt wie von der Tarantel gestochen zurück. »Nee, Schwester, ich habe keinen Namen. Vergiss nicht, von mir hast du das nicht. Mich hast du nie gesehen und finden kann man mich auch nicht. Der Typ ist gefährlich und ich habe kein Verlangen danach, ein Messer zwischen die Rippen zu bekommen. Ich bin wie der Wind. Mal hier, mal da, und jetzt bin ich fort.«

Er schlendert laut pfeifend davon. Die Hände tief in den Hosentaschen vergraben, die dunkelblonden Haare wehen dank einer Brise. Wenn er, anstatt ständig zu kiffen, mal was essen würde, sähe er auch nicht so halbverhungert aus.

Kurz erwäge ich, ihm nachzurennen und zu kontrollieren, wohin er geht. Aber wahrscheinlich hat er mir alles gesagt, was er weiß.

Und er hat mich unbeabsichtigt darauf hingewiesen, dass ich ihn durchaus am Neumarkt wiederfinden kann.

Ihn und den Verdächtigen.

Mit einem Lächeln mache ich mich auf den Weg nach Hause. Die Aktion war dann doch nicht völlig für den Arsch.

kapitel 15

Tim meldet sich nicht.

Auf dem Neumarkt lungern die üblichen Gestalten rum, ein Typ, der aussieht, als wäre er die Person, die ich suche, ist nicht dabei. Oder es sind zu viele dabei, die es sein könnten. Die Beschreibung, die ich habe, ist und bleibt mager. Mein Kifferfreund taucht auch nicht auf dem Neumarkt auf.

So verbringe ich den Sonntag. So verbringe ich ebenfalls den Montag, denn das ist mein freier Tag.

Nach drei Stunden hocke ich mich vollkommen erschöpft auf einen Sitz an der Haltestelle und schließe die Augen. Es geht ein ungemütlicher Wind und langsam sehe ich ein, dass ich auf diese Art nicht weiterkomme. Ich wette, der Kiffer schläft bis in die Puppen und kriecht erst am späten Nachmittag aus seiner Höhle. Meine Laune ist im Keller. Missmutig gehe ich meine Optionen durch. Ich habe Redebedarf und Tim ist die einzige Person, mit der ich meine Gedanken teilen kann. Kurz entschlossen springe ich auf. Wenn Tim nicht zu mir kommt, dann fahre ich halt zu ihm.

Leider bedeutet das, dass ich freiwillig eine Welt betrete, die laut meiner Erziehung der Feind ist.

Um zum Bahnsteig zu gelangen, nehme ich die Unterführung. Mittendrin werde ich hart angerempelt.

154

Männerhände packen mich an den Oberarmen und pressen mich fest nach hinten gegen einen muskulösen Oberkörper.

»Halt dich von den Bullen fern, sonst passiert was«, flüstert mir eine raue Stimme direkt ins Ohr.

Dann werde ich grob nach vorne gestoßen und stolpere ein paar Schritte unbeholfen, ehe ich das Gleichgewicht halten kann. Mit einem Ruck drehe ich mich um. Der Typ, der sich unter einer Kapuze versteckt, biegt in diesem Moment um eine Ecke. Spontan renne ich hinterher. Ich erreiche die Stelle, als er an den obersten Absatz der Treppe gelangt und erneut aus meinem Sichtfeld verschwindet. Leider ist kurz zuvor eine Bahn eingetroffen, massenhaft Leute kommen mir entgegen, während ich versuche, den Mann einzuholen.

Es dauert endlos, bis ich oben angekommen bin. Der Typ ist nicht mehr zu sehen, obwohl ich hektisch meinen Blick über die durcheinanderrennenden Menschen fliegen lasse. Wütend balle ich die Hände zu Fäusten.

In meinem Kopf sehe ich Tims entsetzte Miene vor mir. *Was hättest du getan, wenn du ihn eingeholt hättest, Bebe, wie kannst du nur so leichtsinnig sein,* höre ich ihn fragen. *Ihn zur Rede gestellt,* antworte ich in Gedanken.

So weit ist es schon mit mir. Ich führe imaginäre Unterhaltungen mit einem Polizisten. Dabei ist es nur logisch, dass ich hinter dem Mann hergerannt bin. Ich lasse mich doch nicht einschüchtern, von niemandem. Und wer auch immer annimmt, dass ich mich durch eine dämliche Drohung, von dem abbringen lasse, was ich zu tun gedenke, der kennt mich nicht.

Erklären kann ich mir die Aktion jedenfalls nicht. Der Mann war mir nämlich völlig unbekannt. Keine Stimme, die ich jemals gehört hätte. Und leider habe ich viel zu wenig gesehen, um ihn beschreiben oder erkennen zu können. Das Aufeinandertreffen ging so schnell und unauffällig über die Bühne, dass unter Garantie niemand etwas davon mitbekommen hat. Der hat nicht zum ersten Mal einen anderen Menschen bedroht.

Frustriert drehe ich ab und mache mich erneut auf den Weg zum Polizeipräsidium. Jetzt erst recht.

Während ich in der Bahn sitze, denke ich darüber nach, ob ich Tim von der Begegnung erzähle. Der Neumarkt muss eine heiße Spur sein. Kann es sein, dass der Mann, der Frau O bedroht hat, auch mich kennt und erkannt hat? Kann es sein, dass ich dem Mörder persönlich begegnet bin? Oder hat es gar nichts mit Frau O zu tun und nur mit der Tatsache, dass ich nun einige Male zusammen mit Tim gesehen wurde?

Leider traue ich Tim zu, die Drohung ernst zu nehmen und das Ganze zu dramatisieren. In dem Fall bricht er, um mich zu schützen, den Kontakt zu mir ab. Das darf ich nicht riskieren, denn dann erhalte ich nie wieder Informationen vom Stand der Ermittlungen. Ich tröste mich mit dem Gedanken, dass ich wohl kaum in Gefahr bin, solange ich mich vom Neumarkt fernhalte.

Die Kriminalpolizei und damit Tims Arbeitsplatz ist im Polizeipräsidium untergebracht. Ich nähere mich dem riesigen Gebäude über den Walter-Pauli-Ring. Der Platz vor dem Haupteingang ist hübsch und gepflegt, inklusive einer Flagge des Bundeslandes und einer der Polizei.

Vor dem Eingang zögere ich erneut. Uniformierte Beamte laufen rein und raus, zielstrebig und geschäftig, und eine Menge Menschen in Zivil ebenso. Halt dich von den Bullen fern – und ich reagiere, indem ich auf der Stelle mitten ins Hauptquartier latsche. Langsam und ein wenig trotzig nähere ich mich dem Eingangsportal, die Schiebetür öffnet sich und gibt den Blick auf eine große Halle frei. Rechts ist Glas, links ist Glas, die Front ist ebenfalls aus Glas. Der Raum erstreckt sich über mehrere Stockwerke nach oben. Ganz schön eindrucksvoll, so modern und hell.

Drinnen trete ich an den Tresen.

»Ich möchte zu Kriminalkommissar Tim Weigand, bitte«,

wende ich mich an einen der zwei Sicherheitsleute, die für den Empfang zuständig sind.

»In welcher Angelegenheit?«

»Es geht um Frau Ostlender. Herr Weigand bearbeitet den Fall.«

»Erwartet er Sie?«

»Ja«, behaupte ich frech.

Der Sicherheitsmann telefoniert, schließlich legt er auf und nickt mir zu. »Sie werden abgeholt, warten Sie doch bitte an einem der Tische dort drüben.«

Am anderen Ende der Eingangshalle stehen kleine Bistrotische mit Stühlen. Zufrieden setze ich mich und warte. Dass Tim zu mir nach unten kommt, gefällt mir besser, als ihn in seinem Büro zu überraschen.

Leider ist es nicht Tim, der nach ein paar Minuten vor mir steht und mich mit einem kühlen, professionellen Lächeln ansieht. »Sie wollten mit Herrn Weigand über den Fall Ostlender sprechen?«

»Ja.« Ich springe auf. So auffällig sollte die Aktion gar nicht werden. Ich dachte, ich bekomme eine Zimmernummer und die Info, ob Herr Weigand überhaupt im Haus ist.

Ist das hier ein Hochsicherheitsgefängnis?

Mit jedem Schritt ins Gebäudeinnere kommt es mir nämlich immer mehr so vor. Die Tür, die aus dem Foyer in den linken Trakt führt, muss mit einer Chipkarte geöffnet werden, der Aufzug benötigt ebenfalls eine Berechtigung. Inzwischen möchte ich nur noch auf dem Absatz kehrtmachen und die Flucht ergreifen. Aber dann werde ich wahrscheinlich in Sekundenschnelle überwältigt und in Handschellen in Tims Büro geschleift. Meine Begleitung sieht nämlich zum einen extrem sportlich aus und zum anderen mit ihrem kühlen Blick und dem mega-akkuraten Pferdeschwanz wie eine knallharte Polizistin.

Oben begleitet sie mich bis vor eine geschlossene Tür.

»Hier ist es.« Sie klopft an, nickt mir zu und geht weiter.

»Ja, bitte«, werde ich aufgefordert, die Tür zu öffnen.

Oh Mist.

Hinter der Tür erwartet mich nicht Tim.

Es ist sein Chef. Der Mann, den ich ein einziges Mal gesehen habe, als er zusammen mit Tim die Ermittlungen aufgenommen hat.

Da hat er mich mit keinem Blick beachtet.

»Verzeihung. Ich habe mich in der Tür geirrt«, sage ich rasch und will mich zurückziehen.

»Nein, nein, kommen Sie schon rein. Sie sind hier richtig.«

»Ich ...«

»Es geht um das Tötungsdelikt an Frau Ostlender und ich bin der ermittelnde Beamte. Jetzt kommen Sie bitte her und schließen die Tür hinter sich.«

Warum bin ich bloß so eine erbärmliche Läuferin? Und warum habe ich mich freiwillig in ein abgeriegeltes Gebäude begeben? Eine Flucht kann ich mir abschminken.

Wohl oder übel betrete ich das Büro und schließe die Tür.

»Setzen Sie sich.«

Tims Chef hockt hinter einem nüchternen Schreibtisch, zwei Stühle davor. Ich nehme Platz, mit geschlossenen Beinen und artig gefalteten Händen. In was für eine dämliche Situation habe ich mich manövriert. Und Tim wahrscheinlich noch dazu.

»Ihr Name bitte.«

»Blossom Blue Kovacek.« Diesem Mann lügt man nicht frech ins Gesicht. Auch nicht beim Vornamen.

»Und welche Angaben möchten Sie zu Frau Ostlender machen, Frau Kovacek?«

»Da liegt ein Missverständnis vor. Ich habe ja schon eine Aussage zu Frau Ostlender gemacht.«

Ach, verdammt. Die Wahrheit – dass Tim mich auf dem Laufenden hält, weil ich mich dreist immer wieder in die Ermittlungen dränge – darf auf keinen Fall ans Licht kommen.

»Sie sind die Zeugin, die Frau Ostlender gefunden hat. Ich erinnere mich.«

»Genau. Und ich wollte mich erkundigen, ob es schon Erkenntnisse gibt. Über ihren Mörder, meine ich. Ich ...« Ich ringe demonstrativ unschuldig die Hände. »Sie war meine Freundin, wissen Sie.«

»Wie kommen Sie darauf, dass es Mord war?«

Tims Chef ist mir unheimlich. Ohne jede Gefühlsregung hockt er hinter seinem Schreibtisch und fixiert mich. Er flößt mir tausendmal mehr Respekt ein als Jason und Mack, die seit Jahren den Ruf der üblen, brutalen Schläger haben.

»Das habe ich sofort gewusst. Ich habe es genauso zu Protokoll gegeben. Wegen des Hausschuhs, der an der Eingangstür lag. Und Frau Ostlender befand sich am anderen Ende des Flurs.«

Ich zupfe an meinem Rock und wünsche, ich hätte mich ausnahmsweise anders angezogen. Tims Chef ist nicht ansatzweise anzumerken, was in seinem Kopf vorgeht, aber es ist ausgeschlossen, dass er mich in dieser Aufmachung ernst nimmt. Ich lerne nicht aus meinen Fehlern.

»Dann wird es Sie freuen, zu erfahren, dass Sie recht hatten.«

Klar. Ich freue mich irrsinnig, dass meine Freundin ermordet wurde. Mühsam verkneife ich mir den bissigen Kommentar.

»Wissen Sie denn schon etwas, Herr ...« Ich habe keine Ahnung, wie Tims Chef heißt. »... Herr Hauptkommissar?«

»Paul.«

Nein, er hat mir nicht seinen Vornamen genannt.

»Herr Paul«, sage ich schnell, um zu zeigen, dass ich das nicht falsch verstanden habe. Ich bin nicht die dumme Blondine, die sofort mit jedem per Du ist.

Ich sehe nur so aus.

»Wie passend, dass Sie hier sind, Frau Kovacek. Ich habe nämlich rein zufällig Fragen an Sie.«

Er mustert mich nach wie vor. Ich wette, er lauert auf ein Zeichen der Angst bei seiner Ankündigung. Ich versuche mich an einem Lächeln.

»Sehr gerne, Herr Paul.«

»Sie sind nicht mit Frau Ostlender verwandt.«

Das ist keine Frage. Ich nicke trotzdem zustimmend.

»Wieso hatten Sie einen Schlüssel? Den Schlüssel zu meiner Wohnung hat nur meine Schwester.«

»Ich war für Frau Ostlender wie eine Tochter. Das hat sie mir oft gesagt.«

»Wie kam das?«

Hat Tim ihm erzählt, dass er mein Abiturzeugnis gefunden hat? Er hat zwar versprochen, mich wegen des unerlaubten Eindringens in Frau Os Wohnung nicht ans Messer zu liefern, aber ich weiß nicht, ob er das gehalten hat. Ich beschließe, davon auszugehen, dass Tims Chef nur bekannt ist, dass Tim mich nach dem Leichenfund verhört hat.

»Sie hatte keine eigenen Kinder. Und ich habe bei ihr gelernt und mein Abitur nachgeholt. Ich war in den letzten Jahren ständig bei ihr.« Die ungerührte Miene mir gegenüber ist irritierend. Macht der das mit Absicht, um mich zu verunsichern und mich zum Reden zu bringen, oder ist er immer so? Tim hat nie erwähnt, wie stoisch sein Chef ist. »Bei ihr war es mehr Zuhause für mich, als es bei meiner Mutter ist.«

Nach wie vor starrt er und sagt nichts.

Diesmal schweige ich auch. Ich habe mich bisher bemüht, entgegenkommend zu sein und einen guten Eindruck zu hinterlassen, so sehr wie nie zuvor, und trotzdem lässt er mich auflaufen. Er soll fragen, was er wissen will. Langsam bröckelt meine Geduld.

»Die Hauptschule haben Sie mit Ach und Krach geschafft«, sagt er nach einer Weile.

»Ja.« In meinem Kopf überschlagen sich die Gedanken. Er weiß mehr von mir, als ich erwartet habe.

Möglicherweise hat er bei meinem Erscheinen nur vorgetäuscht, mich nicht auf Anhieb einordnen zu können.

»Ich habe mit Frau Kogler gesprochen.«

Mit Frau Kogler, meiner Klassenlehrerin in der Hauptschule, bin ich gar nicht zurechtgekommen. Das lag zum Teil daran, dass ich mitten in der Pubertät und ununterbrochen respektlos war, und zum anderen daran, dass sie Mädchen wie mich hasst. Sie ist eine hässliche, alte Jungfer, die kein Mann mit der Kneifzange anfassen mag. Kann sein, dass ich ihr das einmal gesagt habe.

Da Herr Paul mir keine Frage gestellt hat, schweige ich.

»Frau Kogler meinte, Sie wären die dümmste Schülerin, die sie jemals gehabt hat. Selten in der Schule, wahrscheinlich kriminell und ins Drogenmilieu verstrickt.«

Ich sage weiterhin nichts und sehe ihn nur ungerührt an.

»Und jetzt erzählen Sie mir, dass Sie Abitur gemacht haben?«

»Ja.« Er starrt, ich starre. Auf Dauer kann ich mir einen Kommentar jedoch nicht verkneifen. »Da ich mein Abitur schwarz auf weiß habe, ist damit bewiesen, dass ich wohl kaum die dümmste Schülerin sein kann, die Frau Kogler jemals hatte. Der logisch denkende Mensch sollte daraus folgern, dass auch an den anderen Behauptungen dieser Frau nichts dran ist.«

»Oder dass das Abiturzeugnis gefälscht ist.«

»Ich habe meine Prüfung vor zwei Monaten abgelegt. Man erinnert sich an der Abendschule an mich. Fragen Sie doch da nach.«

»Und was wird Frau Peters mir über Sie erzählen?«

Er weiß sogar, wo ich arbeite und wer meine Chefin ist. So ein Glück, dass ich Sabrina inzwischen die Wahrheit gebeichtet habe.

»Das finden Sie besser selbst heraus, Herr Paul. Bisher unterstellen Sie mir, ununterbrochen zu lügen.«

»Ich mache meine Arbeit gründlich, Frau Kovacek. Und

das bedeutet, sich nicht auf Behauptungen von Verdächtigen zu verlassen.«

Das habe ich so schon einmal gehört. Tim hat das also von seinem Chef übernommen.

»Dann brauchen Sie mich gar nicht erst fragen«, erwidere ich patzig.

»Ihre Mutter ist arbeitslos?«, wechselt er nahtlos das Thema.

»Hausfrau und Mutter«, stelle ich richtig.

Das ist das, was sie selbst behauptet. Sie gibt sich zwar bei keinem der beiden Punkte Mühe, aber das muss ich ja nicht laut sagen.

»Und Ihr Vater?«

»Ist nicht bekannt.«

»Vielleicht sitzt er im Knast?«

»Möglich.«

»Vielleicht ist er drogenabhängig, Zuhälter oder er gehört zur organisierten Kriminalität?«

»Alles möglich. Vielleicht ist er aber auch Arzt, Rockstar oder Nobelpreisträger.«

»Dann sollten Sie herausfinden, wer es ist.«

»Versuchen Sie es doch. Viel Erfolg, meine Mutter ist eine harte Nuss.«

Langsam finde ich mich mit dem Gedanken ab, dass meine Mutter über kurz oder lang erfahren wird, dass ich Abi habe. Und ich werde es ihr wohl kaum selbst sagen müssen. Tims Chef wird nicht aufhören, in meinem Leben herumzustochern.

»Arbeiten Sie als Prostituierte?«

Ah, auf diesem Niveau geht es also weiter. Wenn er mich in diese Schublade stecken will, kann ich ja zurück in meine Lieblingsrolle schlüpfen.

»Wollen Sie mich buchen, Herr Hauptkommissar?«

Ich schiebe den Stuhl ein Stück zurück und schlage die Beine übereinander. Der Rock rutscht hoch.

»Wie viel nehmen Sie denn?«

»Keine Ahnung. Sie wären mein erster Freier, ich kenne mich mit den Preisen nicht aus. Sie dagegen schon, was also sollte ich nehmen?« Ich hole einen Kaugummi aus der Tasche und stecke ihn in den Mund.

Ein paar Sekunden starrt er auf meinen kräftig mahlenden Kiefer. »Warum sagen Sie nicht einfach, dass Sie keine Prostituierte sind?«

»Weil Sie mir eh nicht glauben, das hatten wir doch schon. Ich bin Frisörin, wie Sie bereits in Erfahrung gebracht haben. Und was ein Männerhaarschnitt im Salon kostet, weiß ich durchaus. Ich kann einen Termin für Sie ausmachen.«

Das ist gemein und ich lächle. Den verbliebenen Haarkranz kann man in Sekunden mit der Maschine kurz halten und genau das erledigt Herr Paul sicherlich selbst.

»Ich werde definitiv in den Salon kommen, um mich mit Frau Peters zu unterhalten. Ohne Termin«, knurrt er.

Mittlerweile habe ich es geschafft. Die reglose Fassade ist gebröckelt. Ich wette, es ist nicht sein Charakter, sondern seine Masche, um Leute zu vernehmen. Aber inzwischen ist er genervt von mir. Von dem Kaugummi, dem Rock, der mich kaum noch bedeckt, meinen frechen Antworten.

Gut so.

Er hat die Blossom Blue kennengelernt, die ich in der Hauptschule war. Und die ich nach wie vor zu Hause bin. Diese Blossom Blue lässt sich nämlich nicht verunsichern, die ist knallhart und abgebrüht. Und der ist es vollkommen egal, in welche Schublade sie gesteckt wird.

Manchmal weiß ich selbst nicht, wer ich wirklich bin. Und wer ich sein will. Und ob ich das ohne Frau O jemals herausfinden werde, ist fraglich.

Es klopft. Dann wird die Tür in meinem Rücken geöffnet.

»Hör mal, Patrick, ...« Der Sprecher verstummt, aber ich erkenne ihn. »Oh, Bebe?«

Die erstaunte Stimme gehört zu Tim.

163

Tims Chef blickt verwirrt auf Tim, dann auf mich und schließlich begreift er, was das bedeutet. Angepisst kneift er die Lippen aufeinander.

»Sie können gehen, Frau Kovacek, wir sind dann wohl fertig. Tim, komm bitte rein.«

kapitel 16

Ich warte vor dem Präsidium.

Keine Ahnung, wann Tim herauskommt. Keine Ahnung, ob er überhaupt den Haupteingang nimmt, es gibt sicherlich andere Ausgänge. Eine Weile marschiere ich auf und ab, schließlich hocke ich mich auf eine der kleinen Betonkugeln, die das Gelände umgeben. Es herrscht lebhaftes Kommen und Gehen, ich falle nicht auf.

Ich warte bestimmt eine Stunde, ehe ich Tim erblicke. Mit gesenktem Kopf kommt er aus dem Eingang und läuft rasch Richtung Parkplatz. Ich muss mich beeilen, um ihn einzuholen. Das ist mit meinen Schuhen gar nicht so leicht.

»Warte, Tim.«

Er bleibt bei dem Ruf stehen, dreht sich um und endlich erreiche ich ihn mit laut klackernden Schritten.

»Ist alles in Ordnung?«, frage ich beklommen.

Er zuckt die Schultern. An seinem Gesichtsausdruck ist nicht viel zu erkennen.

»Hast du Ärger bekommen?«

»Ja.«

»Das tut mir leid.«

»Das ist nicht deine Schuld, Bebe.«

»Doch, klar. Ich war dämlich genug, mitten ins Präsidium zu stiefeln.«

»Wozu du jedes Recht hast. Niemand hat mich gezwungen, meinen Chef nicht einzuweihen. Ich habe nicht die Angewohnheit, anderen die Schuld für meine Fehler zu geben, Bebe.«

»Dann bist du nicht sauer auf mich?«

»Nein.«

»Was bedeutet das denn jetzt für dich? Ich meine ...«

Scheiße, er hat mit einer Tatverdächtigen einen anderen Verdächtigen verhört. Er hat mich in Frau Os Wohnung schnüffeln und mit Frau Mallat telefonieren lassen. Ich mag mir gar nicht ausmalen, wie tief er in der Scheiße sitzt.

»Bist du suspendiert oder so was?«

Tim blickt zu Boden. Dann fährt er sich mit einer Hand über das Gesicht und wirkt mit einem Mal verdammt müde.

»Nein. Ich habe den Einlauf meines Lebens bekommen, aber suspendiert bin ich nicht. Diesmal noch nicht. Bei der nächsten Verfehlung war es das dann allerdings.«

»Tut mir leid«, murmle ich betreten. Ich bin nämlich doch der Meinung, dass ich schuld bin. Tim an seinem Arbeitsplatz aufzusuchen, war einfach nur die dümmste Idee, die ich je hatte. »Kann ich es irgendwie wiedergutmachen?«

»Nein, es ist wirklich in Ordnung. Mein Stolz ist lädiert, sonst ist nichts passiert.«

»Wahrscheinlich darfst du mich nicht mehr treffen.« Das wäre die logische Konsequenz. Tims Chef hat mich eh auf dem Kieker, jetzt erst recht.

»Ich soll dich im Auge behalten und dir bloß keine Interna mehr erzählen«, gibt Tim zu. »Schlimmer wäre, wenn mein Vater davon erfährt.«

»Dein Vater?«

»Ja, er war jahrelang Dienststellenleiter. Deshalb bin so problemlos zur Kripo gekommen. Wenn er mitbekommt, wie unprofessionell ich mich verhalten habe, ...« Tim spricht nicht weiter, stattdessen schüttelt er sich. »Ich male es mir lieber nicht aus.«

»Oh. Kann ich verstehen.« Mit Vätern habe ich persönlich keine Erfahrung, glücklicherweise. In meinem Bekanntenkreis kommt jedoch niemand gut mit seinem Erzeuger aus.

»Er will immer alles über die aktuellen Fälle wissen, alte Berufskrankheit. Ich dagegen rede nach Feierabend nicht gern über den Job und bin kurz angebunden. Sonst hätte ich mich bestimmt schon längst verraten, er ist ein echter Verhörspezialist.«

Ah, der Vater ist also die Person, mit der er über seine Arbeit reden könnte. Die Chancen, dass Tim Single ist, steigen.

Er deutet auf seinen Wagen. »Ich muss noch in die Stadt. Kann ich dich ein Stück mitnehmen?«

»Ja, gerne. Wenn es erlaubt ist.«

»Es fällt doch unter ›im Auge behalten‹.« Er grinst ein wenig schief. Sein Stolz wird sich schon wieder berappeln.

»Ich war so frustriert. Deshalb bin ich hierhergekommen«, erzähle ich, als wir im Auto sitzen. »Ich lungere nun seit zwei Tagen auf dem Neumarkt rum und komme nicht weiter. Dabei hatte ich den ultimativen Hinweis erhalten.«

Tim manövriert aus der Parklücke und reiht sich in den Verkehr ein. Fragend zieht er eine Augenbraue hoch.

»Ich darf trotzdem berichten, was ich herausfinde, oder?«

»Auf jeden Fall«, stimmt er zu. »Problematisch ist, was ich dir erzähle.«

Ich informiere ihn über meinen Zeugen, den freundlichen, aber schreckhaften Kiffer. Die Warnung des Unbekannten, die mir Angst einjagen soll, erwähne ich dagegen mit keinem Wort. Tim darf niemals davon erfahren.

»Das nennst du den ultimativen Hinweis? Wie willst du mit einer nicht existierenden Beschreibung diesen Mann finden?«

»Ich will auf dem Neumarkt erst einmal den Kiffer abfangen. Der besorgt sich dort seinen Stoff. Und dann zeigt er mir den Dealer. Ultimativ ist an dem Hinweis übrigens, dass der Typ Frau O bedroht hat. Das ist erstens glaubhafter als die Sache mit dem Liebhaber und zweitens ein klarer Beleg für einen Mord.«

»Ein Kiffer ist kein überzeugender Beobachter.« Tim löst den Blick nicht eine Sekunde vom Verkehr, während ich mich zu ihm gedreht habe und ihn genau im Auge halte.

»Er ist ja nicht der einzige Augenzeuge. Mit Frau Erdmann sind es schon zwei. Und die ist glaubhaft und clean.«

»Mag sein. Ich halte es für keine gute Idee, auf dem Neumarkt herumzuhängen, Bebe. Das ist ein übler Ort, vor allem für ein Mädchen.«

Ich verdrehe demonstrativ die Augen, obwohl ich ihm nach meiner letzten Erfahrung recht geben müsste. Leider sieht er es nicht.

»Machst du dir Sorgen um mich?«, frage ich spöttisch.

»Und wenn?«

»Dann machst du dich lächerlich. Neumarkt ist nicht schlimmer als mein Elternhaus.« Da wird man ebenfalls bedroht, wenn man mit den Bullen abhängt. Das zumindest stimmt.

Tim trommelt ungehalten auf dem Lenkrad. »Versteif dich mal nicht auf den Dealer. Das ist echt weit hergeholt und mir wäre es wirklich lieber, wenn du dich nicht in diesem Milieu rumtreibst. Und die Spur zum alten Müller ist vielversprechend.«

»Ach?«

»Ja, aber ich darf dir nichts erzählen. Mein Chef grillt mich.«

Missmutig schiebe ich die Unterlippe nach vorn. Das bin ich jetzt selbst schuld. Ich habe schließlich Tims Chef auf mich aufmerksam gemacht.

»Soll ich dich am Bahnhof rauslassen? Ich bin hier in der Nähe verabredet.«

»Mit wem bist du verabredet?« Jetzt haut er mir auf die Finger. Oder ich erfahre endlich etwas über seine Freundin.

»Mit einer Verwandten vom alten Müller, seiner Enkelin Sandra Müller. Der einzige Sohn macht aktuell mitsamt der Gattin eine Reise durch die USA und nur die Enkelin ist vor Ort. Aber ich darf eh nicht drüber reden.«

»Schon verstanden. Park einfach, mir ist es egal, wo du mich rauslässt.«

Während Tim einen Parkplatz sucht, bin ich still. Ich muss in Erfahrung bringen, was er herausgefunden hat. Und wenn es nicht mehr auf dem direkten Weg geht, dann werde ich eben kreativ.

Tim parkt in einer winzigen Parklücke. Ich habe nicht mal einen Führerschein.

»Ist das eigentlich dein privater PKW?«

»Ja.«

»Nimmst du den, damit du nicht mit einem Streifenwagen herumfahren musst?« Dabei stelle ich mir die Sache mit dem Streifenwagen cool vor. Keiner überholt dich, keiner drängelt, keiner hupt.

»Wir haben zivile Fahrzeuge auf der Wache, die benutze ich tagsüber. Ich nehme nur meinen Privatwagen, wenn ich im Anschluss Feierabend mache.«

Wir steigen aus und sehen uns über das Dach hinweg an.

»Dann einen schönen Feierabend.«

»Dir auch.« Er winkt mir zu und geht los.

Ich warte, bis er um die Ecke biegt, und renne hinterher. Leider besteht mein Rennen aus winzigen Klackerschritten, die wahrscheinlich ewig weit zu hören sind. Ich muss mir unbedingt andere Schuhe besorgen, damit ich bei der nächsten Verfolgung besser gerüstet bin.

Tim bemerkt mich nicht. Er steuert auf den Eingang eines Restaurants zu, vor dem eine Frau wartet. Die beiden reichen sich die Hand und reden angeregt miteinander. Die Enkelin von Herrn Müller ist ungefähr Mitte zwanzig und attraktiv. Sie trägt die dunkelblonden Haare in einer aufwändigen Flechtfrisur, ist dezent geschminkt und gut gekleidet.

Sie sieht gebildet aus.

Sie sieht stilvoll aus.

Sie kommt aus einem guten Elternhaus, hat wahrscheinlich studiert und einen anspruchsvollen Beruf.

Und sie lächelt Tim auf eine Art an, bei der mir schlecht wird. Ich erkenne, wenn eine Frau auf einen Mann steht.

Sie hat sogar ein schönes Lächeln.

Nun deutet sie auf den Eingang des Restaurants und Tim nickt.

Mit einem Knoten im Magen drehe ich ab und gehe zur Haltestelle. Egal, wie mies ich mich momentan fühle, eine günstige Gelegenheit, die sich so offensichtlich präsentiert, muss genutzt werden. Denn Tim wird heute außer bei der Enkelin nicht weiter ermitteln. Dadurch ist die Enkelin in den nächsten Stunden beschäftigt und Herr Müller ist ganz allein in seiner Wohnung, ohne an diesem Abend besucht zu werden.

Außer von mir.

Den ganzen Weg über habe ich vor Augen, wie Tim und diese Frau sich über den Tisch hinweg anlächeln. Wie aus dem beruflichen Treffen ein gemütlicher Abend wird, an dem man zu einem Glas Wein übergeht und sich einen Nachtisch teilt.

Dass Tim die nötige Distanz zu Zeugen fehlt, hat er ja an mir schon bewiesen.

Ich läute Sturm an Herrn Müllers Klingel, so sehr ärgert mich das Bild in meinem Kopf.

Es dauert ewig, bis die zittrige Stimme des Alten durch die Gegensprechanlage erklingt. »Ja, bitte?«

»Ich bin's, Sandra«, behaupte ich.

»Ach, Kind, das ist aber nett.«

Der Türsummer öffnet die Tür und ich stürme die Treppe hoch. Mal sehen, wie lange er sich freut.

Herr Müller steht lächelnd in der Wohnungstür. Bei meinem Anblick stützt er, das Lächeln bleibt jedoch.

»Komm doch rein, Kind, komm rein.« Er winkt entschlossen. »Du gehst auf eine Party?«

»Ja.« Ich nicke eifrig.

»Ach ja, die Jugend. Zu wenig Kleidung, dafür zu viel Farbe im Gesicht. Aber Hauptsache, sie kommt«, murmelt er vor sich hin.

Meinetwegen. Wenn er damit begründet, dass ich nicht aussehe wie seine Enkelin, soll mir das recht sein.

Ich folge ihm in die Küche und lasse mir ein Glas Apfelsaft geben. Dann sitzen wir am Küchentisch.

»Was macht die Arbeit, Kind?«

»Ach, alles wie immer.« Ich winke gelangweilt ab. Was mag die gute Sandra bloß arbeiten? »Wie geht es dir? Das ist doch viel wichtiger.«

Wie mag sie ihn wohl nennen? Opa oder Opi? Eventuell beim Vornamen? Mit einer falschen Anrede fliege ich bestimmt auf.

»Ja, wie geht es mir?« Seine Augen schweifen ab, er blickt aus dem Fenster und betrachtet einen Vogel, der auf dem Baum vor dem Haus hockt und emsig hin- und herhüpft.

Nach ein paar Sekunden frage ich mich, ob er vergessen hat, dass ich hier bin.

»Sag mal, Opa«, wage ich mich mutig vor, »wie war das eigentlich damals, als Oma verschwunden ist?«

Herr Müller zuckt zusammen. Er fixiert mich mit großen Augen und mir wird ein wenig mulmig.

»Wer sind Sie?«

»Sandra.«

»Ach?« Sein Blick wird weich. »Sandra, das ist ja schön.«

»Ja, ich bin auf dem Weg zu einer Party. Aber eben fiel mir auf, dass wir nie über Oma geredet haben.«

Und wenn ich in jedem zweiten Satz behaupten muss, dass ich Sandra bin, macht das gar nichts. Ich kann ausdauernd sein.

»Ach, Oma. Sie war so eine gute Frau.«

»Erzähl mir von ihr.« Ich stochere hier echt im Dunkeln. Tim hat in der Zwischenzeit bestimmt die Ermittlungsakte gelesen und könnte gezielte Fragen stellen. Polizist müsste man sein.

»Sie war verrückt nach dir. Du warst so ein hinreißendes, kleines Mädchen.« Ich lächle geschmeichelt. In Wahrheit war ich wohl kaum ein süßes Kind. Es muss schön sein, in so einer Familie aufzuwachsen.

»Warum ist sie denn dann gegangen?«

»Sie ist nicht gegangen.«

Ich packe die Stimme eines kleinen Mädchens aus, weinerlich und jämmerlich. Ich schätze, Sandra Müller war ungefähr fünf Jahre, als ihre Großmutter verschwand. »Sie war plötzlich weg. Sie hat mich nicht lieb gehabt, sonst wäre sie ja nicht gegangen.«

»Sie ist nicht gegangen.« Jetzt wird der alte Müller wütend. »Ich hätte nie zugelassen, dass sie geht.«

Er schlägt mit der Faust auf den Tisch.

»Sag mir, wo sie ist, Opa«, flehe ich. »Ich vermisse sie so sehr.«

Er ballt die Hände zu Fäusten, öffnet sie wieder, schließt sie erneut. Dabei sieht er abermals zum Fenster hinaus. Der Vogel ist verschwunden.

»Sie ist nicht gegangen, sie wäre nie gegangen, nie hätte ich sie gehen lassen«, murmelt er vor sich hin.

Langsam beruhigt er sich. Ich befürchte jedoch, dass er mich ein weiteres Mal vergessen hat. Und meine Frage ebenso.

Ich trinke das Glas leer und halte es ihm hin. »Opa, bekomme ich noch etwas Saft?«

Sein Blick liegt wieder auf mir, verwirrt.

»Ich bin Sandra und gehe gleich auf eine Party«, erkläre ich schnell. »Vorher wollte ich dich besuchen.«

»Ja, Sandra, das freut mich.«

Wir sind wieder am Anfang.

»Ich habe gehört, dass die Frau, die unter dir wohnt, ermordet wurde«, fahre ich eine neue Taktik. Alles in allem geht es mir ja um Frau O und nicht um eine vor ewig langer Zeit verschwundene Großmutter.

»Die Frau unter mir? Das ist ja schrecklich.«

»Kanntest du sie?«

Er schüttelt den Kopf.

»Sie hieß Frau Ostlender.«

»Ach, Frau Ostlender, doch, doch, die kenne ich. Nette Frau.«

»Du hast sie beschimpft.«

»Ich beschimpfe doch keine Frauen, Kindchen. Gehst du eigentlich auf eine Party? Du siehst heute so anders aus.«

»Ja, ich gehe auf eine Party, Opa.«

Oh Mann, Herr Müller ist vollkommen daneben. Nicht nur heute. Ich bezweifle, dass er noch lange allein leben kann. Er riecht auch diesmal muffig und die Küche ist alles andere als sauber. Das zweite Glas Apfelsaft werde ich nicht trinken. Aufmerksam betrachte ich ihn. Das Hemd ist falsch geknöpft, aber der Rest der Kleidung ist soweit in Ordnung. Ein wenig fleckig, ein wenig geknittert, trotzdem okay. Allerdings sieht er sehr dünn aus.

»Hast du schon gegessen, Opa?«

»Ja, ja«, nickt er nachdrücklich.

»Was hast du denn gegessen?«

»Ein Brot. Bestimmt. Ich esse doch immer ein Brot.«

Ich stehe auf und schaue mich in der Küche um. In einem Kasten finde ich einen halben Laib Brot, er ist schimmelig.

»Hast du das Brot gegessen?«

»Ja.«

»Das schimmelt.«

»Ach, was.« Er winkt ungehalten ab. »Das sieht nur so aus. Das ist vollkommen in Ordnung, das Brot.«

Frustriert lege ich die Scheiben weg. In dieser Familie ist nicht alles so heil, wie es auf den ersten Blick scheint.

»Noch mal zurück zu Frau Ostlender. Die Frau, die ermordet wurde.« Er schaut erneut irritiert. »Du kennst sie doch, Opa?«

»Ja, nette Frau. Immer freundlich.«

»War sie manchmal laut?«

»Nein, nein, das war eine nette Frau.«

»Aber sie mochte Rockmusik«, behaupte ich, etwas verzweifelt. Altenpflegerin ist definitiv keine Berufsalternative.

»Rockmusik? Frau Ostlender?« Herr Müller schüttelt den Kopf. Leichter Unmut zeigt sich auf seiner Miene.

»Ja, du weißt schon. Diese Musik mit dem lauten Schlagzeug und dem Bass, den man durch alle Wände hört.«

»Der Bass. Ich hasse diesen Bass.« Erneut klingt Wut in Herrn Müllers Stimme, aber gleichzeitig auch Erschöpfung. Für diesen Tag habe ich ihn genug gequält. Jetzt eine Runde AC/DC würde er eventuell nicht lebend überstehen.

»Ich mach mich mal auf den Weg, Opa«, verabschiede ich mich. »Die Party, du weißt schon.«

Herr Müller nickt nur.

Im Flur summe ich ›Highway to hell‹, wohlweislich leise genug, um nicht aus der Küche gehört zu werden.

kapitel 17

Ich bin mir nicht sicher, inwieweit mich der Besuch schlauer gemacht hat. Die Tatsache, dass Herr Müller nicht nur beim Thema Rockmusik ausrastet, sondern genauso bei der Behauptung, seine Gattin habe ihn verlassen, ist definitiv bedeutsam. Bei den Fragen Frau O betreffend blieb er dagegen völlig entspannt. Meiner Meinung nach hat er möglicherweise beim Verschwinden seiner Ehefrau die Finger im Spiel gehabt. An dem Tod, dem ich nachgehe, ist er im eher unschuldig.

Tief in Gedanken schließe ich die Wohnungstür auf. Ich konzentriere mich absichtlich auf die Spekulationen, was Herrn Müller zuzutrauen ist oder nicht, denn darüber nachdenken, was Tim in diesem Augenblick macht, will ich auf keinen Fall. Sein Auto stand eben nicht mehr auf dem Parkplatz, auf dem wir uns getrennt haben. Noch weniger möchte ich mich damit auseinandersetzen, warum ich den Umweg gemacht habe, um das zu kontrollieren.

Aus dem Wohnzimmer ertönt lautes Lachen. Eine tiefe Stimme, dröhnend. Ein Mann.

Nicht auch noch das.

Wenn der Kerl es geschafft hat, meinen Schwestern präsentiert zu werden, ist er kein beliebiger One-Night-Stand. Seit dem letzten festen Freund, der es länger als eine Woche bei uns aushielt, Angelinas Vater, sind acht Jahre ins Land gezogen. Acht Jahre, in denen ich mir keine Gedanken darüber machen musste, wie wir ein weiteres Maul durchfüttern sollen.

Obwohl ich erschöpft und aufgewühlt gleichzeitig bin, entscheide ich mich schweren Herzens, mir den Mann anzusehen. Es gibt ja die Option, ihn genauso loszuwerden wie die anderen. Statt also still und leise in mein Zimmer zu schleichen, drehe ich ab Richtung Wohnzimmer.

»Ich heiße wie Angelina Jolie, sagt Mama«, höre ich meine kleinste Schwester wichtigtuerisch erklären, noch bevor ich sie sehen kann. »Weil ich wie sie aussehe.«

»So ein Unfug.« Ich kann quasi durch die Wand fühlen, wie Claudine abfällig die Augen verdreht. »Bei deiner Geburt wusste niemand, wie du aussehen wirst. Und du hast null Ähnlichkeit mit Angelina Jolie.«

»Claudine ist nach Claudia Schiffer benannt«, geht meine Mutter dazwischen. »Nur ein wenig peppiger. Ich wusste bei all meinen Töchtern, dass sie Schönheiten werden.«

Claudines Vater war Italiener. Meine Schwester mit den dunklen Haaren und den braunen Augen passt zu Claudia Schiffer wie die Faust aufs Auge.

»Wie ihre Mutter«, ertönt die tiefe Stimme. »Bei so einer Mutter muss jede Tochter schön werden.«

So wie der Typ sich bei meiner Familie einschleimt, bestärkt mich das in der Befürchtung, den nächsten potentielle Vater in den Startlöchern stehen zu haben.

»Und nach wem bin ich benannt?«, fragt Scarlett.

»Scarlett Johansson«, sagt meine Mutter mit Stolz. Sie hat nicht kapiert, dass es keine Leistung ist, einen Vornamen zu vergeben, und dass der Name aus einem Kind keinen Star macht.

»Und nach wem bin ich benannt?«, frage ich spöttisch, als ich mich in den Türrahmen schiebe.

»Ach, Bebe. Das ist so lange her.« Meine Mutter winkt ab.

Claudine lacht hämisch.

»Du wurdest nicht nach einem Model oder einer Schauspielerin benannt, Bebe. Frag dich mal, warum.«

Weil kein anderer Mensch einen so dämlichen Namen hat wie ich. Ich ignoriere die Spitze und nehme den Mann ins Visier.

Ausnahmsweise schrillen nicht sämtliche Alarmglocken bei seinem Anblick. Er trägt keinen Jogginganzug wie Scarletts Vater, er ist nicht mit Goldketten behängt wie Emmanuel, den ich vor knapp einem Jahr weggemobbt habe. Wenn wir echtes Glück haben, ist er weder ein Krimineller noch arbeitslos.

Ich nehme mir einen Stuhl und platziere ihn genau gegenüber, bevor ich mich setze. Dann falte ich die Hände zusammen und fixiere ihn schweigend. Genauso hat Tims Chef das bei mir gemacht.

»Ich bin der Markus«, sagt er freundlich und lächelt mich erwartungsvoll an.

»Ich habe den Markus gestern in einer Bar kennengelernt.« Meine Mutter sitzt auf dem Sofa neben ihm und hat besitzergreifend eine Hand auf seinem Bein platziert.

Normalerweise läuft das umgekehrt.

»Und ich habe auf die Kleinen aufgepasst«, wirft Claudine selbstgefällig ein. »Du bist ja in letzter Zeit nie da.«

»Du hast uns nur rumkommandiert, es war ätzend«, motzt Angelina. »Wir sind eh nicht mehr klein.«

»In einer Bar. Jetzt echt?«, frage ich meine Mutter. Das spricht nicht für Markus. Ich halte nichts von Zufallsbekanntschaften in Diskotheken oder Bars.

Sie nickt glücklich.

Die Optik spricht dagegen für ihn. Er ist nämlich nicht attraktiv. Sicherlich einige Jahre älter als meine Mutter, etwas übergewichtig und definitiv unsportlich. Beginnende Halbglatze, glattrasiert, aber warme braune Augen.

Ich könnte ihm eine Chance geben. Eventuell.

»Markus, was machst du denn so beruflich?«

Er schaut peinlich berührt. Ach Mist, hätte ich mir denken können. Meine Mutter schleppt nie einen vernünftigen Kerl an. Obwohl er spießig und langweilig aussieht, ist er doch wieder nur ein arbeitsloser Hallodri.

»Ist mir immer ein wenig unangenehm, es zu sagen. Aber ich arbeite beim Finanzamt. Das kommt nicht so gut an. Nicht bei den Frauen.«

Ich lächle erfreut. Bei mir kommt das nämlich ausgezeichnet an. Meine Mutter zuckt die Schultern. Die weiß wahrscheinlich nicht mal, was das Finanzamt ist.

»Ja, voll uncool«, sagt Claudine und verzieht das Gesicht.

»Kann ja nicht jeder Rockstar sein.« Ich zwinkere Markus zu und rolle die Augen in Claudines Richtung. Er lächelt. Ich werde auf der Stelle wieder ernst.

»Und sonst? Bist du geschieden? Hast du Kinder? Hast du Vorstrafen? Warst du schonmal im Knast?« Es wird einen Haken an ihm geben. Hat es bisher immer. So viel Glück, einen Mann ohne üble Vergangenheit oder Gegenwart zu finden, hat meine Mutter einfach nicht.

Markus starrt mich entsetzt an.

»Das sind ja ganz schön viele Fragen auf einmal.« Er schaut auf meine Mutter, die ihn verliebt anhimmelt und gar nicht realisiert, was ich da mit ihrem neuen Lover mache. Dann fällt sein Blick auf meinen Ausschnitt, meinen kurzen Rock und meine angriffslustige Haltung.

»Fang einfach mit der ersten Frage an«, sage ich.

»Ja, ich bin geschieden.« Aha, da geht es schon los. »Ich habe keine Kinder, meine Exfrau ...« Er stockt, wird rot und blickt sich erneut verzweifelt im Raum um. »Meine Exfrau wollte Kinder, aber ...«

»Du wolltest keine?«

»Doch, schon, aber ...«

Wenn ich nicht darum kämpfen müsste, meine Mutter vor ihrer Naivität und überquellenden Fruchtbarkeit zu bewahren, hätte ich Mitleid. Ich scheine da einen wunden Punkt getroffen zu haben.

»Mann, Markus, wenn du ein Mitglied dieser Familie werden willst, musst du jetzt Farbe bekennen«, sage ich streng. »Ist doch besser, wir erfahren frühzeitig all deine kleinen, schmutzigen Geheimnisse als später, wenn schon Gefühle im Spiel sind. Wir wollen doch niemanden verletzen.«

Er schluckt. »Bebe, ich gebe dir ja vollkommen recht. Und ich will bestimmt niemandem falsche Tatsachen vorspielen. Vor allem dir nicht, Michaela.«

Bei seinem Gesichtsausdruck resigniere ich. Jetzt kommt gleich das Geständnis, dass er keine Kinder hat, weil er wegen Scheckbetrug im Knast saß. Oder dass er zehn Exfrauen hat, die er regelmäßig verprügelt hat. Und dann habe ich die nächsten Tage meine nonstop heulende Mutter hier sitzen, die mir ein schlechtes Gewissen macht, weil ich die Wahrheit rausgefunden habe.

»Ich bin ... also ... es ist wirklich ... ich kann keine Kinder bekommen«, stammelt er unglücklich.

»Du bist unfruchtbar?« Ich traue mich kaum, die Frage zu stellen. So viel Glück hatten wir noch nie.

»Ja.«

»Auch impotent?«

»Aber Bebe, so etwas fragt man doch nicht«, schimpft meine Mutter. Ich bin mir allerdings sicher, dass sie keinen Schimmer hat, was impotent bedeutet. Sie schimpft nur aus Prinzip.

»Willst du herausfinden, dass er keinen hoch bekommt, wenn ihr schon im Bett seid?« Ich verkneife mir ein Kichern. Scarlett, Angie und Claudine lauschen mit großen Augen. »Sei dankbar, dass ich frage und dir die unangenehme Situation erspare.«

Markus wird rot. Nach einem verzweifelten Blick in die Runde, lehnt er sich zu meiner Mutter und flüstert ihr ins Ohr.

Meine Mutter lächelt. Zufrieden und triumphierend.

»Alles geklärt, Blossom Blue.«

Ich lehne mich auf dem Stuhl zurück.

»Du hast einen Job, bist aktuell nicht verheiratet, warst nie im Knast und kannst keine Kinder zeugen«, fasse ich alles Wesentliche zusammen.

»Genau«, gibt Markus zu. Er wirkt ein wenig verwirrt über meine direkte Art.

Ich grinse breit. Wenn das stimmt, ist der Mann ein Volltreffer.

»Dann versuchen wir es mal mit dir«, sage ich trotzdem verhalten. Kann sein, dass es doch eine böse Überraschung gibt. Ich kann ja im Gegensatz zu Tim keinen polizeilichen Background-Check machen. Und es soll Menschen geben, die so gekonnt lügen, dass man es nicht bemerkt.

Eventuell ist er doch fruchtbar und in neun Monaten diskutieren wir darüber, ob Chayenne oder Charlene der schönere Vorname ist.

»Sei du mal lieber still, Bebe«, sagt Claudine vorwurfsvoll. »Ich habe dir noch immer nicht verziehen, dass du mit dem Bullen rummachst.«

»Ach was, ein Polizist in der Familie ist doch vorteilhaft«, wirft Markus ein. »Das bringt Sicherheit.«

»Das ist alles Quatsch. Tim Weigand und ich haben nichts am Laufen«, fauche ich. »Er arbeitet hier und ich bin eine Zeugin.«

»Bah, Bebe, das ist ja noch schlimmer. Wen verpfeifst du?« Claudine ist aufgesprungen, hat die Arme in die Seite gestemmt und funkelt mich fassungslos an.

»Niemanden.« Ich bleibe sitzen und betrachte meine Schwester, die sich in letzter Zeit eindeutig verändert hat. Dreizehn ist kein gutes Alter. »Der Vorfall ist nicht hier passiert. Ich war nur zufällig in der Nähe.«

»Es hat nicht mit Jason zu tun?«

»Natürlich nicht.«

Claudine gibt ihre Angriffshaltung auf.

»Weißt du Bebe, Jason liebt dich noch immer«, sagt sie ganz sanft und setzt sich auf den Stuhl neben mich. »Er würde alles für dich tun und er kapiert nicht, warum du Schluss gemacht hast.«

Resigniert seufze ich. »Er dealt, Claudine.«

»Tut er nicht. Das hat er mir hoch und heilig versprochen.«

»Und was hat er dir noch versprochen?«

Sie schaut kurz auf den Boden, dann grinst sie verlegen. »Dass er mir ein Date mit Dennis beschafft.«

»Wer ist Dennis?« Scarlett hängt fast auf dem Tisch, während sie der Unterhaltung lauscht.

»Dennis aus Haus drei. Er hat ein Moped.« Claudine lächelt selig und ich mache mir noch mehr Sorgen. Muss es ein Typ aus dem Nachbarhaus sein?

»Der hängt mit der Moped-Gang ab, Ma«, gebe ich die Erziehungsarbeit an meine Mutter ab. »Das ist kein guter Umgang.«

»Der Bulle ist kein guter Umgang«, faucht Claudine. »Die Bullen schikanieren Dennis und die anderen ununterbrochen. Völlig grundlos.«

»Oder weil die Mopeds frisiert sind? Und die Jungs die Fußgänger auf dem Gehweg umfahren? Oder weil die auf dem Moped Bier trinken?«

»Du bist so kleinlich geworden, dass du gut zu dem Bullen passt, Bebe.« Claudine springt erneut auf, diesmal hat sie Tränen in den Augen. »Wegen dir werde ich nie mit Dennis zusammenkommen.«

»Was hat das jetzt mit mir zu tun? Jason hilft dir, hast du gesagt.«

»Du sollst nur noch mal mit Jason reden. Ihm eine letzte Chance geben. Mehr will er doch gar nicht.«

»Er hilft dir nur, wenn du mich überredest, wieder mit ihm rumzumachen?«

»Mit ihm reden, Bebe, mehr nicht.«

»Jason kann nicht reden, der kann nur fummeln. Und was er mit dir macht, Claudine, nennt man Erpressung. Zeig mir deinen Dennis und ich klär' das.«

Jetzt heult Claudine. Laut. »Das nützt nix, du bist ein Bullenflittchen. Mir kann nur Jason helfen.«

Sie rennt aus dem Zimmer, die Tür knallt ins Schloss.

Sogar meine Mutter funkelt mich durch ihren Verliebtheitsschleier ungehalten an. »Kannst du nicht ein einziges Mal einlenken? Du bist unerträglich stur und denkst, du bist immer im Recht.«

»Jason? Jetzt echt, Ma? Du willst, dass ich mich wieder auf Jason einlasse? Zuletzt hast du mir was anderes erzählt.«

»Zumindest kämpft er um dich. Er hat neulich sogar rote Rosen liefern lassen. Rote Rosen, Bebe. Ich habe noch nie welche bekommen.« Markus horcht auf. Dieser Missstand wird aller Voraussicht nach bald behoben sein. »Und mit einem Bullen sollte ein anständiges Mädchen echt nicht rummachen.«

Ich lache laut auf. Hoffentlich kapiert sie nie, was ein Finanzbeamter macht.

Die Rosen von Jason habe ich in den Müll geworfen.

kapitel 18

Bei Feierabend wartet Tim an der Bushaltestelle auf mich. Den Umgang mit mir hat sein Chef ihm also nicht verboten. Ich traue dem artigen Bullen nämlich nicht zu, sich gegen eine Anweisung seines Vorgesetzten zu stellen.

»Und Herr Kriminalkommissar? Wird das ein Verhör oder nur eine nette Begleitung ohne Hintergedanken?«

»Gäbe es einen Grund für eine wiederholte Vernehmung? Hast du es wirklich an einem einzigen Abend geschafft, neue Dummheiten anzustellen, Bebe?«

Habe ich. Ich pfeife demonstrativ unschuldig und starte ein Ablenkungsmanöver. »Meine Mutter hat einen Mann angeschleppt.«

»Das soll vorkommen.«

»Macht deine Mutter das etwa auch?«

Er schnaubt und blickt mich strafend an. Ich erzähle von Markus, dem ersten Mann in unserem Haus, der einer geregelten Arbeit nachgeht. Wenn es denn stimmt, was er behauptet.

»Könntest du einen Background-Check von ihm machen?«, schließe ich den Bericht.

»Mit welcher Begründung?«

»Er könnte ein gesuchter Massenmörder sein. Die, die so harmlos wirken, sind oft die Schlimmsten. Und stell dir vor, dann hättest du einfach so einen Fünffachmord verhindert.«

»Das geht nur, wenn er in den aktuellen Fall verwickelt ist«, sagt Tim ganz ernsthaft.

»Du durchleuchtest ihn also erst, nachdem er uns brutal abgeschlachtet hat?«

»Du hast es erfasst.«

»Na toll«, schmolle ich. »Und da heißt es dann *die Polizei, dein Freund und Helfer.*«

»Wenn ich deiner Bitte nachkomme, wäre ich bei der Stasi. Der Überwachungsstaat ist ja auch nicht das, was wir wollen, oder?«

»Bist du immer politisch so korrekt?«

»Ich bemühe mich«, sagt er trocken. »Wenn ihr abgeschlachtet werdet, weiß ich jedoch, wen ich als Allererstes in die Mangel nehme. Das zumindest kann ich dir versprechen.«

Er grinst schief zu mir rüber.

Tims Humor ist manchmal hinter extremer Ernsthaftigkeit versteckt.

Ich lege mir theatralisch die Hand aufs Herz.

»Dann bin ich beruhigt. Ich fühle mich auf der Stelle viel sicherer.«

»Gut.«

Wir schlendern nebeneinander die Straße entlang. Ich weiß nach wie vor nicht, aus welchem Grund Tim da ist und ob wir ein Ziel haben, aber ich genieße seine Gegenwart einfach zu sehr, um nachzuhaken.

»Abgesehen davon, habe ich eh noch nicht entschieden, was ich mit ihm zu tun gedenke. Auf den ersten Blick macht er einen passablen Eindruck, aber sobald meine Mutter im Spiel ist, bin ich misstrauisch.«

»Wie meinst du das? Es ist ja wohl deine Mutter, die entscheidet, ob das eine Beziehung wird oder nicht.«

»Ach, Tim. Meine Mutter ist nicht fähig, gute Entscheidungen zu fällen. Sieh dir doch mal an, in welche Lage sie sich manövriert hat, ehe ich eingegriffen habe.«

Tim kapiert es noch immer nicht, er runzelt die Stirn.

»Vier uneheliche Kinder, jedes von einem anderen Mann. Wenn ich in den letzten Jahren nicht aufgepasst hätte, wären wahrscheinlich noch ein paar dazugekommen.«

»Wie genau hast du aufgepasst?« Er schlägt sich die Hand vor die Augen, bevor er sie wegzieht und mich verzweifelt ansieht. »Will ich das überhaupt wissen?«

»Keine Ahnung«, schnaube ich. »Welche Optionen habe ich schon? Ich habe die Typen angegraben und dafür gesorgt, dass sie scharf auf mich waren. Und dass meine Mutter das mitbekommen hat. Da hatte es sich mit der Verliebtheit schnell erledigt.«

Tim wirft einen unauffälligen Blick auf meine Kleidung.

»Verstehe«, sagt er.

»Was verstehst du?«

»Man könnte deine Aufmachung also als Präventionsmaßnahme sehen.«

Ich lache laut los.

»Markus hat diesen Test auf jeden Fall bestanden«, stimme ich dann zu. »Er hat keine Sekunde in meinen Ausschnitt geglotzt.«

Wir erreichen den Park. Heute lungert Claudine nicht auf der Bank herum. Stattdessen hängen Jason und Mack dort ab. Scheiße. Ich habe es einige Wochen geschafft, einen Bogen um Jason zu machen. Ausgerechnet heute begegnet er mir. Für einen Rückzug ist es zu spät, die beiden haben mich bemerkt.

»Dann einen schönen Abend, Tim. Ich finde jetzt allein nach Hause, mach's gut«, sage ich schnell und wende mich von Tim ab.

»Warte, Bebe. Ich wollte dich noch was fragen.« Tim klingt erstaunt.

»Kannst du morgen machen.« Ich eile los, wohl oder übel auf Jason und Mack zu. »Ich habe jetzt keine Zeit.«

Wider besseren Wissens versuche ich, kommentarlos an den beiden vorbeizugehen.

»Gehst du mir aus dem Weg, Süße?« Jason versperrt mir die Bahn, breitbeinig und von sich überzeugt wie eh und je.

»Ich bin nicht deine Süße, verpiss dich, Jason.«

Er hebt theatralisch die Hände, macht einen gespielt erschrockenen Schritt zurück. »Wie bist du denn drauf?«

»Lass mich einfach in Ruhe.«

Um ihm auszuweichen, müsste ich mich in die Büsche schlagen. Oder mich an ihm vorbeiquetschen.

»Hast du meine Rosen nicht bekommen?«

»Ich habe sie in den Müll geworfen. Was sagt dir das?«

»Falsche Farbe? Zu wenig? Zu mickrig? Du bist eine Diva, die erobert werden will, ich habe es ja kapiert, Bebe.«

Er hat nur kapiert, dass die Nummer mit Pattie mich nicht eifersüchtig macht. Jetzt fährt er eine andere Tour.

»Es ist aus, Jason. Ich will nichts mehr mit dir zu tun haben. Brauchst du es schriftlich, bevor du es raffst?«

»Es ist wegen Pattie, oder? Glaub mir, Bebe, die bedeutet mir nichts. Sag nur ein Wort und ich mach Schluss und gehöre wieder nur dir.« Er grinst breit und kommt näher. »Du bist noch heißer, wenn du eifersüchtig bist.«

Ich weiche einen Schritt zurück. »Pattie tut mir leid, genau wie jede Frau, die dir begegnet. Geh mir aus dem Weg, ich werde nie wieder was mit dir zu schaffen haben, egal was du machst, du Idiot.«

Mack hat sich das Schauspiel erfreut angesehen. Jetzt lacht er hämisch auf. »Tja, Bro, da musst du wohl überzeugender sein. Vielleicht heult die sich doch noch nicht die Augen nach dir aus.«

Jason kneift wütend die Lippen aufeinander.

»Es reicht, Bebe. Ich habe dir die Zicken lang genug durchgehen lassen, aber ich lasse mich nicht weiter verarschen. Komm sofort her und gib mir einen Kuss. Oder muss ich ihn mir holen?«

Oh, Scheiße. So weit ist es jetzt. Jason muss sich vor seinem Kumpel profilieren und ich werde ihn mir nur mit Gewalt vom Leib halten können. Mack fläzt sich breitbeinig auf der Parkbank und feixt nach wie vor. Der wird sich wohl kaum einmischen, auch nicht, wenn ich Jason in die Eier trete. »Die Dame hat nein gesagt. Was ist daran nicht zu verstehen?« Tim hat sich unbemerkt genähert und steht mit einem Mal dicht hinter mir.

»Verpiss dich, Bulle«, knurrt Jason, der wie jeder hier Tims Beruf problemlos errät. Er ändert seine Haltung zu bedrohlich, auch Mack ist aufgestanden.

»Sobald Sie Platz machen, wie Bebe Sie schon mehrmals aufgefordert hat, setzen wir sehr gerne unseren Weg fort.« Tim benutzt seine Deeskalationsstimme. Freundlich, bestimmt und vollkommen entspannt.

»Finger weg, Scheiß-Bulle, die Frau gehört mir.«

»Du Vollpfosten, ich habe nichts mit dir zu schaffen. Und ich gehöre nur mir selbst«, fauche ich.

Warum muss Tim ausgerechnet mitbekommen, wie Jason aufdringlich wird? Es lief doch schon ein paar Wochen besser.

Jason kommt näher. Mack ebenfalls. Zu zweit fühlen sie sich Tim eindeutig überlegen.

Es wäre nicht die erste Prügelei, die ich mitbekomme. Es wäre nicht das erste Mal, dass die beiden einen Typen zusammenschlagen, bis der Notarzt kommen muss. Auch nicht das erste Mal wegen mir.

Ich schiebe Tim nach hinten.

»Halt dich raus, Tim. Das ist mein Problem.«

»Ja, genau, Baby-Bulle. Die Dame sagt nein«, äfft Jason Tim nach. »Mach die Fliege, ehe wir dir wehtun.«

»Da ich die Dame nicht belästige, sondern beschütze, bleibe ich vor Ort, bis die Situation geklärt ist. Vorzugsweise, indem wir weitergehen und Sie Ihre Aktivitäten fortführen.«

Tim schiebt sich jetzt vor mich.

Was denkt der sich eigentlich? Die beiden haben null Respekt vor Polizisten. Die Gelegenheit, auf einen einzelnen zu treffen und ihn so richtig fertigzumachen, werden sie sich nicht entgehen lassen. Und man kann von Jason und Mack sagen, was man will, körperlich fit sind sie. Anders wird man hier auch nicht ernst genommen, nicht, wenn man bei einer Schlägerei dank Muskelmasse nicht gewinnt.

Tim dagegen ... ist ohne Zweifel sportlich. Er sieht aber nicht so aus, als gehe er regelmäßig in den Boxring und wäre einer brutalen Schlägerei gewachsen. Mein mulmiges Gefühl weicht echter Panik. Wie schnell kann die Polizei hier sein? Beeilen Sie sich mehr, wenn ich sage, dass es sich bei dem Opfer um einen Kollegen handelt? Ich fummle mit zitternden Händen mein Handy aus der Tasche, um unauffällig den Notruf zu wählen.

Jason lächelt überaus erfreut, dann greift er an. Er schlägt nach Tims Magen, wie erwartet langsam und behäbig, dafür aber mit umso mehr Wucht.

Tim dreht sich weg. Mit einer lässigen Bewegung, einem Griff und schneller, als ich es erkennen kann, hat er Jasons Arm auf den Rücken gedreht. Mein Exfreund beugt sich vor Schmerz keuchend nach vorn, um dem Druck auszuweichen.

Mein Finger verharrt unentschlossen über den Tasten.

»Sie wollen doch nicht etwa Gewalt gegen einen Polizeibeamten anwenden? Das wäre unklug, denn dann müsste ich Sie festnehmen.«

Tim hat Mack fest im Blick. Mack, der unschlüssig hin- und herzappelt und abwechselnd die Fäuste ballt und wieder öffnet. Aber Jason, der so erstarrt in Tims Griff hängt, schreckt seinen Kumpel eindeutig ab.

Mein hübscher Bulle ist alles andere als hilflos, der kann sich wehren. Ich finde es verdammt sexy.

Mit einem Grinsen stecke ich das Handy wieder ein.

Da niemand etwas sagt, fährt Tim fort.

»Also? Herr Dimitrijevic, sind wir uns einig?«

»Ja.« Jason knurrt zwar, aber was bleibt ihm anderes übrig. Tim kann ihm mit einer winzigen Bewegung den Arm brechen.

»Und wie sieht es bei Ihnen aus, Herr Stenzel? Wollen Sie sich mit mir prügeln oder gehen Sie ebenfalls friedlich Ihres Weges?«

»Ich habe hiermit nichts zu schaffen«, windet Mack sich raus. Er ist sichtlich blass geworden, als Tim seinen Namen nannte. Schnell schiebt er die Hände demonstrativ in die Hosentasche.

Tim lässt Jason los und stößt ihn nachdrücklich zur Seite. »Dann gehen Sie jetzt«, sagt er deutlich. »Alle beide. Sonst muss ich doch die Kollegen rufen.«

Mack und Jason ziehen ab. Nicht ohne noch ein paar Mal die Köpfe zurückzuwenden und laut zu fluchen, sobald sie sich einige Meter entfernt haben.

Tim sieht finster hinter den beiden her.

Als sie außer Sicht sind, notiert er etwas auf einem Zettel und hält mir die Notiz hin.

»Was ist das?«, frage ich, anstatt es zu nehmen.

»Meine Telefonnummer.«

»Weshalb?«

»Himmel, Bebe. Mir war nicht klar, dass dein Exfreund dich um jeden Preis zurückhaben will. Glaubst du, der gibt einfach so auf? Jetzt doch noch weniger als vorher.«

»Und was hilft mir da deine Nummer?«

»Du rufst mich an, wenn du das nächste Mal in der Klemme steckst. Und zwar auf der Stelle.«

Ich nehme die Telefonnummer und betrachte sie. Dann halte ich sie Tim kopfschüttelnd hin.

»Wenn ich wirklich in der Klemme stecke, wähle ich 110 und nicht deine private Handynummer.«

»Und wenn es kein akuter Notfall ist, sondern nur ein mulmiges Gefühl? Wählst du dann auch den Notruf?«

Er nimmt die Nummer nicht zurück.

»Soll ich dich anrufen, sobald ich mich unwohl fühle?«, frage ich fassungslos.

»Ja.«

»Wenn ich befürchte, jemand schleicht mir nachts hinterher?«

»Ja, obwohl es klüger wäre, nachts nicht allein unterwegs zu sein.«

»Und wenn Jason vor der Tür herumlungert, um mich abzupassen?«

»Definitiv.«

»Willst du ihm dann wieder mit einer Verhaftung drohen?« Die Frage klingt vorwurfsvoll. Dabei sollte ich mich dafür bedanken, dass er mich nicht im Stich gelassen hat. Und ich könnte durchaus zugeben, wie beeindruckt ich davon bin, wie lässig er mit der Situation umgegangen ist.

»Eventuell ist es dann doch nötig, ihn zusammenzuschlagen. Manche kapieren es nicht anders.«

»Tim.« Ich heuchle Empörung. »Wo ist deine polizeiliche Deeskalation hin? Rohe Gewalt ist doch keine Lösung.«

»Ich werde nicht warten, bis er dir etwas antut, Bebe. Und dienstlich sind mir die Hände gebunden, solange er dir gegenüber nicht straffällig wird.«

Er ist echt süß, wenn er sich so aufregt. Und besorgt ist. Um mich. Nur mühsam verkneife ich mir das glückliche Lächeln. Stattdessen setze ich eine strenge Miene auf.

»Hör auf, den Superbullen raushängen zu lassen. Ich kann auf mich selbst aufpassen. Das mache ich seit über zwanzig Jahren.«

Die Telefonnummer stecke ich trotzdem ein.

Eine Weile sieht er mich unschlüssig an.

»Versprich mir wenigstens, auf dich achtzugeben«, lenkt er dann ein. »Jason ist gefährlich. Und Mack genauso. Nimm das nicht auf die leichte Schulter.«

»Woher willst du wissen, dass die gefährlich sind?«

»Background-Check.« Er zuckt die Achseln. »Habe ich dir doch erzählt.«

»Du hast mir nie mitgeteilt, was du rausgefunden hast.«

»Darf ich auch nicht. Schon vergessen?«

Langsam gehen wir weiter. Von Jason und Mack ist nichts mehr zu sehen.

»Dann kann ich deine Warnung leider nicht ernst nehmen«, pokere ich.

Tim seufzt resigniert.

»Ich weiß, dass das ein Trick ist, um mich zum Reden zu bringen, Bebe.« Er reibt sich über das Gesicht. »Machen wir einen Deal? Ich sage dir, was dein Ex auf dem Kerbholz hat und wessen er verdächtigt wird, und du erzählst, was du über ihn weißt.«

Ich reiße die Augen auf.

»Ein Deal mit der Polizei? Wenn das rauskommt, bin ich geliefert, Tim, mausetot.«

Mit der flachen Hand fahre ich über meine Kehle und Tim zuckt zusammen. Ich lache laut auf.

»Jason und Mack? Große Klappe, nichts dahinter. Das ist schon alles, was es über die beiden zu sagen gibt.«

Und die Prügeleien, aber die sind hier üblich und gehören zum guten Ton.

»Das stimmt so nicht ganz, Bebe.« Tim kämpft mit sich. Auf der einen Seite lauert die Anweisung seines Chefs, mir bloß nichts zu verraten, auf der anderen Seite scheint es etwas zu geben, was ich wissen sollte. Sein Ehrgefühl siegt über den Gehorsam. »Schwere Körperverletzung in mehreren Fällen, das ist aktenkundig. Und die Drogenfahndung ermittelt ebenfalls gegen beide, leider bisher ohne Resultate.«

Ich hatte sowas von recht mit den Drogen. Beweise kann ich Tim trotzdem nicht liefern.

»Ich hoffe, du erwartest jetzt nicht von mir, dass ich eure Mata Hari werde«, protestiere ich.

»Was meinst du damit?«

»Du klingst, als wolltest du, dass ich mich in Geheimspionmanier wieder auf Jason einlasse, um euch Insider-Infos zu liefern. Das werde ich nicht machen.«

»Das will ich auf keinen Fall.« Tim klingt aufrichtig empört.

»Im Gegenteil, ich würde nie zulassen, dass du dich wieder auf ihn einlässt.«

»Na, das entscheide ich ja noch selbst.«

»Hast du das vor? Hat er etwa recht mit der Behauptung, du wolltest ihn nur zappeln lassen, weil du erobert werden willst?«

Er hat alles gehört. Ich schnaube. »Quatsch. Ich lasse mir nur nicht vorschreiben, mit wem ich was anfange. Und mit wem nicht. Auch nicht von der Polizei.«

»Ich bin im Moment nicht die Polizei. Ich bin privat hier.«

»Und deshalb fragst du mich wegen Jason und Mack aus? Das ist Arbeit und nicht privat, du Lügner.«

Tim bleibt stehen und greift nach meinem Arm.

»Bebe, nimm das ernst. Ich mache mir Sorgen um dich und das ist privat.«

Das rührt mich. Um mich haben sich bisher sehr wenige Menschen Sorgen gemacht.

Eigentlich fallen mir da nur Frau O und Sabrina ein.

»Jason ist ausgeflippt, als ich die Beziehung beendet habe. Er hat mich gestalkt, mir Geschenke geschickt, mich mal angebrüllt, dann wieder angefleht. In den letzten Wochen hatte er damit aufgehört, weil er unsere Azubi Pattie gevögelt hat. Ich fürchte allerdings, das war nur ein Trick, um mich rumzukriegen. Du siehst, nervig und anstrengend, aber nicht gefährlich. Und sobald er mir zu nahe kommt, trete ich ihm in die Eier.«

Tim sieht nicht beruhigt aus.

»Das wird nicht reichen, wenn er aufgibt, dich überreden zu wollen, und sich mit Gewalt nimmt, was er will.«

»Bringst du mir bei, was du mit Jason gemacht hast?«

»Den Polizeigriff? Kann ich machen.«

»Ist der nicht geheim?«

»Ach was, den kann man überall lernen. Effektiv wird es allerdings erst, wenn du ihn regelmäßig trainierst. So regelmäßig, dass du ihn aus dem Ärmel schüttelst.«

»Meine Waffen habe ich auch jahrelang trainiert.« Ich ruckle meinen Ausschnitt in Form und Tim kichert leise. »Mir ist schon klar, dass man nichts geschenkt bekommt.«

»Halt dich von den beiden fern«, sagt er dann ernst. »Vorsichtig zu sein, ist am klügsten.«

»Das mache ich doch eh schon, klappt halt nicht immer. Sie wohnen nun mal hier und wissen, wo ich arbeite und wann ich Feierabend habe.« Ich zucke die Schultern.

Außerdem denke ich eh, dass Tim übertreibt. Er ist ein wenig überfürsorglich und hat noch nicht kapiert, dass ich nicht der Typ Frau bin, bei der das nötig ist. Und ich hatte definitiv recht. Sollte ich jemals den Fehler begehen, ihm zu erzählen, dass ich am Neumarkt wegen meines Umgangs mit ihm bedroht wurde, würde er mich gar nicht mehr ohne Bewachung aus dem Haus lassen.

»Ich wundere mich eher, dass ein vorsichtiger Bulle wie du ständig unbewaffnet in der miesesten Gegend der Stadt herumrennt«, wende ich mich zurück zum aktuellen Problem.

»Mache ich nicht.«

»Was übersehe ich? Meinst du, es gibt noch miesere Gegenden?«

»Ich bin nicht unbewaffnet.«

»Den Polizeigriff würde ich jetzt nicht als klassische Waffe bezeichnen.« Ich verdrehe die Augen.

»Ich auch nicht.« Tim äfft mich nach und verdreht vollkommen übertrieben die Augen. »Ich trage eine Waffe, Bebe. Nur weil du sie nicht siehst, heißt das nicht, dass sie nicht da ist.«

Ich trete einen Schritt zurück und mustere ihn.

Mit einem Seufzen zieht er seine Jacke zur Seite. Darunter erkenne ich das Schulterholster samt Pistole.

»Oh. Dann hättest du Jason ja auch einfach erschießen können.« Wenn es um seinen Job geht, bin ich mir noch nicht so sicher, wie es um Tims Humor bestellt ist.

»Theoretisch schon.« Er grinst verhalten. »Sollte es nötig

sein, für deine persönliche Sicherheit deinen Stalker zu erschießen und dafür lebenslang in den Knast zu wandern, bin ich selbstverständlich sofort zur Stelle.«

Erfreulicherweise habe ich mich geirrt. Tims Humor ist am Start.

»Ich komme dich im Knast besuchen. Ein knallharter Verbrecher zu sein, ist doch eh viel erotischer als ein gesetzestreuer, langweiliger Polizist. Die Frauen werden dir zu Füßen liegen.«

»Na dann. Du hast mich überzeugt. Lass uns Jason auf der Stelle kaltmachen. Wo finden wir ihn?«

Ich kichere.

»Aber jetzt begleite ich dich sicher nach Hause, Bebe.« Tim wird wieder ernst. »Dann muss ich mir wenigstens heute Abend keine Sorgen um dich machen.«

kapitel 19

»Trinken wir noch was?« Sabrina schließt den Laden ab und reckt ihr Gesicht genießerisch Richtung Himmel. »Beim Extrablatt finden wir bestimmt einen Platz draußen, ich muss dringend frische Luft und Sonne tanken.«

»Gerne.«

Pattie schaut uns schlechtgelaunt hinterher. Manchmal fragen wir, ob sie mitkommen mag, aber heute haben wir zu viel zu besprechen. Sabrina hat sich nämlich bereiterklärt, mich bei der Ermittlungsarbeit zu unterstützen.

»Danke, dass du mir hilfst«, sage ich, nachdem wir einen großen Tisch am Rand des Außenbereichs in Beschlag genommen haben. Die Sonnenschirme sind eingeklappt, denn zu dieser Jahreszeit freut sich jeder über die ersten warmen Strahlen.

»Machst du Witze. Ich finde es irre spannend. Ich muss wissen, was du rausgefunden hast.« Sabrina legt einen Block und mehrere Stifte auf den Tisch. »Wir fertigen Skizzen zu dem, was du bisher weißt, an. Das machen die Kommissare im Tatort auch immer.«

»Du meinst so eine Pinnwand?«

»Genau.« Mit erwartungsvollem Lächeln malt Sabrina einen Kreis in die Mitte und schreibt ›Frau O‹ hinein. »Welche Personen hatten etwas mit ihr zu tun?«

»Ich zum Beispiel.«

Sabrina malt einen zweiten Kreis, füllt ihn mit ›Bebe‹ und zieht einen Strich.

»Herr Müller und der Unbekannte«, zähle ich weiter auf. Das Bild, das sich ergibt, gefällt mir nicht und ich protestiere. »Das sieht aus, als wäre ich einer der möglichen Täter.«

»Ach was, wir sammeln nur Personen. Wen gibt es noch. Nur wichtige Leute bitte.«

»Ihre Freundin Frau Mallat. Sonst fällt mir niemand ein.«

»Das sind aber wenige. Hatte sie keine Familie?«

»Nein. Kein Mann, keine Kinder, keine Geschwister. Die Eltern sind schon lange tot.«

»Meinetwegen. Jede dieser Personen ist eine Spur«, behauptet Sabrina – nach wie vor mit erschreckend viel Begeisterung. »Und aus jedem Einzelnen müssen wir sämtliche Geheimnisse herauskitzeln. Deine Geheimnisse kennen wir ja schon.«

»Du denkst, es könnte Frau Mallat sein? Die wohnt in Lindau.«

»Das ist ja kein Hinderungsgrund, Bebe. Du darfst dich nicht auf einen Verdächtigen festlegen. Wenn Frau Mallat es nicht selbst war, kann es ihr Mann gewesen sein. Ein altes Geheimnis, späte Rache, es kann tausend Gründe geben. Oder sie weiß etwas, das uns zum Mörder führt.«

»Sabrina, du hast du viele Krimis geguckt.« Ich muss mir das Lachen verkneifen. Meine Chefin konstruiert hier gleich einen fernsehabendtauglichen Fall. »Sollten wir in Erwägung ziehen, dass Frau O in Wahrheit eine russische Spionin war?«

»Hatte sie einen russischen Akzent?«

»Nein. Eher einen rheinischen.«

»Dann wohl nicht. Weißt du, Bebe, wir haben einen riesigen Vorteil der Polizei gegenüber.«

»Und der wäre?«

Ich sehe nur Nachteile. Ich kann nicht in alten Akten wühlen, ich kann nicht bei den Kollegen von der Sitte oder

der Drogenfahndung nachhören, ob Jason und Mack dort bekannt sind. Ich kann nicht mal jemanden zwingen, mit mir zu reden.

»Wir wissen, dass du nicht die Täterin bist.«

Sabrina zieht einen dicken Strich zwischen mich und die anderen Namen. Dann schreibt sie Tim und Tims Chef auf meine Seite des Blattes.

Ich könnte ihr um den Hals fallen und sie knutschen. Dass sie mich auch nicht ansatzweise als Täterin in Betracht zieht – im Gegensatz zu Tim – treibt mir fast die Tränen in die Augen. Denn genau genommen kann nur ich selbst mich mit vollständiger Sicherheit ausschließen.

Dankbar lasse ich mich auf die Pinnwand ein.

»Dann schreib mal an den Rand Frau Erdmann und den Kiffer. Das sind unsere Zeugen, die zwar nicht als Täter in Frage kommen, aber trotzdem wichtig sein könnten.«

»Wir werden uns jeden noch einmal vorknöpfen. Gnadenlos.« Sabrina lächelt und sieht alles andere als bedrohlich oder gar gnadenlos aus.

Ich grinse.

»Dann fange ich mit Frau Mallat an. Mit etwas Glück denkt die noch immer, ich wäre von der Polizei, und redet mit mir. Vielleicht ist ihr in der Zwischenzeit was Neues eingefallen.«

»Gute Idee. Die hat seit eurem letzten Gespräch bestimmt ununterbrochen über ihre Freundin nachgedacht. Zumindest mir würde das so gehen. Da kann man sich durchaus an wietere Einzelheiten erinnern.«

»Und danach nehme ich mir Herrn Müller erneut vor. Der hält mich für seine Enkeltochter.« Das hatte ich eh vor. Das Verschwinden seiner Frau ist äußerst mysteriös und macht ihn verdammt verdächtig.

»Der ist wohl wirklich nur noch Matsch in der Birne. Kann der überhaupt weiterhin allein leben?«

»Das sollte die echte Enkelin entscheiden«, wehre ich ab. Glücklicherweise ist das nicht mein Problem. »Den Unbekannten müssen wir unbedingt finden, aber das geht nicht ohne den Kiffer.«

»Prima, den übernehme ich. Du hast ihn schon mit deiner Undercover-Nummer verschreckt, mich dagegen kennt er nicht«, beschließt Sabrina enthusiastisch. »Ich belabere ihn solange, bis er mir den Typen zeigt, der deine Frau O bedroht hat – nur um mich loszuwerden.«

Dazu müsste ich sie auf den Neumarkt schicken. Kann ich das mit gutem Gewissen verantworten? Mein Verstand sagt ja, denn es ist kaum wahrscheinlich, dass derjenige, der mich einschüchtern wollte, meine Chefin kennt. Glücklich macht mich die Idee trotzdem nicht.

Ich klatsche widerstrebend Sabrina ab.

»Sei bloß nicht so leichtsinnig, den Typen direkt anzuquatschen. Der ist gefährlich.« Oh Mann, ich höre mich schon an wie Tim. *Nimm das ernst. Das ist gefährlich. Pass auf dich auf.* Worte, die ich von meiner Mutter nie gehört habe.

»Ja, Mutti«, erwidert Sabrina und verdreht die Augen. Wir lachen.

»Und Frau Erdmann wollte ich eh nochmal besuchen. Ich habe nur keinen Plan, was ich sie fragen soll«, überlege ich laut.

»Ach, lass das Gespräch einfach laufen. Manchmal landet man einen Glückstreffer.«

»Aus welchem Tatort ist das?«

Sabrina zuckt die Schultern und winkt nach dem Kellner. »Kein bestimmter. Das passiert immer wieder mal. Vertrau auf meine kriminalistische Fernseherfahrung.«

Ich bevorzuge ja Kriminalromane in geschriebener Form. Aber auch da ist der Kommissar hin und wieder auf einen Zufallstreffer angewiesen. Mir wäre es recht.

Ich gehe zurück in den Frisörsalon, um in Ruhe zu telefonieren. Seit Frau Os Tod habe ich überhaupt keine Rückzugsmöglichkeit, denn in meinem Zimmer habe ich nicht mal fünf Sekunden Pause, bevor ich einen Streit schlichten muss oder kochen soll.

Laut aufseufzend lasse ich mich in einem der Frisiersessel nieder. Die sind echt bequem. Da Sabrina mich nicht sieht, lege ich die Beine auf die Ablage vor den Spiegeln und lehne mich tief in den Sessel. Ein paar Minuten mache ich nichts, meine Gedanken kreisen träge um Frau Mallat und die Freundschaft, die so lange gehalten hat. Auch über die Entfernung hinweg. Ich habe jetzt schon keine einzige Schulfreundin mehr.

Die Atmosphäre ist ungewohnt. Ich war selten länger als ein paar Minuten allein im Laden, und wenn, dann gab es immer jede Menge zu tun. Den Terminkalender kontrollieren, ein letztes Mal gründlich über den Boden kehren, Shampoos und Spülungen auffüllen. Außerdem habe ich kein Licht eingeschaltet, somit erhellt nur das Tageslicht, das durch das Schaufenster fällt, den Raum. Es ist schöner so. Leider benötigen wir für akkurate Haarschnitte das helle, aber ebenso kalte Licht der Neonröhren.

Ob ich Sabrina überreden könnte, ihr Motto zu ändern? Wohlfühl-Frisuren im Kerzenschein – eventuell ist das eine Marktlücke.

Frau Mallat ist im Rentenalter und liebt es sicherlich nicht, spät am Abend gestört zu werden. Es wird also höchste Zeit für meinen ersten Punkt auf der To-do-Liste.

»Mallat«, meldet sich eine Männerstimme.

»Kriminalpolizei Stadt Köln, Laura Kovacek am Apparat«, melde ich mich mal wieder unter falschem Vornamen. Dafür habe ich inzwischen Tims gewichtigen Ton ganz gut drauf. »Herr Mallat, könnte ich bitte Ihre Frau sprechen?«

»Geht es um die schreckliche Sache mit Silvia?«

»Ja, genau.«

»Muss das wirklich sein? Meine Frau hat die Nachricht nicht gut verkraftet. Und wenn Sie jetzt immer wieder nachbohren, wird das auch nicht besser.«

Er redet mit gedämpfter Stimme, Lore Mallat scheint sich in der Nähe aufzuhalten.

»Das tut mir aufrichtig leid, Herr Mallat.« Wenigstens dieser Satz ist nicht gelogen. »Die Aussage Ihrer Frau ist jedoch äußerst wichtig. Und gegebenenfalls hilft es ihr bei der Trauerarbeit, wenn der Fall aufgeklärt wird. Ein ungeklärter Todesfall ist für Angehörige und Freunde überaus belastend. Ich spreche da aus Erfahrung«, lüge ich munter drauf los.

»Erfahrung? Sie klingen sehr jung.«

»Ich klinge nur so, Herr Mallat. Ich bin über dreißig und schon einige Jahre bei der Mordkommission.« Ob ich mich mit all meinen Unwahrheiten strafbar mache? Vermutlich hätte ich auch einen falschen Nachnamen angeben sollen.

»Und wenn ich mich weigere?«, fragt er ungehalten.

»Dann muss ich leider die Kollegen vor Ort vorbeischicken.«

Nee, so dreist, die Lindauer Polizei anzurufen und mich als Kollegin auszugeben, bin ich nicht. Aber das weiß Herr Mallat ja nicht. Er reicht kommentarlos den Telefonhörer weiter, ich höre seine Stimme im Hintergrund, die leise murmelt.

»Mallat«, meldet sich endlich meine Zielperson. Sie klingt nicht mehr so verheult wie beim letzten Anruf.

»Frau Mallat, Laura Kovacek von der Kriminalpolizei. Erinnern Sie sich an mich?«

»Ja, gewiss. Gibt es etwas Neues?«

»Wir haben Herrn Müller vernommen. Hat Frau Ostlender jemals erwähnt, dass er dement sein könnte?«

»Dement? Nein, das nicht. Als alt und schusselig hatte sie ihn bezeichnet. Dass es sicher nicht böse gemeint ist, wenn er wüste Drohungen ausspricht. Aber von dement hat sie nie gesprochen.«

»Herr Müller steht durchaus auf der Liste der Verdächtigen. Es gibt da jedoch so einige Ungereimtheiten. Und da muss ich noch einmal auf diesen jungen Mann zusprechen kommen, mit dem ihre Freundin gesehen wurde.«

»Sind die Handwerker inzwischen fertig? Heute ist es ja schön leise bei Ihnen.« Handwerker? Ach ja. Man sollte sich seine Lügenmärchen schon besser merken.

»Glücklicherweise ja. Der Lärm war nicht auszuhalten, aber jetzt ist alles wieder wie gehabt.«

»Arbeiten Sie denn immer so spät noch? Andere Menschen haben längst Feierabend.«

»Andere Menschen haben keinen Mord aufzuklären.«

Frau Mallat schnieft. Das war unsensibel und ich spreche schnell weiter. »Die Sache mit Ihrer Freundin liegt mir sehr am Herzen. Ich will auf jeden Fall den Täter finden.«

»Ich wünschte, ich könnte Ihnen besser helfen. Aber Silvia und ich haben uns seit Ewigkeiten höchstens einmal im Jahr gesehen, wir wohnen ja so weit auseinander.«

»Aber Sie haben regelmäßig telefoniert und geschrieben. Sie wissen sicher mehr über Frau Ostlender als jeder andere Mensch.«

»Ja, schon. Aber nicht unbedingt, was in letzter Zeit geschehen ist.«

»Gibt es denn etwas aus ihrer Vergangenheit, das ungewöhnlich ist? Oder wissenswert, auch wenn es nicht im Zusammenhang mit der aktuellen Situation steht. Alles hilft uns weiter.«

Frau Mallat schweigt.

Ich höre ihre Schritte auf der Treppe, dann das Schlagen einer Tür.

»Alles? Was würde Ihnen denn eine Information nützen, die sicher seit Jahren irrelevant ist?«

»Viele Verbrechen haben ihren Ursprung in der Vergangenheit«, bemühe ich meine Krimi-Weisheiten, obwohl ich fürchte, dass die nicht allzu wirklichkeitsgetreu sind. Bei Gelegenheit sollte ich Tim aushorchen, inwieweit diese Klischees der Realität entsprechen, denn da hat sein Chef ihm wohl keinen Maulkorb verpasst.

Frau Mallat zögert noch immer.

Was kann Frau O bloß für ein dunkles Geheimnis haben, das für ihre beste Freundin so unaussprechlich ist? Meine herzensgute Frau O, die sich ständig mehr Gedanken um andere gemacht hat als um sich selbst.

»Sie wollen doch, dass wir den Täter finden«, bohre ich nach. »Niemand darf mit so einer Tat ungestraft davonkommen. Das hat Frau Ostlender nicht verdient.«

»Ja, ich weiß. Ich möchte nur nicht, dass Sie ...« Ich höre sie tief seufzen. »Sie dürfen nicht schlecht von ihr denken. Ich bin wahrscheinlich eine der wenigen, die wissen, dass ... sie war doch Lehrerin. Da hat man doch gewisse ... Verpflichtungen. Da muss man ein Vorbild sein und so weiter.«

Oh Mann! Ich habe echt keinen Plan, auf was Frau Mallat hinaus will.

»Frau Mallat«, sage ich streng. »Sie können Ihrer Freundin nur mit der Wahrheit helfen.«

»Sie dürfen es auf keinen Fall meinem Mann verraten«, flüstert sie. »Der würde es nicht verstehen. Wissen Sie, er ist da sehr konservativ.«

»Das kann ich Ihnen versprechen. Hoch und heilig.« Noch eine Wahrheit. Hoffe ich.

»Silvia war nie verheiratet. Sie hatte auch nie ein Verhältnis mit einem Mann, dabei hat sie Kinder so geliebt und wäre sicher eine wunderbare Mutter gewesen. Aber das ... ging nicht.«

Wieder eine Pause.

»Frau Mallat, bitte.«

»Silvia liebte Frauen«, haucht sie so leise in den Hörer, dass ich im ersten Moment glaube, mich verhört zu haben.

»Sie war lesbisch?«, frage ich ungläubig.

»Ja, also, so hart würde ich es nicht formulieren. Sie ... es waren eben keine Männer.«

»Das nennt man lesbisch oder homosexuell, Frau Mallat und das ist kein Verbrechen. Sie reden doch über sexuelle Verhältnisse, nicht wahr?«

Frau Mallat gibt ein ersticktes Geräusch von sich. War das in ihrer Generation so ein großes Tabu? »Hatte sie denn eine feste Beziehung zu einer Frau? Oder eher wechselnde Bekanntschaften?«

»Ja, also ... ich habe mich da immer rausgehalten. Mein Mann durfte davon nichts wissen, der hätte doch direkt angenommen, dass ich ...«

Daher weht also der Wind. Sie hat panische Angst, ihr Mann könne annehmen, sie wäre auch lesbisch. Oder bi. Es gibt Männer, die macht das an, aber Herr Mallat gehört wohl eher nicht dazu.

»Wie gesagt, Frau Mallat, Ihr Mann wird von unserer Unterhaltung nichts erfahren. Sie wissen also nicht, ob es eine längere feste Beziehung gab?«

»Silvia hatte kein Glück in der Liebe, da bin ich mir sicher. Wenn es ein langfristiges Verhältnis gegeben hätte, dann hätte ich das auch gewusst.«

»Und in letzter Zeit?«

»Also, Frau Kovacek, wirklich. Sie wissen schon, dass Silvia lange in Rente war. In unserem Alter ...«

Ich muss das Kichern unterdrücken. Frau Erdmann war da ganz anderer Meinung und hat das auch so herrlich direkt formuliert. Dabei ist ihr Mann, im Gegensatz zu Herrn Mallat, längst unter der Erde.

»Danke für Ihre Ehrlichkeit, Frau Mallat. Ich weiß noch nicht, wohin uns das führt, aber es könnte ein Anhaltspunkt sein«, sage ich mechanisch, während meine Gedanken sich überschlagen.

Frau O war lesbisch.

Es gibt Männer, die damit gar nicht klarkommen.

Wären die Beteiligten jünger, würde ich ja Herrn Mallat als möglichen Täter in Betracht ziehen. Es muss ja nicht stimmen, dass er nichts von der sexuellen Orientierung der besten Freundin seiner Frau wusste. Und es muss auch nicht stimmen, dass Frau Mallat nie etwas mit Frau O hatte.

So peinlich, wie ihr das Thema ist, könnte da durchaus was gelaufen sein.

Und ein Mann, der Panik bekommt, plötzlich im Alter allein dazustehen, ist gewiss zu allem bereit.

Nach diesem Telefonat öffnen sich ganz neue Perspektiven.

kapitel 20

Für meinen zweiten Auftrag ist es zu spät. Einen altersschwachen Mann behelligt man nicht nach einundzwanzig Uhr, so viel Takt und Anstand besitze ich dann doch. Ich sehe mich allerdings außerstande, nach Hause zu fahren. Wie ein eingesperrter Tiger renne ich im Salon auf und ab und grüble. Leider gibt es einfach viel zu viel, über das ich grübeln kann. Nach einer Weile beschließe ich, Tim anzurufen. Frau Os sexuelle Orientierung könnte doch ein entscheidender Hinweis sein und ich darf mir als Privatermittler nicht das Recht rausnehmen, ihn geheim zu halten.

Er geht nach dem ersten Klingeln dran. »Wo bist du? Ich bin schon unterwegs.«

»Ich bin im Salon. Wieso willst du herkommen?«, frage ich perplex.

»Lauert Jason dir vor der Tür auf? Schließ dich ein und geh ja nicht raus.«

Ach so. Wenn er wegen meines Ex' schon so abgeht, bin ich noch einmal mehr froh, ihn nicht über die Drohung informiert zu haben, mich von den Bullen fernzuhalten. Es gibt Probleme, die lösen sich in Wohlgefallen auf, wenn man sie ignoriert. Ich fürchte, Tim wird meine Taktik nicht gutheißen.

»Ich rufe nicht wegen Jason an. Bei mir ist alles in Ordnung. Ich wollte dir nur etwas erzählen, etwas, das ich rausgefunden habe.«

Ich höre eine Autotür ins Schloss schlagen. »Dann rufst du nicht an, weil du in der Klemme steckst?«

»Nee, ist das schlimm? Hätte ich mich nicht einfach so melden dürfen?«

Er atmet hörbar aus. »Schon in Ordnung, Bebe. Ich habe mir nur Sorgen gemacht.«

»Du brauchst also nicht herkommen. Es sei denn, du benötigst einen neuen Haarschnitt.« Was eine Schande wäre, weil mir gefällt, wie er die Haare seit meinem Eingreifen trägt.

»Ich werde dich nie wieder an meine Haare lassen. Beim nächsten Mal färbst du sie wahrscheinlich grün.«

»Meinst du, grün steht dir?«

Er schnaubt. »Ich kann trotzdem kommen, ich sitze eh schon im Auto.«

»Von mir aus. Wie gesagt, ich bin im Laden.«

»Bis gleich.«

Er legt auf und ich lächle. Ich habe echt keine Ahnung, was das zwischen Tim und mir ist, aber es gefällt mir. Meine einzige Sorge ist, dass ich beginne, mich in den Typen zu verlieben, und er meine Gefühle nie im Leben erwidern wird. Obwohl er fürsorglich und aufmerksam ist, aber das ist wahrscheinlich einfach seine Art Frauen gegenüber.

Was soll's. Ich werde die Zeit mit ihm genießen, solange wir uns treffen. Sobald Frau Os Tod aufgeklärt ist, werde ich ihn nie wiedersehen. Dann werde ich in Ruhe meine Wunden lecken und mein blutendes Herz zusammenflicken, aber erst dann.

Es dauert nur fünfzehn Minuten, bis er an der Tür steht und leise klopft. Ich habe in der Zwischenzeit den Kühlschrank inspiziert und Gläser, Orangensaft und eine Flasche Sekt zutage gefördert. Der Sekt wartet auf den Tag, an dem Sabrinas Scheidung endlich über die Bühne gegangen ist. Das kann noch ewig dauern.

»Hallo, Superbulle«, begrüße ich Tim. »Bei einem Notruf würde ich wahrscheinlich auch nicht eher Hilfe bekommen.«

»Hängt davon ab, wie weit die nächste Streife entfernt ist.«

»Sei nicht so ernst, Tim. Ich bin beeindruckt, wie schnell du da bist. Magst du etwas trinken?« Ich deute auf meine magere Auswahl an Getränken.

»Der Saft wäre nett.«

»Dabei habe ich extra Sabrinas Sekt für dich geklaut.« Für mich allein mache ich ihn nicht auf.

»Ich bin noch im Dienst.«

Demonstrativ schaue ich auf die Uhr.

»Machst du die Nacht durch? Das sind ja schlimmere Arbeitsbedingungen als im Straflager.«

»Solange eine Mordermittlung läuft, ist das so. Glücklicherweise haben wir das nicht oft.«

»Dann spare ich mir das Mitleid. Ich muss zwar keine Nachtschichten schieben, bin dafür aber mies bezahlt. Und ich langweile mich jeden Tag zu Tode.«

»Ich langweile mich die meisten Tage auch zu Tode. Polizist zu sein, ist nicht halb so spannend, wie die Leute denken.«

Erstaunt schaue ich ihn an.

Sein Job bietet Action, kniffelige Fälle und totale Abwechslung. Für mich klingt das nach einem Traumberuf.

Ich rücke uns zwei der Sessel zurecht und fülle den Saft in die Gläser.

»Hier bitte. Zu knabbern habe ich leider nichts.«

Tim setzt sich und nimmt einen Schluck. »Außerdem habe ich ständig mit Verbrechern zu tun. Wer will das schon?«

»Du buchtest sie ein. Das ist doch ehrenwert. Denk mal an all die Mörder, die ohne deine Arbeit frei herumlaufen würden.«

»Mörder haben wir echt selten und wenn dann ist der Täter meist offensichtlich und geständig. Versteh das nicht falsch, ich bin froh darüber. Hauptsächlich kümmern wir uns um sexuelle Straftaten, Körperverletzung, Brandstiftung und solche Sachen. Es ist ernüchternd, wenn man wegen häuslicher Gewalt ermittelt und die Frau dann die Anzeige zurückzieht und zu dem Typen zurückgeht, der sie regelmäßig verprügelt.«

»Oh, das kann ich nachvollziehen. Bei meinen Nachbarn läuft das ähnlich. Ich weiß schon, warum ich darauf achte, dass unsere Familie männerfrei bleibt.«

Tim verzieht gequält das Gesicht.

»Stimmt, in eurem Wohnblock war ich schon ein paar Mal.« Vor dem Schaufenster geht laut durcheinander brüllend eine Gruppe Jugendlicher vorbei. Tims Blick wandert hinaus und folgt ihnen, bis sie weder zu sehen noch zu hören sind. »Außerdem sitze ich die meiste Zeit im Büro und wühle mich durch Akten. Bei der Streife war mehr los.«

»Hast du dir das anders vorgestellt? Verstehe ich nicht, dein Vater war doch bei der Polizei. Wer, wenn nicht du, wusste vorher, wie es wirklich ist.«

»Wusste ich ja auch.«

Ich mustere ihn stirnrunzelnd. »Kannst du mir das erklären? Ich meine, du weißt, warum ich hier bei Sabrina gelandet bin, obwohl das damals nur das kleinste Übel war. Aber du hast doch eine brauchbare Schulbildung. Du hattest nach der Schule die Wahl.«

»Na ja.« Tim dreht das Glas auf dem Tisch und beobachtet eingehend die monotone Bewegung. »Du weißt doch, wie das ist. Mit den Erwartungen, die innerhalb der Familie an einen gestellt werden.«

Ich ziehe die Augenbrauen hoch. Mit Erwartungen kenne ich mich ja wahrhaftig aus. Ich bin mir jedoch sicher, dass die Tim gegenüber anders sind als die meiner Familie.

Seufzend lässt er das Glas los und sieht mich wieder an.

»Mein Vater wurde im Dienst angeschossen und musste danach in Frührente gehen. Da war ich noch in der Schule. Und seitdem war klar, dass ich in seine Fußstapfen trete und Polizist werde. Selbstverständlich beim Kriminaldienst und selbstverständlich beim KK11.« Er lacht freudlos auf. »Ich war der jüngste Kommissar, der je dort eingestellt wurde. Dass ich das nicht meinen Fähigkeiten verdanke, sondern den Beziehungen meines Vaters, interessiert außer mir selbst niemanden.«

»Und jetzt machst du ernsthaft einen Job, den du nicht magst?«, frage ich fassungslos. »Was würdest du lieber arbeiten?«

»Das weiß ich nicht. Ich habe mir nie erlaubt, darüber nachzudenken. Es ist ja nicht so, dass ich schon als Kind Arzt werden wollte. Oder Feuerwehrmann. Oder etwas anderes. Ich habe das mit der Polizei akzeptiert. Weil es der einfachste Weg war. Und weil ich meinen Vater nicht enttäuschen wollte. Er war so fertig, als er den Beruf nicht mehr ausüben konnte.«

»Lass uns tauschen«, schlage ich vor. »Ich würde mich gerne durch staubige und uralte Akten wühlen. Solange die dabei keinen Smalltalk halten wollen, wäre ich glücklich.«

Tim lacht. Sofort klingt er fröhlicher.

»Und ich dachte, du machst mich jetzt dafür fertig. Weil ich nicht genug Eier habe, meinem Vater zu widersprechen.«

»Das hat ja nichts mit Eiern zu tun, das ist Rücksichtnahme. Obwohl ...« Ich grinse schief. »Du hast mir gesagt, ich solle mir mehr Gedanken über mich und mein Leben machen und ich wäre nicht für meine Familie zuständig. Dasselbe gilt ja für dich.«

»Stimmt schon. Wir sind uns wohl ganz schön ähnlich.«

Eine Weile schauen wir uns stumm in die Augen. Aber wenn ich ehrlich bin – mit dieser einen Sache hört die Ähnlichkeit auch schon auf. Ich räuspere mich und reiße mich von Tims Blick los. Es ist nicht gut für mein Seelenheil, mich so auf ihn einzulassen. Denn dann müsste ich darüber nachdenken, ob ich mir für einen einmaligen Kick, das Herz brechen lasse.

Ich fülle mein Glas, um etwas zu tun zu haben.

»Ich finde deinen Beruf gar nicht schlecht«, sagt Tim,

nachdem er sich geräuspert hat. »Ist es nicht befriedigend, glückliche Kunden nach Haue zu schicken? Sie kommen zottelig und ungekämmt herein und verlassen euch strahlend und gepflegt. Da hat man ein Ergebnis. Ich trete erst in Erscheinung, wenn es zu spät ist.« Ich wage einen vorsichtigen Blick in seine Richtung. Die Spannung zwischen uns hat sich gelegt. »Das ist mein Ernst, Tim. Tausch mit mir, wenigstens für einen Tag.«

»Würde ich sofort. Aber danach hätte ich jede Menge Anklagen wegen Körperverletzung am Hals. Und der Laden wäre ruiniert.«

Ich kichere. »Sabrina lässt dich nicht so schnell schneiden. Du kannst den Tag über Haare waschen, Köpfe massieren, Termine vergeben und Kaffee servieren. Den Boden kehren kannst du ebenfalls. Das kriegt jeder hin.«

»Okay, dann bin ich dabei. Auf meinem Schreibtisch liegen die alten Vernehmungen im Fall Müller, als dessen Frau verschwand. Tausend Seiten ergebnisloser Befragungen, das ist demotivierend. Aber beschwer dich nachher nicht.«

Ich finde, es klingt verlockend.

»Stell dir eine Kundin vor, bei der es einfach nicht möglich ist, es ihr recht zu machen. Mal ist das Wasser zu kalt, dann ist es zu heiß. Dazwischen gibt es nichts. Erst spürt sie deine Hände nicht, danach drückst du zu stark. Mach das mal einen Tag lang, anschließend bist du dankbar für alte Protokolle, die sich nicht beschweren, egal, wie du sie behandelst.«

»Ich habe schon gemerkt, dass du nicht in der Lage bist, die Wassertemperatur angenehm einzustellen.« Tim sieht mich anklagend an.

»Das war doch Absicht. Du hattest dich unter einem falschen Vorwand hier eingeschlichen, das hattest du verdient.«

»Den unerwünschten Haarschnitt etwa auch?«

»Nein. Den habe ich dir aus Nettigkeit verpasst. Du siehst so besser aus.«

»Besser?« Tim sieht mich verständnislos an. »Was heißt das? Besser als katastrophal? Besser als so làlà?«

»Was wird das? Fishing for Compliments?« Als ob er nicht wüsste, wie attraktiv er ist. Ich verdrehe demonstrativ die Augen. »Es ist nicht so bieder, wie es vorher war.«

»Bieder?« Tim fährt sich durch die angesprochene Frisur. »Wir haben wohl unterschiedliche Definitionen von bieder.«

»Haben wir definitiv. Ich bin alles andere als bieder.«

»Nein, das ist das letzte Wort, das ich bei dir verwenden würde.«

Tim schaut mir nach wie vor nur ins Gesicht. Ich ärgere mich über mich selbst. Wenn ich nur wüsste, was ich eigentlich will. Wäre eine einmalige Sache zwischen uns nun eine Katastrophe für mich oder wäre sie es wert?

»Ich habe übrigens keine Freundin.«

Irritiert schaue ich Tim an. Er zuckt verlegen die Schultern.

»Du hattest doch mal gefragt. Nach meinem Beziehungsstatus, meine ich. Keine Ehefrau, keine Freundin, keine Affäre.«

»Ach so.« In meinem Kopf überschlagen sich die Gedanken. Ist das gerade ein Angebot? Ein Hinweis, dass er einer Bettgeschichte mit mir nicht abgeneigt wäre?

»Ich bin nicht so der Typ für One-Night-Stands«, antworte ich. Auch wenn ich so aussehe, füge ich nur in Gedanken hinzu.

»Das ist mir schon klar.«

Dieses Gespräch macht es nicht besser. Im Gegenteil. Es zeigt mir Möglichkeiten auf, die ich nicht einordnen kann. Denn er deutet ja wohl kaum an, an einer echten Beziehung zwischen uns interessiert zu sein.

Sicherheitshalber wechsle ich das Thema.

»Ich habe Frau Mallat angerufen.«

»Schon wieder?« Tim schafft es, sich seinen Ärger nur minimal anmerken zu lassen.

Ich zucke die Schultern.

»Da ich freiwillig keine Informationen bekomme, muss ich sie mir selbst besorgen. Du wirst mich nicht aufhalten können.«

Von Herrn Müller werde ich ihm nichts erzählen. Nicht, solange ich beabsichtige, dort noch einmal hinzugehen.

»Hast du dich wieder als Polizistin ausgegeben?«

»Nur indirekt.« Ich habe mich zwar mit der Polizeidienststelle gemeldet, aber nie behauptet, ich wäre Polizistin. Das macht es kaum besser, für mich bedeutet es trotzdem einen Unterschied.

»Wenn das auffliegt, hast du eine Strafanzeige am Hals.«

Tim klingt eindeutig eher resigniert als verärgert.

»Wirst du mich verpfeifen?«

»Ich sollte es.«

»Aber du wirst es nicht tun.« Ich lege den Kopf schief und mustere ihn intensiv. »Du bist unbewusst aufsässig, indem du mich immer wieder deckst. Das ist wohl deine Art, gegen die Berufswahl deines Vaters aufzubegehren.«

»Verschon mich mit dem Laien-Psychokram«, motzt Tim. »Sonst überlege ich es mir doch noch anders.«

»Okay. Ich erzähle dir zur Wiedergutmachung, was ich von Frau Mallat erfahren habe.«

»Da gab es noch etwas zu erfahren?«

»Hochgradig brisante Informationen.« Ich kichere. »Ich habe die gute Frau ewig bearbeiten müssen, ehe sie mit der prekären Auskunft rausrückte.«

»Du klingst spöttisch.«

»Bin ich auch. Ich kann es mir nur mit dem Generationenunterschied erklären.«

Tim lehnt sich nach vorne und stützt die Arme auf den Oberschenkeln ab. »Dann sag schon.«

»Es könnte sein, dass du geschockt bist. Ich möchte dich nicht in Verlegenheit stürzen.«

»Bebe, ich habe schon kapiert, dass du Frau Mallat lange überreden musstest, ehe sie geredet hat. Du brauchst das jetzt nicht genauso mit mir machen. Auch das ist ein Teil meiner Arbeit, die ich nicht allzu prickelnd finde.«

»Schon gut.« Ich ahme Tims Haltung nach und lehne mich verschwörerisch nach vorne. »Frau Ostlender war lesbisch«, flüstere ich.

»Aha.« Er sieht mich nach wie vor nachdenklich an.

»Bist du schockiert?«

»Das erklärt, warum sie keine Familie hat. Ich glaube, in ihrer Generation war das tatsächlich nicht so selbstverständlich.«

»Dann bist du also nicht schockiert«, stelle ich enttäuscht fest. »Wie unerwartet.«

Tim schnaubt. Trotzdem nimmt er die Provokation nicht an. Widerwillig komme ich zurück zum eigentlichen Thema.

»Es könnte durchaus ein Motiv sein. Oder nicht?«

Nun brummt er abwehrend. »Wieso? Glaubst du, sie war sexuell noch aktiv?«

»Na, mich hat sie nicht angemacht, falls du das meinst«, erwidere ich lachend. »Mögliches Motiv oder nicht?«, beharre ich auf der Frage. »Kann doch eine Liebschaft aus der Vergangenheit sein.«

»Das ist ungewöhnlich. Taten wie bei Frau Ostlender deuten eher auf ein aktuelles Motiv hin. Gründe, die in der Vergangenheit liegen, sind vielmehr Stoff für Romanvorlagen.«

»Muss ja deshalb nicht automatisch verkehrt sein.«

Tim lehnt sich wieder nach hinten und überkreuzt die Beine. »Die Realität hat jedenfalls mit Kriminalromanen nicht viel gemein. Die Realität ist nämlich meistens sterbenslangweilig. Aber das hatten wir ja schon.«

»Ich definiere sterbenslangweilig anders als du.« Mit mürrischem Gesichtsausdruck deute ich einmal im Kreis und Tim lächelt. »Wie auch immer du das siehst, ich werde Frau Os sexuelle Orientierung als Motiv in Betracht ziehen. Das schließt noch deutlicher die Theorie mit dem jugendlichen

Liebhaber aus, aber den hatten wir ja eh schon längst als Bedrohung enttarnt.«

»Wir?«

»Ja, Sabrina und ich. Da du mich ja auf der anderen Seite des Gesetzes siehst, suche ich mir alternative Verbündete.«

»Sag nicht, du hast deine Chefin jetzt auch noch in den Schlamassel mit hineingezogen?« Tim steht ungehalten auf und beginnt, im Salon auf- und abzuwandern. »Du sollst dich aus den Ermittlungen heraushalten. Entweder fällst du auf die Nase, weil mein Chef herausfindet, dass du dich als Polizistin ausgibst und Zeugen befragst. Oder du kommst dem Mörder zu nahe und er räumt dich ebenfalls aus dem Weg. Echt, Bebe, dabei lebst du auch so schon gefährlich genug. Du brauchst beim besten Willen nicht noch mehr Bedrohungen in deinem Leben.«

Er ist wirklich irre süß, wenn er sich aufregt. Ich grinse erfreut. Trotzdem – mehr, als wirre Drohungen auszustoßen, hat der Typ vom Neumarkt nicht geboten. Kein Grund, Tim davon zu berichten. Selbst wenn er der Mörder von Frau O ist, habe ich keine echte Angst. Ich bin nämlich keine alte, wehrlose Frau, die sich stoßen lässt.

»Das Risiko, von Jason oder dem Mörder verletzt zu werden, können wir ja minimieren. Bring mir den Polizeigriff bei«, schlage ich Tim dennoch vor. Denn das würde ich liebend gerne draufhaben.

»Das geht nicht einfach so. Es sieht leicht aus, aber die Bewegung muss schnell und sicher sein, sonst funktioniert der Griff nicht.«

»Trotzdem muss man ja irgendwie und irgendwann anfangen. Ist mir schon klar, dass ich nicht nach einer Stunde unangreifbar bin.«

Entschlossen stelle ich mich vor ihn und ziehe noch einmal den Rock nach unten. Passende Kleidung für körpernahen Sport ist das nicht, aber die Gelegenheit ist günstig. Tim ist stehengeblieben und beobachtet mich.

»Wie fangen wir an?«, frage ich energisch.

Mit diesem resignierten Blick, den er mir gegenüber immer wieder zeigt, kommt Tim langsam näher.

Unerwartet ist er mit einem einzigen langen Schritt bei mir, packt mich am Oberarm und dreht sich hinter mich, ehe ich mitbekommen habe, was geschieht. Mein Arm ist am Rücken fixiert. Es tut nicht ernstlich weh, aber die Gewissheit, dass bei der kleinsten Bewegung der Arm gebrochenen oder ausgekugelten wird, hindert mich effektiv an jeglicher Gegenwehr. Tims Hand liegt auf meiner Schulter und zieht mich eng an ihn heran. Ich wage kaum, zu atmen.

»Dir ist klar, dass das die sanfte Variante ist«, höre ich seine Stimme an meinem Ohr.

»Das nennst du sanft?«, keuche ich.

»Tu ich dir weh?«

»Nicht wirklich«, gebe ich zu. »Ich habe nur echt Panik, dass du mich verletzt.«

»Darum geht es ja.«

Er lässt mich los. Vorsichtig richte ich mich auf, schüttle die Arme aus und drehe mich zu ihm. Tim ist nicht zurückgewichen. Ich bin mir seiner Nähe bewusst, seiner Körperwärme und der Anziehung, die er auf mich hat. Von Anfang an und mit jedem Tag mehr.

»Wie fange ich an?«, frage ich forsch und schüttle entschieden den Moment ab. Ich scheine nur die Wahl zu haben, Tim zu attackieren oder ihn zu küssen. Und bei einem Kuss weiß ich weder wie er reagiert noch wo uns das hinführt.

»Du greifst mit links meine Hand und mit rechts in die Ellenbeuge. Dann reißt du den Arm hoch. Versuch das, bis es sitzt.«

Konzentriert beiße ich auf die Unterlippe und führe diesen ersten Teil aus. Langsam. Danach nachdrücklicher.

»Schneller, Bebe. Der andere darf nicht kapieren, was du da machst.«

Ich versuche es.

»Du bist zu vorsichtig.«

»Ich habe Angst, dir wehzutun.«

»Darfst du aber nicht. Mach es rücksichtslos, sonst wird es nicht gut.«

»Siehst du«, sage ich vorwurfsvoll. »Du warst eben nicht sanft. Jetzt gibst du selbst zu, dass du rücksichtslos warst.«

»War ich wirklich nicht. Ich habe es vorsichtig und langsam bei dir gemacht. Nur du darfst dir das bei mir nicht leisten.«

Er sieht mich so ernsthaft an, dass ich lachen muss.

»Dann beschwer dich nachher nicht.«

Wir üben weiter und nach einer Weile ist Tim zufrieden mit mir und zeigt mir den Rest.

»Du hast nun die rechte Hand frei und kannst mich damit steuern.«

Es ist ein irritierendes Gefühl, Tim wehrlos in meiner Gewalt zu haben. Probehalber führe ich ihn durch den Raum.

»Was mache ich, wenn du nicht brav bleibst?« Ich kann mir nicht vorstellen, Jason oder einen der anderen schweren Jungs so im Griff zu haben. Die würden sich nicht so bereitwillig wie Tim durch die Gegend manövrieren lassen.

»Das hast du doch bei deinem Ex gesehen. Sobald du befürchtest, er pariert nicht, drehst du den Arm ein winziges Stück.«

Ich drücke seine Hand hoch und Tim atmet schmerzerfüllt ein.

»Entschuldige, es waren nur Millimeter«, sage ich erschrocken und lasse ihn los.

»Es ist effektiv, sag ich doch.« Er lockert seinen Arm aus. »Versuch noch einmal, mich so in den Griff zu bekommen.«

Wir trainieren weiter.

»Ein letztes Mal, dann reicht es für heute. Wir üben an einem anderen Tag gerne nochmal.« Tim lächelt mich an. Er ist ein geduldiger Lehrmeister, denn wir wissen beide, dass ich viel zu langsam bin und er mich jedes Mal den Angriff im Schneckentempo durchführen lässt.

»Ich stelle mich ungeschickt an«, sage ich, als ich Tim zum letzten Mal in meiner Gewalt habe.

»Nein, tust du nicht. Es ist nichts, was man an einem einzigen Abend lernt. Für die erste Trainingseinheit machst du es wirklich ausgezeichnet.«

Ich sollte ihn jetzt loslassen.

Leider schiebt sich in diesem Moment eine ganz miese Idee in meinen Kopf. Ich schäme mich aufrichtig, trotzdem übernimmt mein Mund die Kontrolle.

»Was hast du von Herrn Müllers Enkelin erfahren?«, frage ich beiläufig, während ich Tim im Polizeigriff habe.

»Darf ich dir nicht sagen.«

»Nicht mal, ob es hilfreich war?«

»Nicht mal das. Lässt du mich jetzt bitte los.«

Wenn in meinem Milieu einer am Boden liegt und um Gnade winselt, schlägt man erst recht zu. Nur um zu demonstrieren, dass man mitleidslos und unbeeinflussbar ist. Erbarmen ist eine Schwäche.

Ich lasse nicht los.

»Was hat sie dir erzählt?«, beharre ich stattdessen auf meiner Frage.

»Bebe, lass mich sofort los.« Tim klingt fassungslos.

Ich bin es auch. Tief in mir drin. Darüber tobt der Ärger über die Tatsache, dass ausgerechnet ich, die ich am meisten an Frau Os Tod leide, behandelt werde wie eine gemeine Verbrecherin. Meine Hand drückt gegen den verdrehten Arm und Tim keucht laut auf.

»Was hat sie gesagt?«, frage ich.

»Vergiss es«, knurrt er.

Ich könnte weitergehen.

Zwar habe ich selbst noch nie einem andern Menschen Schmerzen zugefügt, aber ich traue es mir durchaus zu. Ich bin ziemlich abgehärtet, wenn es um Gewalt geht. Und mein behütet aufgewachsener Bulle ist es nicht. Ich wette, er hat noch nie selbst an einer richtig blutigen Prügelei teilgenommen. Ich wette, er knickt schnell ein, wenn er echte Schmerzen erlebt.

»Du hast mich vor Jason gewarnt, weil er wegen schwerer Körperverletzung angeklagt war. Weißt du nicht, dass ich dabei war? Weißt du nicht, dass es da um mich ging? Stand all das nicht in deiner Akte?«

»Was willst du damit sagen?« Tim steht nach wie vor stocksteif an Ort und Stelle.

Ich bin zwar langsam, wenn ich diesen Griff anwende, aber sobald ich jemanden gepackt habe, bin ich eindeutig gut. Ich scheine ihn genau an der Schmerzgrenze zu haben, denn er atmet flach und gepresst.

»Ich bin nicht das nette, kleine Mädchen, für das du mich hältst. Ich habe keine Bedenken, dir den Arm zu brechen, um zu bekommen, was ich will.«

»Dann mach es«, faucht er.

Ich drehe einen winzigen Tick weiter und er ächzt schmerzerfüllt. Trotzdem sagt er nichts. Würde er sich tatsächlich den Arm von mir brechen lassen?

Widerstrebend lasse ich los. Er ist nicht eingeknickt. Und so dumm, einen Polizisten zu verletzen, bin ich dann doch nicht.

Tim fährt mit einem Ruck rum und weicht von mir zurück.

»Das hast du gerade nicht wirklich mit mir gemacht?« Er starrt mir geschockt ins Gesicht. »Du hast ... du hast einfach so ...«

Bei jedem anderen Mann hätte ich jetzt echt Angst, Prügel zu kassieren. Tim ist zu anständig dazu.

»Ja, habe ich.« Ich verschränke bockig die Arme vor der Brust. »Ich habe die Gelegenheit genutzt. Ich bin eine asoziale Schlampe aus einer miesen Gegend. Wieso wunderst du dich?«

Er schnappt nach Luft und will etwas sagen. Dann aber greift er nur wortlos nach seiner Jacke und rauscht aus dem Laden.

Nein, ich habe kein schlechtes Gewissen, rufe ich mir knallhart zu. Nur wer rücksichtslos ist, kommt voran. Solange ich nett Ja und Amen sage, werde ich nie Frau Os Tod aufklären.

Und wenn der blöde Bulle jetzt angepisst ist, dann ist das eben so.

kapitel 21

Nicht nur der blöde Bulle ist angepisst. Sabrina ist es eben-falls.

»Du wirst dich auf der Stelle bei ihm entschuldigen. Wie kannst du seine Nettigkeit mit so einer Aktion erwidern?« Sabrinas vorwurfsvolles Gesicht macht mich wütend. Ich hasse es, mich rechtfertigen zu müssen.

»Das ist doch nicht fair. Ich habe Tim alles erzählt, was ich rausgefunden habe. Und was bekomme ich im Gegenzug von ihm? Nichts. Nicht den allerkleinsten Hinweis.«

»Seit wann ist das Leben fair? Nur kleine Kinder erwarten, für alles belohnt zu werden, aber aus dem Ponyhof-Alter bist du längst raus.« Sabrinas Zeigefinger pikt erbost in meine Richtung. »Er hat dir helfen wollen. Er hat dir gezeigt, wie du dich gegen die brutalen Schläger verteidigst, mit denen du Tag für Tag zutun hast. Und zum Dank bedrohst du ihn.«

»Habe ich ihm den Arm gebrochen oder nicht?«

»Verstehst du wirklich nicht, wie asozial das war?«, schreit sie mich an.

»Verstehst du nach wie vor nicht, dass ich asozial bin?«, brülle ich zurück.

Es ist ja nicht nur Sabrinas geschocktes Gesicht, das mir vor Augen schwebt. Frau O würde genauso empfinden.

Dabei habe ich das nur für sie gemacht.

Verdammt!

Soll ich mich einfach auf die Bullen verlassen? Denen ist doch nicht daran gelegen, den Mord aufzuklären. Für die ist das nur ihre Arbeit und wenn ich mir Tim so ansehe, sogar eine ungeliebte Arbeit. Ich würde ja auch niemandem empfehlen, sich von mir eine Typberatung machen zu lassen. Das kriegt nur Sabrina hin, denn die liebt ihren Job.

Wir stehen nach wie vor im Laden. Ich habe leise erzählt, was der letzte Abend gebracht hat, während wir die Kasse geschlossen haben. Leider ist Pattie auch noch da. Sie steht mit offenem Mund im Raum und starrt zwischen Sabrina und mir hin und her.

»Entschuldige dich bei ihm«, beharrt Sabrina jetzt in einem beherrschteren Ton, aber weiterhin so wütend, wie ich sie noch nie erlebt habe.

»Auf keinen Fall.« Trotzig presse ich die Lippen aufeinander.

»Blossom Blue Kovacek, ich bin deine Chefin. Und ich erwarte, dass du dich entschuldigst. Das ist das Mindeste, was du nach dieser miesen Aktion machen kannst.«

»Dann bist du jetzt nicht mehr meine Chefin«, erkläre ich mit harter Stimme. »Ich kündige.«

Pattie keucht auf.

Oh Scheiße, zu was habe ich mich hinreißen lassen?

Mit zitternden Händen greife ich nach meiner Tasche und renne los. Die beiden sollen auf keinen Fall sehen, wie ich beginne zu heulen.

Während ich mit Tränen in den Augen ziellos durch die Straßen renne und null Plan habe, wo ich hingehe, überschlagen sich unerwünschte Gedanken in meinem Kopf.

Selbstverständlich weiß ich, wie asozial es war, Infos mit Gewalt aus Tim rauspressen zu wollen. Und genauso selbstverständlich schäme ich mich für die Aktion. Aber machen wir uns nichts vor. Jemand wie ich, der aus dem Ghetto kommt, gehört eben für immer dahin. Ich bin asozial und ich bleibe es. Da ändert auch ein Abitur nichts dran. Frau O war einfach zu gut für diese Welt und fast bin ich froh, dass sie tot ist und nicht erleben muss, wie mich meine Herkunft einholt. Außerdem – wie soll ich mich bloß dafür entschuldigen? Die Aktion war so daneben, da reichen Worte nicht aus. Soll ich ins Präsidium gehen und öffentlich vor Tim auf die Knie fallen und um Vergebung betteln? Ihm erklären, ich wäre asozialer Abschaum und jegliche Nettigkeit an mich verschwendet?

Ich habe es absolut verbockt.

Eventuell könnte ich es wiedergutmachen, indem ich den Mörder auf einem Silbertablett serviere. Meine Füße haben mich eh schon in die richtige Richtung geführt.

Kurz darauf klingle ich also mal wieder bei Herrn Müller.

»Ich bin es, Sandra«, flöte ich in die Gegensprechanlage. Er lässt mich kommentarlos rein.

Oben lächle ich ihn möglichst freundlich an.

»Ich bin deine Enkelin Sandra und komme dich besuchen, Opa«, sage ich forsch und marschiere an ihm vorbei. »Gleich gehe ich auf eine Party.«

Herr Müller scheint bei meinem Anblick verwirrt, aber ich habe längst kapiert, dass man nur nachdrücklich etwas behaupten muss, damit er es glaubt. Langsam folgt er mir.

»Heute möchte ich nichts trinken.«

Ich steuere zielsicher das Wohnzimmer an. Die Küche ist unpersönlich und bringt mich nicht weiter. Und eine Enkelin darf sich doch sicher umsehen, überall wo sie will. Ich bin noch immer auf Krawall gebürstet. So rücksichtsvoll wie beim letzten Besuch werde ich heute nicht sein, zielführend war das nämlich nicht.

Der Fernseher läuft, viel zu laut. Ich schalte ihn kommentarlos aus. Leider ist das Zimmer auf den ersten Blick eher nichtssagend. Ich komme zu dem Schluss, dass Herr Müller nicht viel von Büchern hält. Entweder ist er unglaublich ordentlich oder er verbringt seine gesamte Zeit vor der Glotze.

Mein Gastgeber wider Willen erscheint im Türrahmen und blickt mich entsetzt an.

»Sandra, ich gehe gleich auf eine Party. Ich habe mich heute mal echt stark geschminkt«, murmle ich geistesabwesend.

»Ach, eine Party. Das ist ja schön.«

»Ja, echt super. Hast du eigentlich noch alte Fotoalben?«

»Gewiss, Kind. Die kennst du doch.«

»Ich würde sie mir so gern ansehen. Können wir das jetzt machen?«

Er kramt langsam und umständlich und holt dann zwei Alben aus dem schweren Schrank, der neben dem Fenster steht.

Wir setzen uns nebeneinander auf das Sofa. Leider ist so nicht zu ignorieren, dass er ungewaschen ist. Ich atme durch den Mund.

Wahllos schlage ich ein Album auf.

Die Bilder sind in Farbe, trotzdem ist eindeutig, wie alt sie sind. Ein Haufen fremder Leute und merkwürdiger Klamotten, die Mode zu der Zeit war nicht mein Fall.

»Du sahst damals ganz anders aus«, behaupte ich mutig.

»Ich bin doch auf keinem der Bilder drauf.« Herr Müller deutet auf ein Foto. »Da ist deine Großtante Irmgard. Das war eine freche Person, gut, dass sie tot ist.«

»Wo bist du?«

Herr Müller blättert.

»Da war ich ein junger Kerl.« Er lächelt versonnen. Der Mann auf dem Foto hat keinerlei Ähnlichkeit mit dem Greis neben mir. Besitzergreifend legt er den Arm um eine Frau und grinst in die Kamera. »Und deine Oma war ein heißer Feger. Die hatte so viele Verehrer, aber mich hat sie genommen.«

Die Frau ist hübsch. Vermute ich zumindest, hinter der überdimensionalen Sonnenbrille und den unmöglichen Klamotten ist das nicht abschließend zu beurteilen.

Ich blättere weiter und nehme mir das nächste Album vor.

»Da warst du ein Baby.« Herr Müller deutet auf das Foto

eines Kleinkindes, das nackt auf einer Wiese sitzt. Im Hintergrund ist ein großes Einfamilienhaus zu erkennen. »Wir haben dich vergöttert.«

»Ich vermisse die Oma so doll«, heule ich dankbar für das Stichwort los.

Herr Müllers Blick wird trüb, er wendet sich ab und starrt auf den Boden.

»Opa, warum ist Oma gegangen?«

»Sie ist nicht gegangen.«

»Ist sie doch. Sie hat mich überhaupt nicht lieb gehabt. Ich bin euer einziges Enkelkind und ihr habt mich einfach nicht lieb.«

Herr Müller schluckt.

Leise blättere ich weiter, während ich hin und wieder ein jämmerliches Schluchzen ausstoße.

Oma und Opa sitzen mit ihrer Enkeltochter auf der Bank. Die Kleine steckt in einem niedlichen Kleidchen und Opa hat seiner Frau erneut den Arm um die Schultern gelegt. Nur bei mir regt sich das diffuse Gefühl, dass diese Geste der Frau gar nicht mehr gefällt. Sie hält Abstand und blickt weder auf das Kind noch auf ihren Mann, sondern in die Ferne.

Aber alles in allem ist es albern aus einem einzigen Foto, einer einzigen Momentaufnahme, Rückschlüsse auf eine Ehe ziehen zu wollen. Ich kann nur mit Gewissheit sagen, dass die Frau nach wie vor äußerst attraktiv ist. Diesmal mangels Sonnenbrille eindeutig zu erkennen. Andere Frauen würden morden, um als Großmutter so auszusehen.

Ich brauche mehr Theatralik.

Mit einem lauten, herzzerreißenden Geräusch deute ich auf das Bild.

»Siehst du, Oma hat mich nicht lieb.« Könnte ich doch auf Knopfdruck heulen, echte Tränen wären jetzt Gold wert.

»Sie hat dich sehr geliebt«, krächzt Herr Müller. »So sehr geliebt.«

»Und dich?«

Er sagt nichts, starrt nur wortlos auf den Schrank. Dann zuckt er zusammen, bemerkt mich und steht erschrocken auf.

»Ich bin es, Opa, Sandra. Du hast mir Bilder von Oma gezeigt.«

»Ach ja.« Er setzt sich wieder und betrachtet ebenfalls das Bild in meinen Händen. »Oma. Das ist so lange her.«

»Ich kann kaum glauben, dass sie dich verlassen hat«, ändere ich die Taktik.

»Sie hat mich nicht verlassen«, knurrt er. Es ist so leicht, aus dem senilen, harmlosen Greis einen aggressiven, impulsiven Mann hervorzurufen. Wenn die Frau sich von ihm trennen wollte, hat er sie wohl kaum freiwillig gehen lassen.

»Niemals hätte sie das gewagt.«

Sag ich doch.

»Sie stand auf Rockmusik«, behaupte ich provokant.

Kann natürlich sein, dass er erneut ausflippt. Ich habe zwar keine Lust, mich mit einem Opa zu prügeln, aber heute will ich endlich Ergebnisse sehen. Egal zu welchem Preis.

Er hebt auch prompt die gestreckte Hand in die Höhe, bereit zum Schlag. »Ich kann Rockmusik nicht ausstehen. Dieser unerträgliche Krach. Und Maria sah das genauso, genauso.« Sein Blick wird erneut matt und die Faust sinkt herunter. »Bis ...«

Ich reiße die Augen auf. »Bis?«

Er schweigt.

»Opa, sag schon. Warum mochte Oma plötzlich Rockmusik?«

»Ich hätte diesen Mann nie in mein Haus lassen dürfen.«

»Dieser Mann mochte Rockmusik?«, frage ich und bemühe mich weiter um eine staunende Kleinmädchen-Stimme.

»Viel schlimmer. Er machte Rockmusik, saß am Schlagzeug. Das ist doch lächerlich. Ein alter Knacker und dann Schlagzeug-Spielen, ich wusste gleich, dass mit dem etwas nicht stimmt.«

»Und dann hat er deine Frau verführt«, rate ich. »Die Frau, die gelobt hat, bis ans Lebensende an deiner Seite zu sein.«

Das ist schnulzig und pathetisch, aber eben genau das, was bei einer Ehe behauptet wird. Ist doch klar, dass so ein Schmu nur Ärger bringt. Wer kann schon zwanzig, dreißig oder gar fünfzig Jahre denselben Menschen an seiner Seite ertragen?

Herr Müller sagt gar nichts mehr. Er sinkt nur blicklos zurück auf das Sofa.

»Sag mir, wo sie ist. Sag mir, wo Oma ist. Ich möchte sie besuchen gehen«, flehe ich.

Nichts.

Ich halte Herrn Müller das Fotoalbum vor die Nase und deute auf das Bild von Oma, Opa und Sandra als Kleinkind.

»Lass mich Oma besuchen.«

Herr Müller betrachtet die Fotos. Langsam streicht er über eines, das den Garten in seiner vollen Pracht zeigt. Wenn das Frau Müllers Werk war, dann hatte sie einen grünen Daumen.

»Sie liebte Rosen so sehr. Diese verdammten Rosensträucher liebte sie mehr als alles andere auf der Welt«, murmelt er.

»Mehr als den Rockmusiker?«

Der alte Mann grunzt.

»Geh die Rosen besuchen, Kind. Mehr kann ich dir nicht sagen.«

Mit hängenden Schultern steht er auf und schlurft in die Küche. Ich bleibe allein und erschüttert auf dem Sofa.

Ich habe einen Mörder überführt.

Okay, ich habe keinen Beweis. Und ich habe kein echtes Geständnis, aber das sichere Bauchgefühl, dass sich Frau Müller unter den Rosensträuchern befindet.

Für die Polizei sollte es kein Problem sein, den Garten zu finden und die Knochen der armen Frau auszubuddeln.

Leider hat das nichts mit Frau O zu tun. Frau O hatte kein Verhältnis mit einem Rockmusiker. Frau O wollte nicht ihren Mann verlassen. Frau O hatte keine Ahnung, dass über ihr ein Mörder wohnt.

Jetzt bin ich zu allem Überfluss frustriert. Die Kombination aus Schuldgefühl, Scham und Ernüchterung ist noch schlimmer, als ich mich nach dem Streit mit Sabrina gefühlt habe.

Außerdem habe ich momentan niemanden, mit dem ich über das reden kann, was ich rausgefunden habe. Ich habe es mir mit den beiden einzigen Menschen, denen ich mich verbunden fühle, verdorben.

Von Herrn Müller ist nichts mehr zu hören.

Still stehe ich auf, lege die Alben ordentlich auf den Wohnzimmertisch und gehe zur Wohnungstür. Was auch immer ich mit dem Wissen mache, hier bin ich fertig.

Als ich die Tür öffne, blicke ich in genau das Gesicht, dem ich auf keinen Fall an dieser Stelle begegnen darf.

Sandra. Die echte.

Mit einem nichtssagenden Lächeln versuche ich, an ihr vorbeizugehen.

»Wer sind Sie? Was haben Sie hier gemacht?« In ihren Augen flackert Angst und Misstrauen. Wäre vor kurzem genau unter meinem Opa ein Mord geschehen, wäre ich auch so vorsichtig.

Wer weiß, was Tim ihr erzählt hat?

Sie steht ja schließlich nicht auf der Liste der Verdächtigen. Die beiden haben sich in lockerer, entspannter Atmosphäre getroffen, gegessen und getrunken, und dabei ein wenig geplaudert.

»Ich habe Herrn Müller besucht. Ist das verboten?«, pampe ich, weil ich mich in die Ecke gedrängt fühle. Und weil ich sauer auf diese Frau bin, die mit Tim in einem Restaurant war, während ich vor den Kollegen versteckt werden muss.

So eine Frau würde Tim nie den Arm verdrehen und zwingen, Polizeigeheimnisse auszuplaudern. Sie hätte in jeder Situation Verständnis für alles und würde ihn mit einem Lächeln unterstützen. Genauso sieht sie nämlich aus. Adrett und elegant und wie aus dem Ei gepellt. Da sitzt jede Strähne an ihrem Platz und jedes Kleidungsstück betont perfekt und zurückhaltend ihre makellose Figur.

Ich dagegen bin alles andere als dezent.

Sie tritt einen Schritt zurück und mustert mich. Ihre Augen bleiben kurz an meinen Beinen hängen, dann an meinen Brüsten, ehe sie mein Gesicht erreichen und ich jeden ihrer Gedanken an ihrer Miene erkenne.

»Tun Sie das nie wieder«, sagt sie bloß.

Habe ich theoretisch nicht vor. Bei ihrem Ton jedoch übernimmt die Bebe das Feld, die sich mit Ellbogen und Lügen und Körpereinsatz schon ihr Leben lang durchschlägt. So redet niemand mit mir.

»Ich besuche, wen ich besuchen will, du dumme Pute«, fauche ich. »Kümmere dich mal besser um deinen Opa, der isst verschimmeltes Brot.«

»Was ... woher ... wie bitte?« Sie stammelt regelrecht. »Wie können Sie es wagen?«

»Ich bin vom Sozialamt«, behaupte ich frech. »Wir haben die Information bekommen, dass Herr Müller vernachlässigt wird.«

Himmel, das habe ich schon einige Male mitbekommen. Ein Stockwerk unter uns geht regelmäßig das Jugendamt ein und aus. Nur dass die vernachlässigten Personen dort minderjährig sind und nicht senil.

»Sozialamt? Sie wollen mich doch verarschen.«

Inzwischen ist unser Gezänk so laut geworden, dass es Herrn Müller auf den Plan ruft. Stillschweigend steht er in der Tür und lässt seine verwirrten Augen zwischen seiner Enkelin und mir hin- und herwandern.

»Sandra? Was ist hier los?«, fragt er erschrocken.

Amüsanterweise schaut er dabei mich an.

»Großvater«, empört sich die echte Sandra. »Du darfst nicht jeden ins Haus lassen.«

Die nennt ihn ernsthaft Großvater? Das kann nur jemand bringen, der seine Verwandtschaft nicht schätzt.

»Opa«, sage ich aus Trotz. »Hör auf die Frau und lass nicht jeden ins Haus. Es sind gefährliche Zeiten. Und es gibt Trickbetrüger an jeder Ecke. Da muss man echt vorsichtig sein.«

Sandra Müller schnappt nach Luft.

»Ich zeige Sie an.« Sie fuchtelt wild mit dem Zeigefinger vor meinem Gesicht. »Ich werde auf der Stelle die Polizei informieren und dann sind Sie geliefert.«

»Eine gute Idee.« Ich kann mir das Grinsen nicht verkneifen. »Noch ein kleiner Tipp: Die Betrügerin heißt Sandra Müller, so eine Anzeige gegen Unbekannt ist ja äußerst ineffektiv.«

Mit einem Mal gut gelaunt hüpfe ich die Treppe hinunter.

»Großvater, wer war diese Frau?«, höre ich die echte Sandra fragen.

»Das war Sandra, meine Enkelin. Sie geht auf eine Party.«

Ich schlage mir die Hand vor den Mund, um nicht laut loszulachen.

kapitel 22

Meine Erheiterung hält nicht lange.

Ich habe nach wie vor einen Haufen Probleme.

Erstens – was mache ich mit der Information über Herrn Müller, jetzt da mein Polizeikontakt angepisst ist?

Zweitens – wie finde ich den echten Mörder von Frau O?

Drittens – wie biege ich die Sache mit Sabrina wieder hin?

Und viertens – wie entschuldige ich mich bei Tim?

Ich bin in allem eine Niete. Polizeiarbeit ist neu für mich und meine Sozialkompetenz ist von je her gering, was ich gerne auf meine Herkunft schiebe. Bei uns entschuldigt man sich nicht, es sei denn, man möchte für immer Opfer sein.

Kleinlaut beschließe ich, es wie eine Schulaufgabe anzugehen. Dazu setze ich mich in mein Lieblingscafé, bestelle einen Cappuccino und hole einen Schreibblock hervor.

Da ich Tim zuerst verprellt habe und Sabrinas Ärger aus dieser Aktion resultiert, muss ich mit Tim beginnen. Obwohl das die schwerste Aufgabe ist.

»Lieber Tim«, schreibe ich. Darf ich diese persönliche Anrede überhaupt noch benutzen? Oder habe ich mich wieder auf das Herr-Weigand-Niveau manövriert? Schon die Anrede ist komplizierter als erwartet.

Entschuldige ich mich direkt im ersten Satz? Ist wahrscheinlich angebracht, damit er überhaupt weiterliest. Liefere ich eine Begründung für meine Aktion? Aber wie kann ich das machen, ohne dass es wie eine billige Ausrede aussieht? Ich brauche verdammt viele Anläufe, ehe ich etwas formuliert habe, das als Entschuldigung durchgeht.

»Lieber Tim, ich schäme mich aufrichtig für die Aktion mit dem verdrehten Arm. Bitte glaub mir das.

Ich könnte dir so viele Gründe nennen, aus denen mir das in dem Moment als passende Idee vorkam, aber die Wahrheit ist schlicht und einfach: Ich bin kein guter Mensch. Wenn ich eine Gelegenheit entdecke, das zu bekommen, was ich haben will, dann ergreife ich sie. Man bekommt im Leben nicht viele Gelegenheiten.

Sehen wir das Positive: Du hast erkannt, welche Art von Mensch ich in Wahrheit bin, und ich habe erkannt, dass jemand wie ich nie anständig wird. Schulbildung und Abitur sind nur eine Fassade, aber das wahre Ich zeigt sich irgendwann doch unerbittlich.

Ich bitte dich nicht, mir zu verzeihen, denn meine Aktion, deine Freundlichkeit mit Erpressung und Gewalt zu erwidern, war mega scheiße und ist unentschuldbar. Ich wollte nur, dass du weißt, dass ich mich dafür schäme. Wenigstens das. Wahrscheinlich werde ich trotzdem immer wieder ähnlich reagieren.

Mach es gut
Blossom Blue Kovacek

P.S.: Die Leiche von Frau Müller liegt unter den Rosensträuchern des Hauses, in dem Müllers zum Zeitpunkt des Verschwindens gewohnt haben.«

Gut, auf die Art habe ich zwei Fliegen mit einer Klappe geschlagen. Punkt eins und Punkt drei sind erledigt. Der Brief an Sabrina, in dem ich erkläre, dass sie recht hatte und ich mich bei Tim entschuldigt habe, ist schnell geschrieben.
Damit bleibt nur der Mord an Frau O.

Und da ich einmal im Flow bin, werde ich den ebenfalls noch heute Abend aufklären. Denn mit einer Sache hat meine Familie definitiv recht. Ich bin stur. Wenn ich mir etwas vorgenommen habe, dann mache ich es auch. Egal, um welchen Preis.

Auf dem Weg zum Neumarkt besorge ich Briefumschläge und Briefmarken. Sabrinas Anschrift kenne ich und Tims Brief adressiere ich ans Polizeipräsidium.

Als ich die Umschläge in den Briefkasten werfe, fällt mir ein Stein vom Herzen. Ich habe nur noch eine einzige Sache zu erledigen und der kann ich mich nun mit all meiner Kraft widmen. Diesen Ort werde ich erst wieder verlassen, sobald ich sowohl den Kiffer als auch den Unbekannten, der Frau O bedroht hat, ausfindig gemacht habe. Oder wahlweise den Typen, der dachte, mich einschüchtern zu können.

Mit einem Kaffee bewaffnet laufe ich durch die Unterführung, die mich auf den Neumarkt bringt, und beobachte misstrauisch jeden, der mir entgegenkommt. Menschen eilen zielstrebig an mir vorbei, viele nach einer Shoppingtour und mit tausend Tüten bepackt, andere auf dem Heimweg bei Feierabend.

Ich dagegen habe Zeit.

Leider habe ich die fiese Erwartung, dass sich jeden Moment eine Hand auf meine Schulter legt. Mich unbeachtet und brutal gegen die Wand presst, um mich endgültig fertigzumachen. Es ist unwahrscheinlich, dass sich bis zu dem Kerl herumgesprochen hat, dass ich es mir mit den Bullen verdorben habe. Und mit einer gezischten Drohung werde ich nicht davonkommen, wenn der Typ mich ein zweites Mal in seinem Revier erwischt.

Trotzig gehe ich weiter. Nichts geschieht.

Erleichtert nehme ich die Treppe, die mich auf den Platz bringt, und bummle dann gemächlich unter den Bäumen entlang. Ein paar dubiose Gestalten hängen in den Ecken rum, betteln oder schlafen öffentlich ihren Rausch aus. Einige

Typen, die wie Schläger aussehen, gehen so großspurig wie breitbeinig ihrer Wege. Den Unbekannten, den ich suche, werde ich so nicht erkennen. Genauso wenig den Mann, der mich angegangen hat.

Ich brauche meinen Zeugen.

Eine Weile setze ich mich an die S-Bahn-Haltestelle und betrachte die Leute. Die Wartenden, die Ankommenden, die Eiligen und die, die genau wie ich hier rumgammeln.

Kein Kiffer.

Dann stehe ich auf und drehe eine Runde über das Gelände und durch die Unterführung. Ich suche die Bahnsteige der U-Bahn ab.

Ergebnislos.

So vergehen Stunden.

Irgendwann klingelt das Handy. Das Display zeigt mir die Nummer meiner Mutter. Ich drücke sie weg. Zur Sicherheit schalte ich das Teil ganz aus. Ich werde jetzt weder mit ihr sprechen noch mit meinen Schwestern.

Ich habe eine Mission.

Zum ersten Mal in meinem Leben beschließe ich, dass meine Familie jetzt eben mal ohne mich klarkommen muss. Das hier ist wichtig.

Unter den Bäumen beobachte ich, wie ein paar Dealer abhängen und immer wieder Stoff verkaufen. Nah genug, um ihre Gesichter zu erkennen, werde ich nicht herangehen. Erstmal nicht. Zumindest das hat mich der letzte Aufenthalt hier gelehrt. Ich sollte nicht auffallen, ehe ich meinen Kifferfreund gefunden habe.

Am Kiosk besorge ich mir eine Dose Cola und ein Sandwich.

Mittlerweile dämmert es.

Die Drogenszene versteckt sich zwar nicht im Schatten der Nacht, aber ich kann mir vorstellen, dass es einige Kunden gibt, die sich erst im Schutz der Dunkelheit hervorwagen. Meine Chancen steigen.

Während ich gelangweilt unter einem Baum herumlungere, merke ich, wie eine Person von hinten so nah an mich herantritt, dass ich ihren Atem im Nacken spüre. Ich mache einen Satz nach vorne und fahre herum. Diesmal werde ich mich nicht bedrohen lassen, ohne zu sehen, wer mich da anmacht. Diesmal werde ich mich wehren und im schlimmsten Fall laut nach Hilfe rufen. Meine Hände sind zu Fäusten geballt und zittern leicht, trotzdem bin ich bereit, auf der Stelle zuzuschlagen oder zu treten. Ich kann mich verteidigen, wenn es nötig ist.

»Ey, Puppe, was geht ab?« Nur langsam beruhigt sich mein Herzschlag. Der Typ, der mich angräbt, hat nicht bemerkt, welchen Schreck seine Annäherung mir eingejagt hat. Er starrt mir versonnen in den Ausschnitt und kaut auf seiner Unterlippe.

»Verpiss dich«, fauche ich ihn an. Das ist nicht der Mann, der mich gewarnt hat. Der hier ist zu klein und zu schmächtig. Alles in allem lästig, aber harmlos. Langsam entspanne ich meine Hände.

»Du hängst hier schon ewig rum. Brauchst du Stoff?« Ach Mist, ich hatte gehofft, unauffälliger zu sein. »Du kannst in Naturalien bezahlen.«

Er grinst dreckig.

»Wenn dein Stoff so unsauber ist wie du, bring ich mich damit um. Also, nein danke.«

Er hebt die Hände. »Ich habe eh nichts. Ich wollte dir nur zeigen, wem du vertrauen kannst. Ein hübsches Mädchen wie du ...«

»Als ob ich dir vertrauen würde. Schwirr endlich ab.«

Der Typ kommt leider näher. Eine Szene zieht zu viel Aufmerksamkeit auf mich, das sollte ich vermeiden.

Verdammt.

»Lass die Frau in Ruhe. Die ist ... ach Pepe, glaub mir einfach, dass du besser die Finger von der lässt.«

Der Kiffer ist wie aus dem Nichts aufgetaucht.

Pepe ist nicht glücklich über dessen Einmischung, er runzelt unwillig die Stirn. Ich bin dafür umso glücklicher. Am liebsten würde ich dem Kiffer um den Hals fallen, denn mittlerweile schmerzen meine Beine und ich langweile mich zu Tode. Auf die Toilette müsste ich auch. Und so ganz nebenbei hat er mich davor bewahrt, durch lautes Gebrüll aufzufallen.

»Willst du die für dich klarmachen?«, mosert Pepe. »Das ist unfair, ich war zuerst da.«

»Nee, bestimmt nicht. Die ist nicht ...« Der Kiffer rutscht an Pepe ran und flüstert ihm ins Ohr.

Pepe blickt mich angewidert an und macht sich kommentarlos vom Acker.

Endlich.

»Was hast du ihm gesagt?«, wundere ich mich. »Ach, egal. Hauptsache er ist weg.«

Erleichtert mustere ich ihn. Er sieht genauso aus wie beim letzten Mal, viel zu mager, ungewaschen, leicht zugedröhnt und tiefenentspannt. Ich schätze, er trägt sogar dieselben Klamotten.

»Verrat mit wenigstens deinen Vornamen.«

»Nee.«

»Dann muss ich wohl Pepe danach fragen.«

Pepe lungert auf der anderen Seite des Kiosks rum, nach wie vor in Sicht-weite.

»Lass Pepe in Ruhe, der ist 'ne arme Sau.«

»Dein Name.«

Er windet sich.

»Konstantin«, sagt er dann. »Schwör, dass du Pepe in Ruhe lässt.«

»Ich habe null Interesse an Pepe. Du weißt, wen ich suche.«

»Ich hab' dir gesagt, dass ich mich da raushalte. Ich will nicht ins Kreuzfeuer geraten. Die Dealer können garstig werden.«

»Konstantin«, sage ich mit strenger Stimme. »Ich hänge seit Stunden hier rum. Glaubst du, das macht mir Spaß?«

»Ich hab dich schon 'ne Weile beobachtet, Schwester. Und ich wollte mich auch gerade vom Acker machen, da ist Pepe dir in die Falle gegangen. Der ist nicht der, den du suchst.«

»Kann sein. Vielleicht aber doch. Vielleicht nehme ich ihn besser mit auf die Wache. Bei einem richtig schönen Verhör ist noch jeder eingeknickt.«

An Pepe scheint ihm etwas zu liegen. Merkwürdiges Druckmittel, aber was soll's.

Ich nehme, was ich kriege.

Konstantin schaut in alle Richtungen. Kontrolliert er, ob wir beobachtet werden? Sucht er einen Fluchtweg? Ich habe keine Lust, in meinen unpraktischen Schuhen hinter ihm herzurennen.

»Ich bin übrigens Bebe.« Ich bemühe mich, ein Vertrauensverhältnis aufzubauen.

»Na klar, Undercover-Bebe. Hübscher Tarnname.«

Danke, Mama. Ich schließe die Augen und verfluche meine Erzeugerin. Sie sollte mal eine Weile mit diesem Vornamen leben müssen.

»In Wirklichkeit Blossom Blue«, gebe ich zu.

Konstantin grinst. Dann rückt er näher und flüstert.

»Ich verpfeife dich schon nicht, Bebe. Aber ich wette, du heißt Sabine. Oder Sonja.«

Ja, klar.

»Zeig mir den Dealer, der die Frau bedroht hat, Konstantin. Dann lass ich dich auf der Stelle in Ruhe. Und ich vergesse, dass mir ein Pepe begegnet ist. Ich vergesse euch alle beide.«

»Geht nicht, Schwester. Solche Sachen kommen raus, egal wie diskret man denkt zu sein.«

»Sobald wir den Typen haben, wandert der für immer in den Knast. Der ist erledigt, das verspreche ich dir.«

»Ach was.« Er winkt ab. »Ich weiß doch, wie das läuft. Die

schieben die Schuld auf irgendwelche kleinen Fische und sind sofort wieder draußen. Und dann suchen sie das Leck. Ehrlich, Schwester, lebensmüde bin ich nicht.«

»Der kommt nicht mehr aus dem Knast. Es geht nicht um Drogen.« Es ist wohl Zeit für die harten Geschütze. Und das ist in meinem Fall die Wahrheit. »Die Frau auf dem Bild ist tot, Konstantin.«

Er wird blass. »Was meinst du damit?«

»Die ist ermordet worden. In ihrer eigenen Wohnung. Wenn wir den Kerl haben, der das gemacht hat, dann wandert der in den Knast. Für sehr lange Zeit.«

Mein Kiffer-Freund starrt mich an, man sieht die Gedanken förmlich durch seinen Kopf schießen.

»Verarschst du mich?«

»Ganz bestimmt nicht.«

»Wie ...« Er atmet hörbar aus. »Wie denn ... also ...«

»Sie wurde erschlagen. Mit dem Kopf an den Türrahmen. Aus die Maus.« Ich klinge so abgebrüht bei diesen harten Worten, obwohl ich am liebsten heulen würde. Ich habe das Bild meiner toten Freundin so lebhaft vor Augen. Ich habe sogar vor Augen, wie sie von einer vermummten, bedrohlichen Gestalt den Flur entlanggestoßen wird, zitternd vor Angst, bis er ihren Kopf mit brutaler Gewalt zertrümmert. »Willst du, dass das ungesühnt bleibt?«

»Und das war der Typ?«

»Du hast selbst gesagt, dass er sie bedroht hat.« Verschwörerisch beuge ich mich näher. »Traust du es ihm zu oder nicht?«

»Klar. Der geht über Leichen, definitiv. Deshalb habe ich doch so viel Schiss.«

»Also? Ist er hier? Er kommt in den Knast.«

Konstantin windet sich ein letztes Mal.

»Ist er«, knickt er dann ein. »Hinten unter den Bäumen.«

»Zeig ihn mir.«

Unter den Bäumen stehen ungefähr zehn Mann und ich

wette, auf mehr als die Hälfte von ihnen trifft die Beschreibung zu. Zu erkennen sind von hier aus nur ihre Umrisse.

»Nee, Schwester, wenn ich mit dir dahingehe, sehen die mich. Und dich. Und dann zählen die eins und eins zusammen, sobald die Bullen den hopsnehmen.«

»Und wie machen wir es stattdessen?«

»Wir stellen uns an die Litfaßsäule da hinten.« Er deutet auf eine Ecke des Platzes. »Da kommen die immer wieder vorbei und da fallen wir nicht auf.«

»Wieso fallen wir da nicht auf?«

»Da hängen ständig die knutschenden und fummelnden Pärchen rum. Wie so eins sehen wir dann aus.«

Konstantin will mir doch nicht ernsthaft vorschlagen, mit ihm an der Litfaßsäule zu knutschen? Oder gar zu rumzumachen. Das bringe ich nicht, auch nicht als Tarnung.

»Ähm«, stammle ich. »Knutschen und fummeln?«

»Knutschen und Körperkontakt sind nicht drin, Bebe, egal, was du dir da erhoffst.« Konstantin hebt erschrocken die Hände. »Du bist echt nicht mein Typ. Diese Polizeinummer ist irre abtörnend. Wir hängen da nur rum, das muss reichen.«

Mühsam verkneife ich mir ein hysterisches Kichern, während wir zur Säule marschieren.

Der Vorteil von diesem Ort ist, dass man sich hier prima verstecken kann. Und Konstantin macht wie angekündigt keine Anstalten, mir nahezukommen.

Leider tut sich lange nichts. Bei allen Männer, die sich aus der Gruppe lösen und über den Neumarkt marschieren, schüttelt mein Zeuge den Kopf.

Nach gefühlten Stunden merkt er endlich auf.

»Er kommt.«

Wir haben uns so positioniert, dass Konstantin alles gut im Blick hat und ich hinter der Säule verborgen bin. Leider kann ich so nichts erkennen.

»Lass uns den Platz tauschen.«

»Er trägt ein schwarzes Kapuzenshirt und er geht gleich

drei Meter an uns vorbei. Beide Arm sind komplett tätowiert. Du kannst ihn nicht verfehlen.« Konstantin rutscht zur Seite und ich schiebe mich vorsichtig an der Litfaßsäule vorbei.

Eindeutig. Ein einzelner Mann kommt zielstrebig auf uns zu und nicht nur Konstantins, sondern auch die Beschreibung von Frau Erdmann passt zu einhundert Prozent auf ihn, obwohl er sich heute unter einer Kapuze versteckt. In meinem Rücken höre ich, wie der Kiffer sich davonmacht, aber ich bin zu geschockt, um ihn daran zu hindern.

Ich kenne den Mann.

Ich kenne ihn viel zu gut.

Tim

kapitel 23

Mein Chef ist auf hundertachtzig. Seit dem Telefonanruf, in dem Sandra Müller in Panik angab, sie hätte die Mörderin von Frau Ostlender bei ihrem Großvater angetroffen, dreht er am Rad.

Und seit die Enkelin die Täterin detailliert beschrieben hat und damit eindeutig als Bebe identifizierte, sitze ich in seinem Büro.

»Ich habe ihr keine Interna verraten«, beteuere ich zum gefühlt tausendsten Mal, während ich auf dem Stuhl vor seinem Schreibtisch hocke.

»Nicht mehr?«

»Nicht mehr«, lenke ich ein.

»Verdammt, Tim, wenn rauskommt, dass du der Mörderin ihr nächstes Opfer auf einem Silbertablett serviert hast, ist deine Karriere am Arsch.« Er rennt ruhelos im Raum auf und ab. »Da ist mein letzter Anschiss ein Witz dagegen. Ich dachte, du hättest es kapiert.«

Habe ich doch auch. Aber davor – ohne mich hätte Bebe die Wohnung nicht durchwühlt, die Briefe nicht gefunden und wir wären nie bei Herrn Müller gelandet. An dem Vorwurf ist durchaus etwas dran.

»Sie ist nicht die Mörderin von Frau Ostlender«, beharre ich trotzdem.

»Wenn du dich in die Kleine verguckt hast, ziehe ich dich von dem Fall ab.« Patrick seufzt tief. »Hör mal, Junge, das ist uns allen schon passiert, das ist kein Drama. Sobald man unangemessene Gefühle einer Zeugin oder einer Verdächtigen gegenüber entwickelt, sagt man Bescheid und bearbeitet eben einen anderen Fall. Problem gelöst.«

Habe ich mich in Bebe verguckt?

Verzweifelt starre ich auf den Boden. Ich weiß doch selbst, dass man sich gefühlsmäßig in nichts reinziehen lassen darf. Nur meine Gefühle fahren in ihrer Gegenwart Achterbahn.

»Ich habe ihr gestern gezeigt, wie man sich gegen Schläger verteidigt«, sage ich leise. »Sie wohnt in einer echt miesen Gegend.«

»Und?«

»Als sie mich im Polizeigriff hatte, wollte sie mich zwingen, ihr Polizeiinterna zu verraten.«

Patrick pfeift. »So ein Luder.«

Ja, das ist sie. Oder eine asoziale Schlampe, wie sie es selbst nannte. Ich bin stinksauer. Vor allem auf mich, weil ich mich habe einlullen lassen. Von ihrer offensichtlichen Intelligenz, ihrem Witz, ihrer Ausstrahlung und ehrlich gesagt auch von ihrem Körper, den sie so verdammt sexy und provozierend in Szene setzt.

»Ich bin kuriert«, beteuere ich. »Zieh mich nicht ab. Ich halte mich im Hintergrund, versprochen, aber schmeiß mich nicht komplett raus. Bitte, Patrick. Das ist mein allererstes Tötungsdelikt.«

Mein Stolz verbietet es mir, zu betteln. Ich mache es trotzdem.

Ein paar Sekunden lässt Patrick mich nicht aus den Augen.

»Wir holen sie her. Auf der Stelle. Und dann bearbeite ich sie solange, bis wir die Wahrheit aus ihr rausgeholt haben. Ich rede und du führst Protokoll«, sagt er reserviert.

Ich atme auf. »Danke. Ich werde es nicht mehr vermasseln.«

Ich werde distanziert und kühl sein, absolut professionell. Denn es stimmt, was ich gesagt habe: Ich bin kuriert.

Wir fahren mit zwei uniformierten Kollegen zu Bebes Familie. Mit dem Streifenwagen genau vor der Tür zu halten, ist alles andere als dezent. Eine Menge Leute gaffen, während wir reingehen und uns auf Treppe und Aufzug verteilen. Ich klingle. Die Kollegen in Uniform stehen unauffällig neben der Tür, durch den Spion bin nur ich zu sehen.

»Blossom Blue ist nicht da.« Bebes Mutter lehnt sich in den Türrahmen und versperrt den Weg.

»Wo ist sie?«

»Keine Ahnung. Die ist nicht die Art Mädchen, die brav zu Hause ist oder mich informiert, wo sie hingeht. War sie noch nie. Die ist nicht deine Kragenweite, Bulle.«

»Wir müssen das überprüfen, Frau Kovacek. Wenn Blossom Blue nicht da ist, gehen wir unverzüglich wieder.«

Sie verschränkt die Arme. »Dürfen Sie das? Einfach so ... ohne ... Dings?«

»Sie meinen einen Durchsuchungsbeschluss. Ja, dürfen wir.« Ich muss ihr nicht unter die Nase reiben, dass wir ihre Tochter festnehmen wollen und die Wohnung betreten, um ihre Anwesenheit zu kontrollieren.

Die Kollegen drängen sich an der Frau vorbei. Nur Minuten später kommen sie wieder zurück.

»Sie ist nicht da. Nur zwei kleine Mädchen und ein Mann.«

»Zwei? Wo treibt sich Claudine rum, Frau Kovacek?«

»Weiß ich doch nicht. Bin ich etwa die Aufseherin von der Göre?«

»Claudine ist bei einer Freundin.« Ein Mann kommt in den Flur. Er trägt ein Hemd und ergreift Frau Kovaceks Hand. »Ela, sei doch etwas hilfsbereiter. Die Herren machen nur ihre Arbeit.«

Frau Kovacek zuckt die Schultern.

»Meinetwegen.« Sie himmelt den Mann unübersehbar an. »Du kennst dich bei so was besser aus als ich.«

Ich persönlich habe ein gutes Gefühl bei dem Freund. Er wirkt nicht wie ein Mann, der bald eine ganze Familie abschlachtet. Aber wem sieht man das schon an?

»Würden Sie Ihre Tochter bitte anrufen und fragen, wo sie ist? Ohne zu erwähnen, dass wir sie suchen«, schaltet sich mein Chef ein.

Bebes Mutter verdreht zwar die Augen, macht aber, worum er bittet. Es klingelt lange, dann zuckt sie die Achseln.

»Sie hat den Anruf weggedrückt. Geht man so mit seiner Mutter um?«

»Versuchen Sie es noch einmal.«

Diesmal hören wir alle, dass auf der Stelle die Ansage kommt, der Teilnehmer sei nicht zu erreichen.

Na super. Ob sie ahnt, dass sie einkassiert werden soll?

Wir verabschieden uns höflich.

»Sie ist bestimmt bei ihrer Chefin«, schlage ich auf dem Weg nach unten vor.

»Bei ihrer Chefin? Bist du sicher?«

Patrick wundert sich. Das Verhältnis zwischen ihm und mir ist jedoch anders als das zwischen Bebe und Sabrina Peters. Mit einem Schulterzucken präsentiere ich ihm die Adresse. Ich habe die Akte mit allen relevanten Angaben dabei.

Bebes Freundin wohnt in einem netten kleinen Reihenhaus in einem der Vororte.

»Paul von der Kripo Köln«, stellt sich mein Chef vor, als Frau Peters öffnet. Ich komme mir mit einem Mal albern vor, weil ich immer meinen Namen inklusive Titel und Behörde nenne. »Frau Peters, entschuldigen Sie bitte die späte Störung, aber wir suchen Frau Kovacek.«

Sabrinas Blick wandert vom Chef zu mir und über die Streifenpolizisten. »Ach du je«, seufzt sie. »Was ist denn passiert?«

»Ist sie bei Ihnen?«

»Nein, wir ... wir haben uns gestritten.« Ihre Augen

huschen einmal unauffällig zu mir. Ob ich der Grund für den Streit bin? »Wollen Sie reinkommen?«

»Gerne. Ist es in Ordnung, dass sich die Kollegen kurz im Haus umsehen?« Ich habe meinen Chef selten so zuvorkommend erlebt. »Nur damit wir sicher sein können?«

»Natürlich.« Sie öffnet die Haustür weit und die Streife marschiert mit einem höflichen Gruß an ihr vorbei.

Das Haus ist nicht groß. Nach zwei Minuten kommen die Kollegen zurück.

»Sauber«, sagen sie und gehen zum Streifenwagen.

»Danke. Ich habe eine ausgezeichnete Putzperle.« Sabrina lächelt erfreut. Ich bin mir sicher, dass sie es wortwörtlich verstanden hat.

Mein Chef muss sich ein Grinsen verkneifen.

Sabrina Peters eilt vor uns her ins Wohnzimmer und deutet auf den Esstisch. »Setzen Sie sich doch. Kann ich Ihnen etwas zu trinken anbieten?«

Diese Frau liebt Deko. Für meinen Geschmack ist das kleine Zimmer zu vollgestellt, eine gemütliche Atmosphäre strahlt es dennoch aus.

»Nein, danke. Machen Sie sich bitte keine Umstände«, sagt mein Chef. Aber hallo, so habe ich Patrick Paul tatsächlich noch nie erlebt. Nicht nur ich habe eine Schwäche für attraktive Frisörinnen, wie es scheint. »Können Sie uns einen Tipp geben, wo wir Frau Kovacek am ehesten finden?«

»Sie geht gern am Rhein entlang«, schlage ich vor.

»Aber doch nicht um diese Uhrzeit«, winkt Sabrina ab. »Können Sie mir denn sagen, warum Sie sie so dringend sprechen müssen?«

»Leider nicht.«

»Wenn es etwas mit Jason zu tun hat, sind Sie bei Bebe falsch. Das ist schon lange vorbei.«

Mein Chef schüttelt den Kopf.

»Dann also die Grundschullehrerin.« Sabrina seufzt. »Ich schätze, Bebe jagt noch immer den Mörder.«

Mein Chef verzieht keine Miene.

»Warten Sie.« Sabrina holt ihre Handtasche, kramt und zieht dann ein zusammengefaltetes Blatt hervor. »Das war unser Plan. Vor dem Streit.«

Wir betrachten gemeinsam das Papier, auf dem die involvierten Personen im Fall Ostlender skizziert sind.

Sabrina deutet auf den Namen von Herrn Müller.

»Ich würde sie hier suchen. Wir hatten uns die Verdächtigen und Zeugen aufgeteilt. Bebe sollte sich Frau Mallat und Herrn Müller vornehmen und ich wollte dem Kiffer nachspüren.«

Patrick runzelt ungehalten die Stirn.

»Warum schalten Sie sich in eine laufende polizeiliche Ermittlung ein?«

Sabrina lächelt verhalten.

»Sie kennen Bebe nicht. Der Tod der Frau hat sie echt mitgenommen und Bebe ...« Ihre Finger trommeln leise auf dem Tisch. »Bebe kann nicht abgeben. Sie muss alles unter Kontrolle haben, alles selbst erledigen. So wie sie es von Kindheit an kennt. Sie war immer für die Familie verantwortlich, für ihr eigenes Leben, ihre Schwestern, sogar für ihre Mutter. Das legt man nicht einfach so ab, nur weil die Polizei vor der Tür steht. Und sie gibt nicht auf, nie. Da fand ich es klüger, mitzumachen. Und ...«, sie grinst ein wenig verlegen, »spannend fand ich es auch.«

»Bei Herrn Müller war sie schon.« Mein Chef betrachtet den Plan, aber seine unwillige Miene hat sich in Luft aufgelöst.

»Ach Mist. Dann macht sie da weiter, wo eigentlich ich eingeplant war. Bevor wir uns so gestritten haben.«

»Warum haben Sie gestritten?«, fragt Patrick.

»Wo macht sie weiter?«, frage ich.

»Sie hat ...« Ihr Blick fällt wieder auf mich und sie seufzt. »Bebe schießt ganz gerne übers Ziel hinaus. Und dann ist sie zu stur, es zuzugeben. Aber das soll sie Ihnen selbst erklären. Und ich wette, dass sie aktuell den Kiffer sucht.«

»Wo?«

»Auf dem Neumarkt.«

Oh Scheiße.

Um diese Uhrzeit ist der Neumarkt nur noch von der Drogenszene bevölkert. Und eine knapp bekleidete, sexy Blondine mittendrin lässt mich das Schlimmste befürchten.

Wie von der Tarantel gestochen fahre ich auf und renne regelrecht aus dem Raum. Ich höre gerade noch wie sich mein Chef ausführlich und ausgesucht umständlich bei Sabrina bedankt.

kapitel 24

Mittlerweile bin ich heilfroh, dass wir uniformierte Kollegen dabei haben. Da Patrick einen zweiten Streifenwagen angefordert hat, marschieren wir zu sechst über den Platz. Es ist schon seit mindestens einer Stunde dunkel, und die Leute, die hier abhängen, sind genau die, die ich erwartet habe. Wieso begibt sich dieses Mädchen freiwillig in eine so brisante Situation? Hält sie sich wirklich für so unverletzlich, wie sie immer vorgibt? Aktuell habe ich eher den Eindruck, Bebe zu retten, anstatt sie zu verhaften.

Wir werden beobachtet. Aber solange niemand von uns eingreift, gehen die Geschäfte im Verborgenen weiter über die Bühne. Sechs Mann sind für eine Razzia zu wenig und schinden keinen Eindruck. Patrick hält sich neben mir, möglicherweise um mich unter seiner Aufsicht zu behalten. Ein deutliches Zeichen, dass er mir nach wie vor nicht hundertprozentig vertraut. Ich kann es ihm nicht verübeln.

Einer der Streifenbeamten winkt.

»Hinten an der Litfaßsäule steht eine Frau, auf die die Beschreibung zutrifft.«

»Ist sie allein?«

»Nein.«

»Kreist sie ein. Aber unauffällig.«

Wir rücken langsam von allen Seiten näher, sind jedoch

noch ein gutes Stück entfernt. Die fragliche Blondine lehnt an der Säule neben einem langhaarigen Typen, der aufmerksam eine Gruppe Männer beobachtet.

Er sagt etwas zu der Frau, schiebt sich in den Hintergrund und geht.

»Sollen wir ihn festhalten?«, fragt einer der Polizisten von der anderen Seite über Funk.

»Nein.« Patrick winkt uninteressiert ab.

Unser Zielobjekt lugt um die Säule. Es ist eindeutig Bebe, die sich dort im Schatten hält und versucht, möglichst unsichtbar zu sein. Sie betrachtet einen Mann, der tief unter einer Kapuze versteckt an ihr vorbeigeht.

Dann erstarrt sie.

Die Kollegen kommen von allen Richtungen auf sie zu, theoretisch müsste sie mittlerweile bemerken, dass sie umstellt ist. Trotzdem bewegt sie sich nicht. Sie starrt dem Mann hinterher, leichenblass sogar unter dem Make-up.

Nicht einmal, als ich direkt in ihrem Sichtfeld auftauche, reagiert sie, obwohl ihr flackernder, verzweifelter Blick über mich gleitet.

»Blossom Blue Kovacek, Sie sind wegen des Verdachts auf Tötung von Frau Ostlender vorläufig festgenommen«, sagt Patrick mit ernster Stimme. Rasch kontrolliert er, ob unser Zugriff Aufmerksamkeit erregt. Die Drogendealer und ihre Kunden sind in der Überzahl, aber eine Festnahme ist hier nichts Ungewöhnliches. Man zieht es vor, wegzusehen und darauf zu warten, dass die Polizei ihren Einsatz beendet und sich verzieht.

Nach wie vor kommt keine Regung von Bebe, die aktuell mehr wie ein Geist als wie ein Mensch aus Fleisch und Blut wirkt.

Sie starrt blicklos auf den Boden.

Die Bebe, die ich kennengelernt habe, würde sich anders verhalten. Selbstverständlich würde sie nicht versuchen wegzulaufen, dazu ist sie zu clever und ihre Schuhe zu unbrauchbar, sie hätte jedoch darauf bestanden, die Gründe zu erfahren, laut erklärt, was für einen riesigen, dummen Fehler wir begehen. Möglicherweise würde sie uns sogar den wahren Mörder auf dem Silbertablett präsentieren, da wir es selbst ja nicht hinbekommen.

Nichts davon geschieht.

Zwei der Uniformierten greifen ihre Arme und legen ihr Handschellen an – so wie bei jedem anderen gewöhnlichen Verbrecher, den sie im Laufe ihrer Karriere festgenommen haben.

Bebe stellt sich weiterhin tot und mir ist schlecht.

Als die Kollegen sie abführen, erspare ich es mir, im selben Streifenwagen mitzufahren. Ich setze mich wortlos neben Patrick, der ebenso schweigsam ist wie ich. Ich bin ihm dankbar.

»Frau Kovacek, wollen Sie einen Angehörigen über Ihre Festnahme informieren?«

Die alte Bebe würde an dieser Stelle die Augen verdrehen und uns fragen, wer das denn bitteschön sein soll. Sie würde uns wissen lassen, dass sie sich schon immer um sich selbst gekümmert hat und das auch jetzt hervorragend kann. Die Frau, die mir gegenübersitzt, sagt kein Wort.

»Wollen Sie einen Anwalt hinzuziehen?«

Patrick gibt nicht auf. Er hat sie über ihre Rechte belehrt und wird gleich zum persönlichen Teil der Befragung übergehen. Leider macht Bebe nicht den Eindruck, irgendetwas davon gehört zu haben.

»Sie haben verstanden, dass Sie das Recht zu schweigen haben?«

Wir befinden uns in Patricks Büro, Bebe auf dem Besucherstuhl, mein Chef ihr direkt gegenüber und ich auf der anderen Seite am Schreibtisch. Ich habe das kaum zu bändigende Bedürfnis, sie anzuschreien und zu schütteln. Sie irgendwie dazu zu bringen, endlich zu reden und sich zu rechtfertigen. Es muss doch eine vernünftige Erklärung für ihr Verhalten geben.

»Herr Weigand wird die Vernehmung protokollieren. Wissen Sie, aus welchem Grund Sie hier sind?«

Bebe hängt zusammengesunken auf dem Stuhl. Auf diese Art hat ihre Kleidung beim besten Willen nichts Aufreizendes, Provozierendes. Im Gegenteil. Auf mich wirkt sie klein und verloren und weckt meinen Beschützerinstinkt. Ich muss mich zwingen, Patrick nicht anzubrüllen, er solle sie endlich in Ruhe lassen. Nachdrücklich rufe ich mir in Erinnerung, wie sie mich im Polizeigriff hatte und drohte, mir den Arm zu brechen.

»Aus welchem Grund sind Sie hier, Frau Kovacek?«, fragt mein Chef nach wie vor so entspannt und freundlich, als würden die beiden eine alltägliche Unterhaltung führen. »Reden Sie mit mir, ich will Ihnen doch helfen.«

Ein paar Sekunden warten wir ab und geben ihr Zeit, beobachten Bebe, die immer kleiner wird. Mitten in die Stille hinein flüstert sie mit zitternder Stimme: »Ich bin schuld.«

Mit einem Mal laufen Tränen über ihre Wangen.

»Ich bin schuld, ich bin alles schuld.« Die Worte sind kaum zu vernehmen, trotzdem bin ich mir sicher, mich nicht verhört zu haben. Patrick blickt mich an und deutet auf den Block. Er hat dasselbe verstanden und erwartet, dass ich jedes Wort aufschreibe. Jedes dieser Worte, die wie ein Geständnis klingen.

»Ich habe Frau O getötet. Sie ist tot, wegen mir«, murmelt Bebe noch leiser zu sich selbst und in mir wird es eiskalt. Das kann ich beim besten Willen nicht mehr schönreden.

Die Tränen laufen mittlerweile ungehindert. Mit einem Schluchzen vergräbt sie ihr Gesicht in den Händen und sackt vollends zusammen. Auch Patrick sieht regelrecht erstaunt aus. Ich weiß nicht, ob er doch an Bebe als Täterin zweifelt oder sich über das so leicht erhaltene Geständnis wundert.

Nach wie vor habe ich kein Wort notiert. Ich kann es nicht.

253

Ich bin viel zu geschockt. Mehr noch als Bebes Aussage sind es ihre Tränen, die mich echt fertigmachen. Dieses Mädchen ist so hart im Nehmen. Ein Zusammenbruch, weil sie verhaftet wird, passt nicht zu ihr. Nichts hier passt zu ihr. Es war doch Bebe, die darauf bestanden hat, dass Frau Ostlenders Tod keine natürliche Ursache hat. Es war Bebe, die uns auf den unlogisch platzierten Hausschuh hingewiesen hat.

Eventuell hätten wir ohne ihre Beharrlichkeit keine Obduktion angeordnet und die Sache als Unfall zu den Akten gelegt.

Und jetzt das Geständnis. Und die Tränen.

Das passt alles nicht zusammen.

»Wie haben Sie sie getötet?«, fragt Patrick leise und einfühlsam.

Keine Antwort.

»Frau Kovacek, erzählen Sie uns, was an dem Abend geschehen ist.«

Bebe schluchzt herzzerreißend und ich muss mich mit Mühe auf meinem Platz halten. Sie jetzt zu trösten, wäre der Gipfel der Unprofessionalität.

Als sie sich auf dem Stuhl zusammenkauert und den Kopf auf den Beinen ablegt, seufzt Patrick auf.

»Wir brechen für heute ab.« Er schaut auf die Uhr, bevor er nach dem Telefon greift.

»Paul hier, könnten Sie jemanden schicken, der Frau Kovacek in eine Arrestzelle bringt? Danke.«

Während wir warten, lastet die Stille schwer im Raum. Normalerweise stehen die Türen auf, auf dem Flur herrscht lebhaftes Kommen und Gehen und irgendein Telefon klingelt ständig. Jetzt ist es wie ausgestorben, zu dieser Nachtzeit ist nur der Nachtdienst im Haus. Außer Bebes hoffnungslosem Schluchzen ist nichts zu hören.

Sie kommen zu zweit, um sie abzuholen, und fesseln ihr erneut die Hände auf den Rücken. Das Mädchen ist ja so irre gefährlich, schießt es mir bissig durch den Kopf. Vor allem in diesem Moment mit Tränen, die ihr haltlos über das Gesicht laufen, und dem Zittern, das sie ununterbrochen schüttelt.

»War sie schon beim Erkennungsdienst?«, fragt die blonde Polizistin.

Patrick nickt. »Ja, ist alles erledigt.«

Die drei verschwinden und mein Chef und ich bleiben zurück.

»Ich weiß nicht«, sagt er resigniert. »Klar, irgendwie war das ein Geständnis. Aber vor Gericht geht das so nicht durch, sobald sie widerruft. Die war ja nicht zurechnungsfähig.«

Ein paar Sekunden schaut er müde auf den Protokollbogen, auf dem ich nicht mehr notiert habe als die einleitenden Feststellungen, wann und mit wem die Vernehmung durchgeführt wurde.

»Es ist mitten in der Nacht, Tim. Fahr nach Hause, das mache ich auch.« Er reibt sich mit beiden Händen über das Gesicht. »Morgen durchsuchen wir ihr Zimmer, einen Durchsuchungsbeschluss habe ich eben beantragt. Und dann reden wir mit ihr, sobald sie ansprechbar ist.«

»Und wenn sie es nicht ist?«

»Dann hoffen wir auf Beweise. Lass uns in Ruhe unsere Arbeit machen, wir haben jetzt schon genug, um einen Haftbefehl zu bekommen. Aber das hat Zeit bis morgen.«

Kurz zögert er und sieht mich mitleidig an. Dann klopft er mir auf die Schulter und verlässt ohne ein weiteres Wort den Raum.

Ich lasse den Kopf hängen.

Bebe eine Mörderin?

Sie ist ein rücksichtsloses Biest, das auch vor Gewalt nicht zurückschreckt. Eine geschickte Lügnerin, die hemmungslos ihre Tricks anwendet. Eine sexy Kunstblondine, die ihren Körper benutzt, um jeden von ihrem scharfen Verstand abzulenken. All das.

Aber doch keine Mörderin.

Sie hat es mir mehr als einmal gesagt. Und nachdrücklich erklärt, dass sie, wenn sie schuldig wäre, sich sofort gestellt hätte. Ich habe es geglaubt. Und ich glaube es noch immer.

Egal, wie unprofessionell ich mich mal wieder verhalte, ich bin der festen Überzeugung, dass wir Bebe vollkommen falsch verstanden haben.

Irgendetwas ist auf dem Neumarkt geschehen. Etwas, das sie komplett aus der Bahn geworfen hat, und das wir jetzt übersehen. Es war ein großer Fehler, den langhaarigen Typen, der neben ihr stand, laufenzulassen.

Mitgenommen stehe ich auf und gehe nach unten zu den Arrestzellen.

»Blossom Blue Kovacek, wo finde ich sie?«, frage ich an der Wache.

»Zelle drei. Soll ich dir aufschließen?« Ich kenne den Kollegen vom Sehen, aber mit Namen bin ich nicht so gut. Dafür bin ich auch noch zu frisch im Team.

»Nicht nötig. Ich wollte nur ...« Was genau mache ich hier? Ich spare mir eine Erklärung und winke ab. Der Polizist nickt mir zu und widmet sich wieder der Kaffeetasse und den Unterlagen, die er bearbeitet.

Nachtschicht ist schon hart.

Ich gehe den kahlen Flur entlang. An der Tür von Nummer drei zögere ich. Ich sollte nicht hineinsehen. Was verspreche ich mir davon? Dass ich bei einem Blick auf Bebe, die sich unbeobachtet fühlt, die Wahrheit erkenne? Erwarte ich, dass sie im Raum steht und laut ruft: Ja, ich bin schuldig. Oder besser: Ich bin unschuldig. Tim, du musst mich retten.

Sobald sie mich mit ihren warmen, rehbraunen Augen taxiert, wäre es um mich geschehen. Diese Augen gehören keiner Mörderin. Ich habe ihr Gesicht ohne die künstlichen Wimpern und das auffällige Make-up gesehen. Bebe ist eine Schönheit, die ohne diese harte Maske unschuldig und verletzlich wirkt. Ich kann verstehen, warum sie ihr wahres Gesicht in ihrem Viertel versteckt.

Ich öffne das Fenster mit feuchten Händen.

Bebe liegt zusammengerollt auf der Pritsche, die Beine herangezogen, die Arme darum geschlungen. Es sticht mir ins Herz.

Und es gibt nichts, was ich machen kann, um sie da rauszuholen. Zumindest nicht für diese Nacht.

kapitel 25

Die Nacht ist die Hölle. Ich mache kein Auge zu. Nach zwei Stunden gebe ich auf und stehe auf. Bebe kann es nicht besser gehen. Sie hat jedoch nicht die Chance, sich abzulenken. Ich ziehe Sportsachen an und laufe im Dunkeln eine große Runde. Solange, bis mir der Schweiß in Strömen über das Gesicht läuft, die Beine protestieren und ich die Ruhelosigkeit einigermaßen im Griff habe. Schon im Morgengrauen bin ich wieder im Präsidium. Von der Truppe ist noch niemand vor Ort und ich koche als Erstes Kaffee. Die Dienstbesprechung ist für acht angesetzt. Das Wissen, dass Bebe zwei Stockwerke unter mir in einer Zelle sitzt, macht mich echt fertig.

»He, Tim, stimmt es, dass wir ein Geständnis haben?« Andi steht im Türrahmen.

»So in der Art.«

»Was heißt denn ›in der Art‹? Entweder Geständnis oder keins.«

Die Maschine beginnt, heißes Wasser in den Filter zu pumpen.

»Geständnis, das nicht glaubwürdig klingt«, konkretisiere ich. »Die war völlig durch den Wind.«

»Die Kleine, die unten im Arrest sitzt? Ich habe eben einen Blick hinein geworfen.«

Ich nicke.

»Wenn die ihren Zuhälter kaltgemacht hätte, würde ich ihr applaudieren.« Er grinst und mir fällt ein, dass er von der Sitte kommt.

»Sie ist die Zeugin, die Frau Ostlender gefunden hat.«

»Dann muss sie extrem dämlich sein. Jeder clevere Mörder hätte sich aus dem Staub gemacht und nicht den Fokus auf sich gelenkt. Ich glaube echt, das hatten wir noch nie. Dass der Täter selbst die Polizei ruft und dann nicht auf der Stelle gesteht.«

»Du siehst also, wie unglaubwürdig es ist.«

»Na prima. Ich hatte schon die Hoffnung, dass wir ein Ergebnis haben und die Mordkommission bald aufgelöst wird. Ich habe Urlaub gebucht, in einer Woche soll es losgehen.«

»Mieses Timing«, stimme ich Andi halbherzig zu.

Dessen Probleme hätte ich gern. Er ist verheiratet und hat zwei Kinder, die noch nicht schulpflichtig sind. Die Reise lässt sich locker verschieben.

Matt setze ich mich mit einer Tasse Kaffee in den Besprechungsraum und warte auf den Beginn der Sitzung. Nach und nach trudeln die Kollegen ein, aber ich höre ihnen nur mit halbem Ohr zu, wie sie über das Geständnis und die Tatverdächtige spekulieren. Andi ist nicht der Einzige, der Bebe für eine verkappte Nutte hält.

Patrick kommt fünf Minuten zu spät. Das ist untypisch, er ist einer der akkuratesten Menschen, die ich kenne.

»Ich habe Neuigkeiten«, sagt er mit einem triumphierenden Lächeln zur Begrüßung.

»Ja, ja, von eurem Geständnis haben wir schon gehört.« Andi winkt ab. »Das müsste die Frau wiederholen, damit wir den Sack zumachen können.«

»Ich habe etwas anderes. Ich komme doch nicht ohne Grund zu spät.«

»Besser du kommst zu spät als zu früh. Sagt zumindest meine Frau.« Andi grinst und zwinkert in die Runde.

Wütend fasse ich Andi ins Auge. Bebe sitzt allein, geschockt und ohne Ahnung, was mit ihr geschieht, in einer Zelle und wir haben hier oben Zeit für Scherze. Mit Mühe lockere ich meine Hände, die sich ungeduldig und angriffslustig zusammenballen. Ändern kann ich es eh nicht.

»Ich habe ein Motiv. Selbst wenn sie die Tat leugnet, haben wir etwas, um sie unter Druck zu setzen.«

»Lässt du dir heute alles aus der Nase ziehen?« Irina wird ungeduldig. Sie ist kein Morgenmensch. Vor elf Uhr lässt man sie am besten in Ruhe.

»Schon gut. Ein Anwalt hat sich bei uns gemeldet. Das Opfer hat ein Testament bei ihm hinterlegt. Und jetzt ratet mal, wer der Begünstigte ist.«

Oh Scheiße. Das sieht nicht gut für Bebe aus. Bisher gab es nichts, worauf wir sie festnageln konnten. Mit einer Erbschaft ändert sich alles.

»Ist es viel Geld?«, frage ich. Ein paar lumpige Euro wären nicht problematisch.

»Sie ist Alleinerbin. Und die Dame war nicht ganz unvermögend. Hat wohl ihr Leben lang sparsam gelebt.«

»Damit klopfen wir sie doch locker weich.« Andi trommelt vergnügt auf dem Tisch, er sieht sich definitiv in ein paar Tagen unter Palmen.

»Möglich. Ich werde mich aber nicht darauf verlassen. Deshalb werden Tim, Irina und ich die Wohnung der Familie durchsuchen, der Beschluss ist da. Außerdem möchte ich, dass ihr anderen ihr Privatleben durchleuchtet.«

»Das haben wir doch schon gemacht«, mault Andi.

»Nicht sorgfältig genug. Ich erwarte, dass ihr jeden Stein umkrempelt. Ich habe mit ihrer Lehrerin aus der Hauptschule gesprochen, aber Tim sagte, dass sie vor kurzem an der Abendschule war. Das übernimmst du, Andi. Außerdem gibt es sicherlich Leute, die sie aus der Lehrzeit kennen. Hakt da bitte nach. Sie wird ja wohl irgendwo über ihre Beziehung zu Frau Ostlender geredet haben.«

Patrick verteilt enthusiastisch die Aufgaben. Er hat wahrscheinlich ausgezeichnet geschlafen.

»Du siehst scheiße aus, Tim«, stellt er fest, als wir den Raum verlassen.

Ich brumme nur.

»Deshalb darfst du während einer Ermittlung niemanden an dich heranlassen. Ich habe das ebenfalls auf die harte Tour gelernt.«

Ich frage nicht nach. Ich will es einfach nicht wissen. Mag sein, dass sich andere schon mal in eine Mörderin verliebt haben, aber die Information hilft mir aktuell null.

Dass Irina mit uns im Auto sitzt, erspart mir weitere gute Ratschläge.

»Nette Wohngegend«, stellt die Kollegin fest, als wir aussteigen und den Aufzug rufen. »Das sagt doch schon alles.«

»Was genau sagt es?« Ich merke, wie hart mein Ton ist, als Patricks Blick vorwurfsvoll auf mich fällt.

»Sobald du jemandem eine fette Erbschaft unter die Nase hältst, der aus diesem Milieu kommt, musst du dich nicht wundern, wenn du erschlagen wirst.« Irina merkt nicht, dass ich bei jedem ihrer Worte wütender werde.

»Sollen wir einfach alle verhaften, die hier wohnen?«, fahre ich sie an. »Können wir dann auch ohne Gerichtsurteil direkt in den Knast stecken, wenn wir uns an deinen Kriterien orientieren.«

»Hört auf ihr beiden«, knurrt Patrick. Der Aufzug hat die gewünschte Etage erreicht. »Wir arbeiten zusammen. Das bedeutet, dass wir uns nicht grundlos gegenseitig anmachen.«

»Ich mache ...« Irina deutet auf mich. »Ach, vergiss es.«

Ich sage gar nichts. Es kommt eh nicht in Frage, die Diskussion vor Bebes Familie fortzuführen, und Patrick drückt gerade penetrant auf den Klingelknopf.

»Bebe ist noch immer nicht da.« Ich fürchte, wir haben Frau Kovacek aus dem Bett geklingelt. Sie hat schwere Augenlider, eine wirre Frisur und trägt ein weites Shirt. »Und wenn sie ununterbrochen hier vor der Tür stehen, wird sie auch nicht nach Hause kommen.«

»Frau Kovacek, wir haben einen Durchsuchungsbeschluss.« Patrick hält ihr das Papier hin.

»Wie? Was? Wieso denn das?« Sie wirft keinen Blick auf den Beschluss.

»Ich fange schon mal an.« Irina quetscht sich an Bebes Mutter vorbei und marschiert zum Wohnzimmer.

»Was machen ... das dürfen Sie nicht.« Frau Kovacek rennt hinterher und macht den Weg frei. Ich nehme mir Bebes Zimmer vor. Die Vorstellung, dass eine Frau, die Bebe eh schon für eine asoziale Schlampe hält, nur weil sie hier wohnt, ihre Sachen durchwühlt, passt mir gar nicht. Patrick übernimmt die Küche.

Zwei Stunden später haben wir nichts.

So erstaunlich viel nichts, dass es unrealistisch ist.

»Die hat hier nur Klamotten und Schminke. Entweder besteht die bloß aus Klamotten und Schminke oder es gibt noch eine andere Bude.«

»Ja, bei Frau Ostlender«, stimme ich Irina zu. Ich habe beschlossen, das Kriegsbeil zu begraben. Mir kann egal sein, welche Vorurteile sie hat. Solange das nicht ihre Arbeit beeinflusst, soll sie denken, was sie will. »Alles Wichtige hat sie dort.«

Ich gebe nachdenklich ein Heft mit den Kontoauszügen an Patrick. Das ist das Einzige, das von Interesse ist.

Insgeheim habe ich ja auf eine Entdeckung spekuliert, die Bebe entlastet. Selbstverständlich werde ich weder Beweise unterschlagen noch unehrlich ermitteln, aber die Hoffnung, etwas zu finden, das ihr hilft, war eben doch da. Man kann jemanden unterstützen und gleichzeitig einen guten Job machen. Wenn derjenige unschuldig ist. Und das ist Bebe ganz sicher.

»Das Mädchen hat ja fast ihr gesamtes Gehalt an die Mutter überwiesen.« Mein Chef blättert ungläubig durch die Auszüge. »Kein Wunder, dass sie gehandelt hat, als sie die Möglichkeit sah, an so viel Kohle zu kommen.«

Entschlossen marschiert er in die Küche, in der sich Bebes Mutter mit den Töchtern versammelt hat. Und ich bin noch hoffnungsloser, denn sogar ihre Selbstlosigkeit kann in den Augen meines Chefs gegen Bebe verwendet werden.

»Sind Sie endlich fertig?«, blafft Frau Kovacek.

»Sollten die Mädchen nicht in der Schule sein?«, fragt Patrick genauso angriffslustig zurück.

»Die sind krank.«

»Alle drei?«

»Ja, es ist ansteckend.« Claudine hustet demonstrativ, ohne sich die Hand vor den Mund zu halten. »Morgen hat es Sie auch erwischt. Dann sind wir es aber nicht schuld, wir haben Sie nämlich nicht eingeladen.«

Eine echte Krankheit ist weder ihr noch den Schwestern anzumerken. Nur schlechte Laune, weil sie geweckt wurden.

»Wo ist denn Ihr neuer Freund?«, frage ich. Ob er sich schon aus dem Staub gemacht hat?

»Arbeiten. Der ist rücksichtsvoll, wenn er früh aufsteht, und weckt uns nicht.«

Ich kann mir nicht vorstellen, dass er eine ähnlich abwehrende Haltung zu Schulbildung hat wie die Mutter. Ein Wunder, dass Bebe so clever ist. Ich kann es mir nur durch den unbekannten Vater erklären. Er muss eine Intelligenzbestie gewesen sein, wenn sich seine Gene durchsetzen konnten.

»Warum hat Ihre Tochter Ihnen so viel Geld überwiesen? Jeden einzelnen Monat.« Patrick wedelt mit den Kontoauszügen.

»Warum denn nicht?« Frau Kovacek zuckt die Schultern.

»Benötigt sie kein eigenes Geld?«

»Genau. Sie hat hier alles. Ein Zimmer, Essen, was braucht sie mehr?«

Ich kann Patricks Gedanken förmlich sehen. Er vermutet

neben der bevorstehenden Erbschaft eine geheime Geldquelle. Und er vermutet, dass sie nicht legal ist.

»Wir werden das mitnehmen, Beweismaterial.«

»Das müssen Sie schon mit Blossom Blue klären. Mir ist egal, was sie aus ihrem Zimmer einsacken.« Bebes Mutter verschränkt die Arme vor der Brust.

»Was ist mit dem Brief?«, fragt Claudine und reißt die Augen auf. »Nehmen Sie den auch mit? Das wäre scheiße, ich will wissen, was drin steht.«

»Welcher Brief?« Patrick runzelt die Stirn und schaut fragend auf mich und dann auf Irina.

Irina zuckt die Schultern und auch ich habe keinen Brief gefunden.

»Na, den geheimnisvollen. Ohne Absender. Den ich nicht aufmachen durfte. Wegen deinem doofen Macker.« Claudine wirft einen vorwurfsvollen Blick auf ihre Mutter.

»Markus hat auf jeden Fall recht. Es ist nämlich Bebes Brief.« Frau Kovacek deutet Richtung Flur. »Er liegt da vorne, aber die Polizei darf ihn auch nicht aufmachen. Markus sagt, das heißt Briefgeheimnis.«

Patrick wirft einen missbilligenden Blick auf Irina. Der Flur gehört zu dem Bereich, den sie durchsucht hat. Ich gehe rasch zur Eingangstür. Auf einem kleinen Tisch liegt ein weißer Umschlag. Irritiert drehe ich ihn hin und her. Bebes Name ist in großen, ungelenken Buchstaben geschrieben, wie angekündigt fehlt der Absender. Ist es ein Versuch, die Schrift zu verstecken?

»Warum hast du den nicht gefunden?«, fragt Patrick Irina, als ich zurück in die Küche komme und den Umschlag überreiche.

»Woher soll ich wissen, dass unsere Verdächtige so genannt wird? Hätte man mir ja auch mal sagen können.«

»Verdächtige?«, kreischt Claudine. »Was heißt das?«

Patrick ignoriert sie. Er öffnet den Brief vorsichtig und zieht ein schmuddeliges Blatt Papier raus. Mit unbewegtem

Gesicht mustert er den Inhalt, ohne dass ich, Irina oder Bebes Familie etwas erkennen können.

»Aha«, sagt er schließlich.

»Ist es ein Liebesbrief?« Claudine hat auf der Stelle vergessen, dass ihre Schwester eine Verdächtige ist. Die zwei kleineren Mädchen sitzen still und eingeschüchtert auf der Bank und klammern sich an ihre Mutter.

»Erwartet deine Schwester einen Liebesbrief?«, fragt Patrick und fixiert Claudine.

»Wieso nicht? Das wäre so romantisch.«

»Von wem?«

»Von Jason natürlich. Der ist ganz anders, als jeder denkt. Viel netter. Der liebt die voll.«

Ich muss mir auf die Lippe beißen, um zu schweigen. Jetzt macht er sich also schon an kleine Mädchen ran, um seine Exfreundin rumzukriegen.

»Hat Jason Vorurteile der Polizei gegenüber?«

Claudine zuckt die Schultern und schweigt.

Und ich starre angestrengt gegen die Wand. Patrick weiß haargenau, aus welchem Grund Jason Probleme mit der Polizei hat, aber Claudines eigene Einstellung den Bullen und ihrer Schwester, dem Bullenflittchen, gegenüber, kennt er nicht. In Irinas Gegenwart werde ich ihn nicht aufklären.

»Na gut. Wir beschlagnahmen den Brief. Bitte melden Sie sich, sobald Sie bedroht werden oder ein weiteres Schreiben auftaucht.«

Patrick winkt uns nach draußen.

»Was steht drin«, frage ich, sobald wir im Aufzug sind.

Wortlos hält er mir den Zettel hin.

»Doch wieder der Scheiß-Bulle? Du bist so was von am Arsch.«

Krakelige Buchstaben. Keine Unterschrift.

Bei dem Inhalt ist klar, warum derjenige sich bemüht, keinen Hinweis auf sein Schriftbild zu hinterlassen.

Ich pfeife leise und überspiele meine Erschütterung.

»Das ist wohl kaum die erste Drohung, die sie erhält«, stellt Patrick fest. »Hat sie dir davon erzählt?«

Ich schüttle den Kopf.

Selbstverständlich nicht. Bebe ist starrköpfig und unvernünftig und der festen Überzeugung, allem allein gewachsen zu sein. Wer weiß, wie groß die Gefahr war, in der sie geschwebt ist, bevor wir sie einkassiert haben. Aktuell bin ich heilfroh, dass sie in Polizeigewahrsam ist.

»Die hat einen Komplizen.« Irina deutet auf den Zettel.

»Eindeutig. Der Mann, mit dem sie ein Verhältnis hat, ist in den Mord verwickelt. Eventuell hat er ihn für sie begangen. Und jetzt befürchtet er, dass sie sich die Erbschaft allein unter den Nagel reißt und ihn mit Hilfe der Kripo ausbootet.«

»Dann wäre sie so clever gewesen, sich für die Zeit ein Alibi zu verschaffen«, wende ich ein. Meiner Meinung nach ist das fehlende Alibi aktuell der größte Unschuldsbeweis.

»Bist du befangen?« Irina betrachtet mich mit zusammengekniffenen Augen. »Bist du der Bulle, um den es hier geht?«

»Ich habe sie als Zeugin befragt«, sage ich ausweichend. Scheiße ja, ich bin befangen. Aber wenn ich es zugebe, bin ich auf der Stelle raus aus dem Fall. Und wer bleibt dann, der an Bebes Unschuld glaubt und in ihrem Sinn ermittelt?

»Und flachgelegt? Die lässt jeden ran, wenn sie sich davon Vorteile verspricht. Ich kenne solche Weiber.«

Ich muss mich echt zusammenreißen. Langsam atme ich ein und zwinge mich, Irina nicht grob anzufahren. Es ist eine dieser Situationen, in denen man sich durch vehementes Leugnen noch verdächtiger macht. Glücklicherweise springt Patrick mir zur Seite, bevor ich ausfallend werde und Bebes Ruf verteidige.

»Irina, pass auf mit haltlosen Beschuldigungen, das lasse ich in meinem Team nicht zu. Tim hat in meinem Auftrag den Kontakt zu Frau Kovacek gehalten. Kann gut sein, dass das in ihren Kreisen nicht positiv angekommen ist.«

Irina wirft mir einen weiteren misstrauischen Blick zu, hält aber die Klappe.

Schweigsam fahren wir zurück ins Präsidium. Für mich steht immer mehr fest, dass Bebe mir gegenüber die Wahrheit gesagt hat. Sie hat da nie wirklich gewohnt, Frau Os Wohnung war ihr wahres Zuhause. Und sie hatte einen konkreten Grund, sich den Polizeigriff zeigen zu lassen. Ich habe nur nicht kapiert, in welche Gefahr ich sie bringe, sobald ich mit ihr gesehen werde.

Auf dem Flur begegnet uns Andi.

»Unsere Verdächtige ist clever. Die hat vor ein paar Monaten Abitur gemacht. Mit einem mega Schnitt. Die Lehrer in der Abendschule sind echt angetan von ihr.«

»Das mit dem Abi wissen wir. Gab es keinen Verdacht, dass sie betrogen haben könnte?«

Andi winkt ab. »Im Gegenteil. Die war mündlich genauso gut. Die Kleine ist definitiv clever genug, um uns die ganze Zeit an der Nase herumgeführt zu haben.«

Na toll, man kann wirklich jede Info so drehen, dass sie gegen Bebe spricht. Und ich habe noch immer keine Idee, was auf dem Neumarkt passiert sein könnte, dass sie so aus der Bahn geworfen hat.

In meinem Postfach liegt ein Brief. Mit der Post zugestellt, an mich im Polizeipräsidium adressiert. Ungewöhnlich. Die Handschrift kenne ich auch nicht. Groß, schwungvoll, fast elegant. Ähnlichkeit mit der Schrift des Briefes an Bebe existiert definitiv nicht.

Ich gehe in mein Büro, ehe ich den Umschlag öffne.

Ein einzelnes Blatt fällt heraus.

»Lieber Tim ...«

Danach sitze ich reglos auf meinem Platz.

Ich sehe das anders als Bebe. Ich habe ihr nämlich verziehen. Mir ist schon lange klar, dass sie immer um alles kämpfen musste, und diese Art Rücksichtslosigkeit auch gebraucht hat. Das legt man nicht von heute auf morgen ab. Mit einem ungläubigen Grinsen denke ich an die Situation zurück. Ich war so geschockt.

Da steht dieses zierliche Mädchen in meinem Rücken, hat meinen Arm unter Kontrolle und droht mich zu verletzen, wenn ich nicht kooperiere. Der Schmerz reichte schon aus, mir die Tränen in die Augen zu treiben, und ihre harte Stimme machte klar, dass sie es ernst meinte. Und mir blieb nichts anderes übrig, als die Zähne aufeinanderzubeißen und mich für die kommende Qual zu wappnen. Ich hätte ihr zugetraut, die Drohung wahrzumachen.

Leider muss ich den Brief Patrick zeigen. Er beweist, dass sie niemals versucht hat, Herrn Müller auszunehmen. Sie hat nur die Ermittlungsarbeit fortgeführt, die wir begonnen haben. So wie es aussieht, war sie dabei erfolgreicher als wir.

Leise klopfe ich an Patricks Bürotür.

Er telefoniert.

Trotzdem winkt er mich rein.

»Ja, ja, natürlich.« Er brummt ein paar Mal in den Hörer. »Wir melden uns, sobald wir mehr wissen, selbstverständlich.« Mit einem Seufzen legt er auf.

»Die Enkelin vom alten Müller. Sie hat seine Sachen kontrolliert, aber sicher ist sie nicht, ob da was fehlt. Sie hat sich nur darüber gewundert, dass die Fotoalben draußen lagen.«

»Ich muss dir etwas zeigen.« Ich halte ihm den Brief so hin, dass nur Bebes Unterschrift und das P.S: zu sehen sind.

Er liest.

»Was soll das jetzt bedeuten?«

»Der Brief lag in der Post.« Ich zeige ihm den Umschlag. »Habe ich gerade bekommen. Zeigt das nicht eindeutig, was sie beim Müller gemacht hat?«

»Oder was sie vorgibt, gemacht zu haben. Sie hat sich als seine Enkelin ausgegeben, vergiss das nicht.« Er schnaubt. »Ist eh unfassbar, dass das geklappt hat.«

»Der Alte ist mächtig neben der Kappe. Aber glaubst du, er hat Bebe gegenüber gestanden, seine Frau getötet und im Garten verbuddelt zu haben?«

»Möglich.« Er hält mir auffordernd die Hand hin. »Zeig mir den ganzen Brief.«

»Der Rest ist privat.«

»Tim, es ist ein Schriftstück unserer Hauptverdächtigen. Es gibt kein privat.«

Zähneknirschend rücke ich den Brief raus.

Patrick liest mit unbewegter Miene.

»Okay, ich denke, wir können den Inhalt den anderen gegenüber geheim halten«, stimmt er mir zu. »Aber nur um dein Gesicht zu wahren. Sonst bist du für immer derjenige, der von einer Mörderin erst um den Finger gewickelt und dann verarscht wurde.«

Ich presse die Lippen aufeinander und schweige betreten. Wenn Irina das mitbekommt, bin ich in der Abteilung tatsächlich für immer bloßgestellt.

»Was machen wir jetzt mit der Information betreffend der Rosensträucher?«, frage ich.

»Passt mir gerade gar nicht in den Kram. Wir haben mit dem Tötungsdelikt Ostlender echt genug zu tun, da brauche ich keine weiteren Leichen. Wenn es überhaupt stimmt.«

Er trommelt auf dem Tisch und denkt nach.

»Ich gebe es an Maaßen, der hat letzte Woche erst einen Fall abgeschlossen. Hat eh nichts mit unseren Ermittlungen zu tun. Wir haben nur noch bis heute Abend, um Frau Kovacek dem Haftrichter vorzuführen. Es wird also Zeit für ein echtes Geständnis, das sie unterschreibt. Und du ...«, er deutet nachdrücklich auf mich, »du führst gleich Protokoll und schweigst. Nur weil die Kleine sich so einwandfrei ausdrücken kann und sich angeblich schämt, wirst du nicht wieder weich.«

Ich nicke wohl oder übel.

kapitel 26

Bebe wird hereingeführt und mir bricht erneut das Herz. Sie hat tiefe Augenringe und rot geweinte Augen. Mittlerweile sind die Tränen versiegt und sie wirkt einigermaßen gefasst. Wenigstens das.

Wir beginnen mit den Personalien, den Anwesenden, dem Grund der Vernehmung. Heute wird jedes Wort aufgezeichnet.

»Haben Sie das alles verstanden, Frau Kovacek?«

»Ja, habe ich.« Ihre Stimme ist leise, aber klar. Sie schaut nicht in meine Richtung, sondern auf den Boden vor sich.

»Möchten Sie heute einen Anwalt informieren?«

»Nein.«

»Gut. In welchem Verhältnis stehen Sie zu Herrn Müller?«, beginnt Patrick mit sanfter Stimme. Er hat sich also entschieden, nicht sofort Druck zu machen.

»Tim weiß, warum ich bei Herrn Müller war. Es war sicherlich nicht in Ordnung, dass ich mich als seine Enkelin ausgegeben habe, es hat allerdings besser funktioniert als das Gespräch, das wir zuvor mit ihm geführt haben. Aber um Herrn Müller geht es hier nicht.« Jetzt sieht sie hoch, Patrick direkt in die Augen. »Frau Müller ist schon lange tot und ich sehe keinen Sinn darin, einen senilen, dementen Mann für ein altes Verbrechen anzuklagen. Für manche Dinge ist es einfach zu spät. Mit Frau Os Tod hat er nichts zu tun.«

»Aha?« Patrick lehnt entspannt zurück und lässt Bebe reden. Gute Taktik.

»Ich ...« Bebe schluckt, ihre Augen glänzen, aber sie kämpft die Tränen wieder hinunter. »Wenn ich vorsichtiger gewesen wäre, dann wäre das nicht passiert. Es ist allein meine Schuld.« Jetzt blickt sie mich an. »Hast du ihm von Jason erzählt?«

Ich nicke.

»Alles?«

»Alles Wesentliche. Er kennt auch die Akte.«

Bebe fixiert erneut Patrick.

»Es war keine gute Trennung. Ich ...« Sie reibt sich über die Augen. Die schwarzen Schatten kommen nicht nur von der schlaflosen Nacht, auch die Wimperntusche hat den Tränen nicht standgehalten. »Er wollte mich nicht gehen lassen. Über Monate hat sich das hingezogen. Aber ich habe immer aufgepasst, dachte ich. Jahrelang war ich vorsichtig, niemand aus meinem Umfeld sollte wissen, dass ich Frau O kenne und dass ich die Abendschule besuche. Nicht mal Sabrina wusste es. Ich habe echt achtgegeben, dass mir keiner folgt. Aber jetzt fürchte ich, dass Jason doch irgendwann mitbekommen hat, zu wem ich gehe. Möglicherweise hat er mich gestalkt, nachdem ich mich von ihm getrennt hatte.«

Patrick nickt auffordernd.

»Ich habe Zeugen, die gesehen haben, wie Frau O wenige Tage vor ihrem Tod von einem Mann bedroht wurde. Und gestern hat Konstantin mir gezeigt, wer dieser Mann ist.«

Langsam fallen alle Puzzleteilchen an ihren Platz.

Ich hatte ihren Exfreund ja schon im Visier, aber sie war sich so sicher, dass Frau Ostlender hundertpro ihr Geheimnis war.

»Wer ist Konstantin?«, fragt Patrick.

»Ein Zeuge, der gesehen hat, wie der Mann Frau O einschüchtern wollte. Ich bin so dumm. Schon da hätte mir klar sein müssen, dass nur Jason in Frage kommt«, murmelt sie leise. »Ich bringe nur Unglück.«

»Es gibt also einen Zeugen, der gesehen hat, wie Ihr Exfreund Frau Ostlender bedroht hat?«, fasst Patrick zusammen. »Und daraus schließen Sie was?«

»Sie dürfen allein weiterschließen. Jason ist ...«

Unruhig zupfen ihre Finger am Saum ihres Rockes.

»Gewalttätig?«, fragt Patrick, da Bebe schweigt.

Sie nickt. »Ich habe das hin und wieder mitbekommen. Er hat regelmäßig andere Jungs verprügelt, auch früher schon. Aber vor ein paar Monaten ist es eskaliert. Da hat er ...« Die Finger zupfen heftiger. »Da war so ein Typ, der mich angegraben hat. Ziemlich offensichtlich. Und Jason ist dazwischen gegangen und hat zugeschlagen und nicht mehr aufgehört. Auch nicht als der andere am Boden lag und sich nicht mehr rührte. Wenn Mack und Timo ihn nicht gestoppt hätten ...« Sie zuckt die Schultern. »Ohne die beiden, hätte er ihn totgeschlagen, schätze ich. Von der Dealerei habe ich auch erst an dem Abend erfahren. Ich habe danach Schluss gemacht.«

»Warum warst du mit ihm zusammen?« Ich kann mir die Frage nicht verkneifen. Patrick sieht mich zwar stirnrunzelnd an, weist mich aber nicht zurecht.

»Jetzt wird es peinlich«, murmelt Bebe. Ihre Hände haben sich vom Rock gelöst, sie verschränkt die Finger ineinander. »Jason ist ... er ist ein paar Jahre älter als ich und seit ich mit den anderen im Park rumgehangen habe, war er ...« Sie seufzt. »Er hatte schon immer das Sagen bei uns. Alle hatten eine Scheißangst vor Jason und Mack, die haben jeden fertiggemacht, der auch nur schief geguckt hat. Und die Mädchen ...« Bebe schiebt sich eine Haarsträhne hinter das Ohr. »Ach was soll's, du weißt längst, wie ich bin. Die Mädchen waren alle scharf auf ihn und nachdem er mich endlich beachtete, habe ich nicht nein gesagt.«

»Haben dich die Schlägereien nicht gestört?«

»Wenn du mit dem Mann zusammen bist, vor dem alle Angst haben, haben auch alle Angst vor dir. Jason war nicht schlimmer als die Typen, mit denen ich vorher rumgemacht habe. Aber ich war mit einem Mal die Queen.«

»Hat er jemals Frauen geschlagen? Oder bedroht?« Patrick wirft mir einen mahnenden Blick zu. Ich habe mich nicht an seine Anweisung zu schweigen gehalten.

»Geschlagen nicht, bedroht bestimmt. Wieso?«

»Sie auch?«

»Nein.«

»Weshalb nicht?«

»Weil ich es mir nie hätte gefallen lassen. Jason gibt sich als den harten Macker, aber innerlich ist er ...« Wenn Sie jetzt sagt, dass er hinter der rohen Fassade ein gefühlvoller Mensch ist, dann kotze ich. »In Wahrheit ist er ein Feigling.«

»Ein gewalttätiger Feigling.«

»Ja, aber wenn man weiß, wie man mit ihm umgehen muss, ...« Bebe führt den Satz nicht zu Ende.

Patrick reicht ihr den Drohbrief, den wir bei ihr zu Hause gefunden haben, und beobachtet aufmerksam ihre Miene.

Bebe beißt sich auf die Lippe, als sie den Satz liest.

»Sie wirken nicht verwundert«, stellt er fest.

»Der ist nicht von Jason«, sagt Bebe. »Der ist Legastheniker und nicht in der Lage, auch nur zwei Sätze zu schreiben.«

»Von wem dann?«

»Keine Ahnung.« Blitzschnell huscht ihr Blick zu mir und zurück zu Patrick. »Auf dem Neumarkt war so ein Typ, der mir gesagt hat, ich solle mich von den Bullen fernhalten. Aber ich kannte den nicht.«

Ich knirsche mit den Zähnen. War doch klar, dass sie mich in Vorfälle, die ihre Sicherheit betreffen, nicht einweiht. Meine Unvorsichtigkeit hat sie in Gefahr gebracht, der unangebrachte Drang, immer wieder ihre Nähe zu suchen.

»Sie denken doch nicht, dass Sie aus dem Schneider sind, nur weil Sie uns mit ihrem Exfreund einen anderen Verdächtigen präsentieren?« Für meinen Chef ist die Drohung damit abgehakt. Für mich noch lange nicht.

»Mir ist schon klar, dass Sie mich jetzt nicht laufen lassen. Aber ich denke, Sie haben alle nötigen Informationen, um Frau Os Tod aufzuklären.« Angriffslustig hebt sie den Blick, langsam kommt die alte Bebe zum Vorschein. »Jason ist dumm, den bringt man problemlos dazu, die Wahrheit zu sagen. Er prahlt gerne, wenn er jemanden fertiggemacht hat.«

»Er würde mit einem Mord prahlen?« Patrick klingt ungläubig.

»Falls Sie geschickt sind. Jason hat kein Unrechtsbewusstsein, er kennt nur das Recht des Stärkeren.«

Patrick gibt mir ein Zeichen, die Aufzeichnung zu stoppen. Er sieht wohl ein, dass er von Bebe kein Geständnis bekommt.

»Frau Kovacek, dann hoffe ich mal für Sie, dass an Ihren Behauptungen etwas dran ist. Aktuell sind und bleiben Sie unsere Hauptverdächtige.«

Mir fällt auf, dass er das Testament mit keiner Silbe erwähnt hat. Er hält den Trumpf taktisch klug im Ärmel.

Patrick schickt eine Streife los, um Jason Dimitrijevic ins Präsidium zu holen. Die Zeit nutze ich, um den Bericht über die Durchsuchung der Wohnung zu schreiben. Es ist leichter, sich durch Arbeit abzulenken, als über Bebe in der Zelle oder gar Bebe, die wegen mir in die Mangel genommen wird, nachzudenken.

Nach einer Stunde steckt Patrick den Kopf durch die Tür. Er wirkt alarmiert.

»Diese Schwester von Frau Kovacek ...«

»Claudine?«

»Ja, genau. Was weißt du über die?«

»Sie ist kein Fan der Polizei«, antworte ich vorsichtig. Ernst nehmen sollte man ihr Verhalten nicht, sie ist mitten in der Pubertät.

»Aber mit dem Ex und dessen Drogenkram steckt sie nicht unter einer Decke, oder?«

»Auf keinen Fall. Bebe macht sich Sorgen, weil sie langsam erwachsen und ein bisschen aufsässig wird, aber von Drogen ist sie meilenweit entfernt. Ich glaube, sie himmelt nur die falschen Jungs an.«

»Dann sollten wir schleunigst los.«

Ehe ich mich versehe, sitze ich neben Patrick im Auto. Mehrere Streifenwagen folgen uns.

»Was ist los?«, frage ich alarmiert. Im Wagen hinter uns befindet sich nämlich Bebe und mein Chef, der in jeder Situation gelassen bleibt, rast mit Blaulicht, als wäre der Teufel persönlich hinter uns her.

»Der Ex hat es nicht gut aufgenommen, als die Kollegen ihn herbringen wollten.«

Ich muss mich festhalten, als Patrick um eine Kurve biegt.

»Was hat er getan?«

»Das Mädchen als Geisel genommen.«

»Was?«, brülle ich. »Wir fahren zu einer Geiselnahme? Mit Bebe?«

»Es handelt sich um ihre Schwester, was soll ich machen?«

»Sie da raushalten. Ein Angehöriger bei einer Geiselnahme geht gar nicht.«

Wir sind eh nicht das richtige Team für diese Art von Gefährdung, dafür gibt es Spezialeinheiten.

»Dramatisier es nicht. Als die Kollegen eintrafen, stand das Mädchen bei dem Typ und hat mit ihm geredet. Und dann haben die beiden bemerkt, dass Polizei im Anmarsch ist, und seitdem hält er ihr ein Messer an die Kehle. Vielleicht ist es ja auch nur Show.«

Ich keuche auf. »Wohl kaum. Es ist eine absolut miese Idee, Bebe da mit hineinzuziehen. Das kannst du nicht machen. Hast du das MEK informiert?«

»Selbstverständlich, die sind gleich unterwegs. Aber ... er hat nach seiner Exfreundin verlangt.« Der Wagen schleudert

um die nächste Kurve, vor uns weichen die Autos eilig aus.
»Außerdem hat sie selbst behauptet, sie wüsste, wie sie mit ihm umgehen muss.«

»Trotzdem, Patrick. Das kann nur schiefgehen.« Ich drehe mich um und sehe nach dem Streifenwagen, der hinter uns ist. Von Bebe auf dem Rücksitz ist nichts zu erkennen.

»Ist aber die beste Idee, die ich habe.«

Wir biegen auf den Parkplatz, der zu den Hochhäusern gehört. Patrick stoppt mit quietschenden Reifen, springt aus dem Wagen und läuft los. In Richtung Park. Innerhalb von Sekunden bin ich von Streifenwagen und Polizisten umringt und halte Ausschau nach Bebe. Schließlich entdecke ich sie inmitten einer Schar uniformierter Beamter, wie sie ebenfalls unterwegs zum Park ist.

Ich renne hinterher.

Auf den ersten Blick ist klar, an welcher Stelle sich das Drama abspielt. An genau dieser Bank sind wir Claudine begegnet, an genau dieser Bank haben wir Jason und Mack angetroffen. Heute steht Jason mitten auf dem Gehweg, hält das Mädchen vor sich und wie angekündigt ein Messer an ihre Kehle. Er bewegt sich nicht.

Mack dagegen hastet hinter ihm unruhig auf und ab und murmelt nervös vor sich hin. Möglicherweise ist der in seiner nervlichen Verfassung sogar gefährlicher. Wenn Jason bewaffnet ist, ist er es unter Garantie ebenfalls.

Sobald Bebe ins Blickfeld gerät, verändert sich die Lage.

Jason macht einen Schritt auf uns zu und stößt dabei Claudine so grob, dass sie stolpert. Das Messer verletzt ihre Haut und sie wimmert.

Bebe schreit auf.

»Ihr Bullen-Schweine, lasst sofort meine Lady frei«, brüllt Jason, der gar nicht zu bemerken scheint, was mit Claudine geschieht.

Es ist definitiv nicht hilfreich, dass Bebe Handschellen trägt.

»Woher wusste er, dass wir Frau Kovacek verhaftet haben?«, murmelt Patrick.

»Von Claudine«, erwidere ich. Sie ist freiwillig zu ihm gegangen, wahrscheinlich weil wir ihr erzählt haben, dass Bebe verdächtig ist. »Mach Bebe die Achter ab, damit er sich beruhigt.«

Mack hat seine fahrige Wanderung eingestellt und sich hinter Jason zurückgezogen. Bei Bebes Anblick brüllt er ebenfalls. »Die Hure ist es doch selbst schuld, vergiss die endlich. Das dämliche Bullenflittchen hat die Seiten gewechselt.«

»Hat sie nicht«, knurrt Jason.

Patrick befolgt meinen Rat und löst Bebes Handschellen.

»Hat sie doch. Ich habe sie gewarnt, mehr als einmal. Glaubst du, das hat sie interessiert?« Erstaunt betrachte ich Mack, der wütend in Bebes Richtung deutet. Dann war der anonyme Drohbrief wohl von ihm. Und den Typen am Neumarkt wird er ebenfalls auf sie gehetzt haben. »Einen Scheiß hat es sie gekümmert, die hat weiter mit dem Bullen rumgemacht.«

Bebe reibt sich die Handgelenke. Sie lässt ihre Schwester nicht eine Sekunde aus den Augen.

»Ich gehe hin und rede mit ihm. Sonst hört er nie auf«, murmelt sie.

»Das machst du auf keinen Fall«, protestiere ich.

Das ist so typisch. Ihre eigene Sicherheit kümmert sie überhaupt nicht. Schon mal gar nicht, sobald jemand aus ihrer Familie involviert ist.

Bebe hört nicht auf mich, natürlich nicht. Sie geht ein paar Schritte auf Jason zu und ich unwillkürlich hinterher.

»Jason, nimm das Messer weg, sonst komme ich nicht. Nicht solange du mit dem Teil hantierst«, ruft sie. »Du weißt haargenau, dass ich mich nicht erpressen lasse.«

»Der Bulle soll sich verpissen.«

Jason nimmt für eine Sekunde das Messer von Claudine, um damit in der Luft herumzufuchteln. Uniformierte Kollegen verteilen sich über den Park und nähern sich unauffällig von allen Seiten. Aber ehe wir den kurzen Moment der Unachtsamkeit ausnutzen können, ist das Messer erneut am Hals des Mädchens.

»Tim«, zischt Patrick drohend von hinten. »Halt dich da raus, verdammt noch mal. Wegen dir eskaliert das hier.«

Ist das sein Ernst? Ich soll mir ansehen, wie Bebe zu einem Mann geht, der gewalttätig und bewaffnet ist?

»Nein.« Ich fahre zu ihm herum. »Lass uns warten, bis das Sondereinsatzkommando hier ist. Das ist deren Job. Du darfst keine Zivilperson so in Gefahr bringen.«

»Und das Mädchen? Die ist doch noch ein Kind.«

»Patrick«, flehe ich. »Halt sie auf. Die Kollegen sind sicherlich jeden Moment da.«

»Du bleibst auf Abstand, Tim. Das ist ein Befehl. Denk dran, was es für deine Karriere bedeutet, wenn sich herausstellt, was zwischen dir und der Hauptverdächtigen ablief.«

Erbost drehe ich mich ab. Meine Karriere ist mir so was von egal.

Ich habe mich jedoch zu lange ablenken lassen, Bebe hat Jason in der Zwischenzeit erreicht.

»Ich habe dich rausgeholt, Honey.« Jason grinst siegessicher und stößt Claudine weg. »Jetzt machen wir die Biege und dann sind wir gemeinsam auf der Flucht. Wie Bonnie und Clyde.«

Bebes Schwester reibt sich über den Hals und betrachtet fassungslos die Blutspuren, die sie an ihren Händen findet. Heulend läuft sie davon. Ich kann von hier aus sehen, wie Bebes Schultern erleichtert nach unten sinken.

»Jason, Bonnie und Clyde sind auf der Flucht erschossen worden.« Jetzt wäre der richtige Zeitpunkt für Bebe, ebenfalls Abstand zu Jason zu bringen. Stattdessen geht sie die letzten Schritte auf ihn zu und legt eine Hand auf seinen Oberarm.

Ich könnte schreien vor Wut.

Ihr Ex greift grinsend nach ihr. Zu sehen, wie dieser Typ

Bebe anfasst, ist schwer zu ertragen. Er sieht aus wie der geborene Verbrecher. Schmale Lippen mit bösartigem Zug um den Mund, große, krumme Nase und ein stechender Blick. Sein Bart ist sorgfältig gestutzt und die Tätowierungen sind wirklich überall.

Ist das doch der Typ Mann, auf den Bebe steht? Sie war lange mit ihm zusammen. Vielleicht war alles, was sie uns im Büro erzählt hat, gelogen.

Die Wendung hat mich regelrecht am Boden festgetackert. Ich weiß mittlerweile gar nicht mehr, was ich glauben soll, denn die letzten Tage waren eine einzige Achterbahnfahrt.

Doch dann reißt Bebe Jasons Arm hoch und dreht ihn auf den Rücken, so wie sie es von mir gelernt hat. Langsam zwar, nach wie vor, aber zu schnell für ihren Ex, der nicht mit einem Angriff gerechnet hat. Das Messer fällt ihm aus der Hand und landet klirrend auf dem Boden.

Die uniformierten Kollegen, die sich unauffällig in die Nähe manövriert haben, reagieren rascher als ich. Innerhalb von Sekunden sind sie bei Bebe und haben sowohl ihr als auch Jason Handschellen angelegt.

Zwei Stunden später sitzen Patrick und ich erneut in seinem Büro und warten darauf, dass der Erkennungsdienst mit Jason Dimitrijevic fertig wird.

»Willst du ihn hier drin vernehmen?«, fragt die Polizistin mit dem fröhlich wippenden Zopf, als sie endlich den Kopf durch die Tür steckt.

»Ja, danke Anja. Ich hoffe, er hat euch keine weiteren Probleme gemacht.« Ich bemühe mich ja aufrichtig, die Namen aller Kollegen zu lernen, aber Patrick kennt die meisten schon seit Jahren. Er hat wirklich jeden einzelnen auf dem Schirm.

Anja grinst. »Keine, die nicht mit ein paar Handschellen gelöst werden konnten.«

Jason wird hereingeführt und ignoriert mich.

Ich bin eh wieder nur fürs Protokoll anwesend. Mal sehen, wie lange ich diesmal schweigen kann. Die Handschellen werden ihm abgenommen und er nutzt die Gelegenheit, sich demonstrativ zu recken und dabei seine Armmuskulatur zu präsentieren. Keine Ahnung, ob die Tätowierungen, die beide Arme komplett bedecken, etwas bedeuten sollen. Ich schätze, nicht.

»Herr Dimitrijevic, nehmen Sie doch bitte Platz«, leitet Patrick das Gespräch ein. »Mein Name ist Patrick Paul, den Kollegen Weigand kennen Sie ja schon.«

Jason setzt sich, lehnt sich nach vorne und stützt sich lässig auf den Oberschenkeln ab.

»Was soll das werden? Die Sache mit der Kleinen haben Sie falsch verstanden, die hat sich freiwillig bereiterklärt, mitzuspielen. Es war alles nur für Bebe.«

Sein Kopf ist nach wie vor unter der Kapuze verborgen. Nur der stechende Blick pendelt zwischen Patrick und mir hin und her. Mein Chef spult die üblichen Belehrungen zu Beginn einer Zeugenbefragung ab. Jason scheint das nicht zum ersten Mal zu hören, gelangweilt klopft er gegen sein Bein.

»Haben Sie das verstanden?«

»Ja, ja, immer dasselbe. Gibt's das nicht als Hörbuch?« Er lacht.

»Wie ist Ihr Verhältnis zu Blossom Blue Kovacek?«, fragt Patrick. Er hat sich also für einen sanften Einstieg entschieden, obwohl Jason mit seiner Geiselnahme eine Steilvorlage für die härtere Gangart geliefert hat.

»Schon klar, der kleine Bulle hier kann nicht bei ihr landen und jetzt muss man mir was in die Schuhe schieben. Das wird so nicht laufen.« Er sieht in meine Richtung und grinst abfällig. Es ist echt nach hinten losgegangen, dass ich so oft bei Bebe war und uns so einige Leute zusammen gesehen haben. Äußerlich ungerührt notiere ich, was er sagt, und schweige eisern. »Bebe ist meine Perle, nur damit das klar ist. Also, Finger weg, Bulle.«

»Sie sind liiert? Noch immer?«, fährt Patrick fort.

»Logisch.«

»Frau Kovacek hat das bestritten. Sie sagte, das Verhältnis ist lange beendet.«

»Mann.« Jason richtet sich auf und wischt sich die Kapuze vom Kopf. In seine kurzgeschorenen Seiten sind Muster rasiert. Ich habe Glück, dass Bebe meine Frisur nur ein wenig modifiziert hat. »Weiber sind so. Hin und wieder zicken sie, das nimmt doch keiner ernst. Aber eins kannst du mir glauben, mich verlässt keine Frau. Mich nicht.« Er wendet erneut den Blick auf mich. Dann schüttelt er den Kopf. »Sind wir jetzt fertig?«

»Frau Kovacek hat Sie eben entwaffnet. Gibt Ihnen das nicht zu denken?«

»Weiber halt. Die ist sauer, weil ich 'ne andere flachgelegt habe, und das ist ihre Rache. Die verarscht Sie, wenn sie mir was anhängen will. Sobald sie sich abgeregt hat, zieht sie jede Anzeige zurück.«

Patrick nimmt den Kuli, der auf dem Tisch lag, und beginnt, ihn zwischen zwei Fingern zu rollen.

»Woher kennen Sie Frau Ostlender?«, wechselt er nahtlos das Thema.

»Wer soll das sein?«

»Sie wurden mit ihr zusammen gesehen. Wollen Sie bestreiten, Sie zu kennen?«

»Ist das die Alte, bei der Bebe dauernd abhängt?«

»Ja.«

»Was macht ihr für einen Terz wegen der? Die hat ein paar aufs Maul bekommen, weil sie sich nicht aus Sachen raus-gehalten hat, die sie nichts angehen. Ja, Mann, selbst schuld, ich hatte sie gewarnt. Wenn sie es nicht anders kapiert, dann eben so.«

»War das, als Sie sie auf der Straße bedroht haben? Oder waren Sie später bei ihr zu Hause?«

»Beim ersten Mal hat sie es nicht gecheckt, da musste ich

nachdrücklicher werden. Dachte, sie kann mir widersprechen, aber das ist ihr nicht gut bekommen.« Er grinst selbstgefällig.

»Was meinen Sie damit?«

Patrick bleibt äußerlich ganz ruhig. Mit keiner Geste lässt er sich anmerken, wie angewidert er von dem Typen sein muss. Ich bin nicht so cool. Sicherheitshalber wende ich den Blick auf die Schreibtischplatte und konzentriere mich auf das Protokoll.

»Die steckt doch hinter der ganzen Scheiße. Hat sie selbst zugegeben. Ich sei kein guter Umgang für Bebe«, äfft er Frau Ostlender nach. »Ich musste ihr demonstrieren, für wen ich kein guter Umgang bin. Und Bebe ist das bestimmt nicht, meinem Baby würde ich nämlich nie ein Haar krümmen.«

»Wie haben Sie das demonstriert?«

Jason verschränkt die Arme und streckt die Beine lang aus. »Was macht ein Mann schon mit so 'ner hässlichen Alten, die frech wird? Ich habe ihr gezeigt, wer von uns was zu sagen hat und wer besser die Klappe hält. Hab' sie ein paar Mal geschubst. Mehr war nicht nötig, bis sie gefallen ist. Hat sie dann wohl auch kapiert. Seitdem war Bebe nämlich nicht mehr bei ihr, schon zwei Wochen. Problem gelöst. Was dagegen?«

Und zack – einfach so haben wir ein Tötungsdelikt aufgeklärt.

Staunend sehe ich Patrick an, aber der bleibt gelassen und lässt sich den Triumph nicht anmerken.

»Jason Dimitrijevic, Sie werden ab jetzt als Tatverdächtiger im Fall Ostlender angesehen«, erklärt er ruhig.

»Hat die Alte mich verpfiffen? Wenn sie nicht aufpasst, bekommt sie nochmal was aufs Maul. So was lass' ich mir nicht bieten.«

Kann es sein, dass Jason wirklich nicht weiß, dass Frau Ostlender tot ist? Kann es sein, dass sie sterbend auf dem Boden lag und er es schlicht und einfach übersehen hat? Zumindest erklärt es, dass er nicht einmal versucht, den Angriff abzustreiten. Wie auch, wenn das Opfer seines Wissens nach noch aussagen kann.

»Wann waren Sie bei ihr?«

»Weiß ich doch nicht mehr. An 'nem Wochenende. Ist doch egal, Mann.«

»Samstagabend?«

»Kann sein.«

»Frau Ostlender ist tot. Sie verstarb am Samstag, den zweiten Mai an den Folgen einer Kopfverletzung.«

Jason erstarrt. »Willst du mich verarschen?«

»Sie haben das Recht, zu schweigen. Sie haben das Recht, einen Anwalt hinzuzuziehen.«

»Du willst mich doch verarschen. Ich lass mir doch so was nicht in die Schuhe schieben, du Scheiß-Bulle.« Er springt auf und sowohl Patrick als auch ich erheben uns zeitgleich. Er deutet auf mich. »Das ist doch die Idee von dem kleinen Wichser, der scharf auf meine Braut ist. Dir zeige ich ...«

»Es reicht.« Patrick hebt drohend die Stimme. Im Normalfall redet er leise und beruhigend, mir war gar nicht klar, wie effektiv er sein kann, wenn er laut wird.

Dann ruft er die Kollegen, die Jason erneut Handschellen anlegen und ihn zurück auf den Stuhl befördern.

»Tim, schick bitte Andi zu mir. Ich mache die Vernehmung mit ihm weiter«, ordnet er an.

Das ist mir zwar nicht recht, aber sicherlich eine weise Entscheidung. Ich bin ein rotes Tuch für Bebes Ex. Umgekehrt fällt es auch mir schwer, bei ihm objektiv meine Arbeit zu verrichten.

kapitel 26

Essensduft empfängt mich.

Meine Mutter hat einen Sonntagsbraten im Ofen und wird nicht ruhen, bis mir nach dem Mittagessen schlecht ist. Ich weiß schon, warum ich mich vier Wochen lang nicht an einem Wochenende habe blicken lassen.

»Junge, endlich. Du hast dich ja ganz schön rar gemacht.«

»Mama, wir hatten einen Mordfall. Wer, wenn nicht du, weiß, was das bedeutet.«

Sie lächelt, während ich sie mit einer Umarmung begrüße. Wie immer riecht sie nach dem Parfüm, das sie schon benutzte, als ich ein Kind war. Dann deutet sie ins Wohnzimmer.

»Er wartet auf dich. Dein erster Mordfall. Kannst ja mal raten, ob er in den letzten Wochen noch von was anderem geredet hat.«

Mit einem mulmigen Gefühl betrete ich das Wohnzimmer. Mein Vater, der Verhörspezialist, sitzt in seinem Stammsessel und schaut in den Garten.

»Junge«, sagt er erfreut bei meinem Anblick.

»Papa.« Ich beuge mich über den Sessel und umarme ihn. Dann lasse ich mich ihm gegenüber auf dem Sofa nieder.

»Geht es euch gut?«

»Alles wie immer. Deine Mutter ist im Haus beschäftigt und räumt es mal wieder komplett um.«

Ich grinse. Das macht sie ungefähr einmal im Jahr.

»Und du?«

»Auch wie immer.« Er winkt ab. »Erzähl lieber von dir. Ich freue mich, endlich noch mal etwas Polizeiluft zu schnuppern.«

»Es war eine pensionierte Grundschullehrerin. Sie lag tot in ihrem Flur und alles deutete zu Beginn auf einen Unfall hin.«

»Geschickt getarnter Mord.« Mein Vater nickt anerkennend.

»Bei deinem Vater musst du achtgeben, dass er dem Mörder nicht applaudiert, wenn er seine Spuren gut verwischt hat.« Meine Mutter betritt den Raum und setzt sich neben mich. »Es ist alles im Ofen. Wir müssen nur noch warten.«

Durchaus möglich, dass sie recht hat. Mein Vater liebt die Herausforderung und ein Verbrecher, der nur mit höchstem kriminalistischem Geschick überführt werden kann, macht ihn überaus glücklich. In unserem Fall ist das jedoch nicht geschehen.

»Das war nicht geschickt, es war nur reiner Zufall, dass es aussah, wie ein Unfall«, wende ich ein.

Resigniert seufze ich. Dann erzähle ich, wie wir auf Bebe trafen, die während der Befragung darauf beharrte, mehr bemerkt zu haben als ein Haufen Polizisten.

»Aufmerksames Mädchen.« Mein Vater nickt anerkennend. »Solche Zeugen sind Gold wert.«

»Ich habe sie zuerst nicht für voll genommen«, gebe ich zu. Zögerlich beschreibe ich ihre Aufmachung. Den Besuch bei ihr zu Hause, bei dem ich auf die Familie gestoßen bin.

»Was mal wieder zeigt, dass man vorsichtig mit Vorurteilen sein muss.« Mein Vater hat mir immer gepredigt, sich nie auf den ersten Eindruck zu verlassen. Bei Bebe habe ich das nicht beherzigt. »Warst du bei der Obduktion dabei?«

»Nein.«

Mein Vater betrachtet mich aufmerksam. Er weiß, dass ich

tierisch Schiss habe, bei einer Autopsie schlappzumachen. Entweder ich übergebe mich auf den Gerichtsmediziner oder ich falle in Ohnmacht. Andere Alternativen sehe ich nicht. Als Patrick selbst hingefahren ist, war ich mehr als erleichtert.

»Die erste Obduktion ist die schlimmste, danach gewöhnt man sich dran.«

»Wie kann man sich daran gewöhnen?«, empört sich meine Mutter. »Jeder Tote verdient Respekt, wenn man ihn aufschneidet. Keine abgestumpfte Gewohnheit.«

»Das ist doch reiner Selbstschutz, Schatz.« Die alte Diskussion zwischen den beiden. »Ich kann meine Arbeit nicht vernünftig machen, wenn ich vor lauter Mitleid und Trauer nicht mehr klar denken kann. Aber lass uns weiter über Tims erste Mordermittlung sprechen.«

Jetzt kommt der Teil, bei dem die Wahrheit peinlich wird. Ich habe in Erwägung gezogen, zu lügen oder Einzelheiten wegzulassen. Leider hat das noch nie funktioniert. Mein Vater kann Halbwahrheiten riechen. Falschaussagen erst recht. Tausend Vernehmungen im Laufe seiner Karriere haben ihn zu einem menschlichen Lügendetektor gemacht.

Ich spare mir den Versuch, mein Gesicht zu wahren, und berichte wahrheitsgemäß von Bebes nächtlichem Einbruch in die Wohnung des Opfers, den Briefen von Frau Mallat und dem Verdacht gegen den alten Müller. Leider muss ich an der Stelle zugeben, wie Bebe mich mit ihrem Anruf bei Frau Mallat reingelegt hat.

Meine Mutter kichert vergnügt. »Die Frau kann sich durchsetzen. Die gefällt mir.«

Mein Vater sagt gar nichts.

»Na ja, ihr erratet es bestimmt schon, Herr Müller hat nichts mit den aktuellen Ermittlungen zu tun.«

»Aber? Ich höre ein Aber zwischen den Zeilen«, klinkt mein Vater sich wieder ein.

»Vor Jahren ist seine Frau unter ungeklärten Umständen verschwunden. Bebe hat aus ihm hervorgekitzelt, dass wir nach ihrer Leiche im Garten suchen sollen, in dem Haus, in dem sie damals gewohnt haben.«

»Müller sagtest du?« Er reibt sich gedankenverloren über das Kinn. »Müller ist ja ein Allerweltsname, trotzdem klingelt da was bei mir.«

»Das ist zwanzig Jahre her.«

»War das in Wesseling?«

»Ja.«

»Ich erinnere mich. Wir sind zu dem Schluss gekommen, dass die Frau mit einem anderen Mann durchgebrannt ist. Der Ehemann war zwar eine Weile verdächtig, aber nachweisen konnte man ihm gar nichts und einen neuen Bekannten gab es eindeutig. Der war ebenso untergetaucht.« Mein Vater hat ein phänomenales Gedächtnis. Sobald es um Verbrechen geht, vergisst er kein Detail. Wo er seine Schlüssel hingelegt hat, weiß er dagegen nie. »Der Ehemann war so verzweifelt. Ich habe ihm das echt abgekauft.«

»Tja, die Knochen der Ehefrau lagen tatsächlich im Garten unter den Rosensträuchern. Und nicht nur ihre. Ihr Liebhaber lag daneben.«

Mein Vater pfeift. »Da hat das Mädchen so nebenher einen zwanzig Jahre zurückliegenden Doppelmord aufgeklärt. Das nenne ich mal kriminalistisches Gespür.«

Da ist was dran. Bebe hat ein natürliches Talent, an der richtigen Stelle zu bohren, die nötige Penetranz und ist durchsetzungsstark genug, sich nicht ausbremsen zu lassen.

»Ihr solltet sie bei der Kripo einstellen«, schlägt meine Mutter mit einem Lächeln vor.

»Sie hat unter Garantie die Nase voll von der Polizei«, stelle ich fest. »Wir haben sie verhaftet und eine Nacht im Arrest schmoren lassen.«

Meine Mutter schlägt erschrocken eine Hand auf ihr Herz. »Wie konntet ihr! Ein junges Mädchen steckt man doch nicht in eine Zelle.«

»Wenn sie dringend tatverdächtig ist schon.«

Ich schildere den Rest der Ermittlungen. Meine Mutter hängt förmlich an meinen Lippen und mittlerweile habe ich durchaus Vergnügen daran, ihnen von dem Fall zu erzählen. »Es war ihr Exfreund«, staunt sie. »Das ist ja schrecklich.« »Ja, ihm war gar nicht bewusst, dass die Frau bei dem Sturz ums Leben gekommen ist. Er dachte, er gibt eine Körperverletzung zu. Deshalb war er auch vollkommen abgebrüht, als die Polizei in seinem Umfeld aufgetaucht ist.« »Verstehen kann ich es trotzdem nicht. Man bedroht eventuell den neuen Mann, wenn man noch an der Exfreundin interessiert ist, aber doch nicht eine alte Lehrerin.« »Mama, also echt! Man bedroht niemanden. Jetzt komm mir nicht mit Verständnis für den Typen.« »Das hat ja nichts mit Verständnis zu tun. Was hatte er gegen die Lehrerin?«

Ich erinnere mich haargenau, wie Jason sich rechtfertigt hat. Er wusste zwar nichts von der Abendschule, ging aber davon aus, dass Bebe sich wegen der Lehrerin von ihm getrennt hatte. Sie war der perfekte Sündenbock für ihn. Leider hat Frau Ostlender niemandem erzählt, dass sie auf der Straße bedroht wurde, weder Bebe noch der Polizei, und wahrscheinlich hat sie es auch nicht sonderlich ernst genommen. Andernfalls hätte sie an dem Abend niemals ihre Tür geöffnet.

»Zu dem Zeitpunkt kommt erneut Herr Müller ins Spiel. Nachdem Frau Ostlender reglos am Boden lag, wollte Bebes Exfreund die Wohnung verwüsten, um seiner Drohung Nachdruck zu verleihen. Dann aber hat der senile Nachbar Sturm geklingelt und der Ex hat sich schleunigst aus dem Staub gemacht.«

Mieses Timing. Wäre Herr Müller früher auf der Matte gestanden, hätte er Frau Os Leben gerettet. So hat er bloß verhindert, dass Jason offensichtliche Spuren hinterlässt. Er hat nur den Bücherstapel umgeworfen, das eine Detail, das Bebe auf der Stelle aufgefallen war.

»Wie geht es dem Mädchen denn jetzt?«, fragt meine Mutter seufzend. »Das Wissen, der Auslöser für so eine schreckliche Tat zu sein, muss sie schwer belasten.«

»Keine Ahnung.«

»Hast du dich denn gar nicht erkundigt?« Mein Mutter schaut mich vorwurfsvoll an. »Habe ich dich zu einem unsensiblen Grobian erzogen?«

»Nein, Mama, hast du nicht.« Ich betrachte missmutig meine Hände. »Sie ist verschwunden.«

»Verschwunden?«

»Ich habe sie überall gesucht. Bei ihrer Familie hat sie einen Koffer mit Klamotten gepackt und ist ausgezogen, bei ihrer Chefin hat sie gekündigt. Das Handy ist seit über einer Woche deaktiviert.«

»Braucht ihr sie nicht als Zeugin?« Meinen Vater interessieren nur polizeiliche Belange.

Ich zucke die Schultern, das ist Patricks Problem.

»Du magst sie.« Meine Mutter nimmt andere Dinge wahr als mein Vater. Zwischenmenschliches ist ihre Stärke.

»Ich habe Ärger mit Patrick bekommen«, murmle ich beschämt. »Er hat mitbekommen, dass ich mich zu sehr auf Bebe eingelassen habe. Er hätte mich fast rausgeschmissen.«

»Vom Fall abgezogen«, korrigiert mein Vater. »Und das zu Recht.«

»Das sagt ja der Richtige.« Meine Mutter schüttelt den Kopf. »Du gibst dich so extrem korrekt, Heinz, dabei sitzt deine Jugendsünde genau vor dir.«

Meine Mutter als Jugendsünde? Das ist schräg.

»Das ist ewig her, Marianne«, windet sich mein Vater. »Das waren ja noch andere Zeiten.«

»Unfug. Ein Mord war vor dreißig Jahren genauso ein Mord, wie er es heutzutage ist. DNA-Analysen ändern das auch nicht.«

»Trotzdem. Du warst nie verdächtig, nur eine Zeugin.«

»Und du hast jeden Tag vor meiner Tür gestanden und

nachgefragt, ob ich mich nicht an ein neues Detail erinnere.«
Meine Mutter kichert vergnügt. »Ich habe mir selbstverständlich große Mühe gegeben, schließlich hat mir der nette Polizeibeamte ausgesprochen gut gefallen. Eventuell war ich sogar auf den ersten Blick verliebt.«

»Ich war definitiv auf den ersten Blick verliebt.« Mein Vater hat das Knurren und das Abstreiten aufgegeben.

»Ich weiß.« Meine Mutter kokettiert ungehemmt. »Und deshalb kannst du deinem Sohn nicht vorwerfen, wenn auch er sich während einer Ermittlung verguckt.«

»Was ist denn passiert?«, frage ich perplex. Ich höre die Geschichte zum ersten Mal. »Was war das für ein Mord? Und aus welchem Grund warst du Zeugin, Mama?«

»Meine damalige Nachbarin wurde ermordet. Ich kannte sie nur oberflächlich und wusste, dass sie wechselnde Männerbekanntschaften hatte. Dann stellte sich allerdings heraus, dass ich dem flüchtigen Täter im Treppenhaus begegnet bin.«

»Deine Mutter hat eine ausgezeichnete Beobachtungsgabe. Sie konnte sich an so viele Einzelheiten erinnern, dass wir ein aussagekräftiges Phantombild erstellen konnten«, prahlt mein Vater. »Wenn es bei jedem Mord solche Zeugen gäbe, würde jedes Verbrechen in Windeseile aufgeklärt.«

Wir haben die Lösung des aktuellen Falls auch zwei Zeugen zu verdanken. Zeugen, auf die wir nie gekommen wären. Ohne Bebe.

»Und was wird jetzt mit dir und dem Mädchen? Du gibst doch nicht einfach auf, Tim?«, fragt meine Mutter alarmiert. »Es ist schon zu lange her, dass eine Frau dein Herz berührt hat.«

Meine letzte Freundin ist mit meinen Arbeitszeiten nicht klargekommen. Der Schichtdienst hat sie wahnsinnig gemacht.

»Das mit Annika hat nie gepasst«, behauptet mein Vater. »Und der Junge gibt selbstverständlich nicht auf.«

»Was soll er denn machen?«

»Marianne, er ist Ermittler. Wenn er es nicht schafft, die Frau aufzustöbern, kann er seinen Job gleich an den Nagel hängen.«

Ich grinse zustimmend.

»Morgen ist die Beerdigung von Frau Ostlender«, verkünde ich zufrieden.

kapitel 26

Ich trage dunkle, gediegene Sachen. Seit zehn Minuten warte ich neben der Trauerhalle darauf, dass Frau Ostlenders Urne zum Grab getragen wird. Ich halte mich unauffällig im Schatten, die Trauergesellschaft im Inneren müsste jeden Moment erscheinen. Endlich gehen die Türen auf.

Es ist Bebe, die die Urne feierlich trägt. Der Pastor folgt und strahlt aus jeder Pore aufrichtige Empörung aus.

Das hysterische Lachen kann ich mir bei dem Anblick kaum verkneifen, denn Bebe hat keine Rücksicht auf Etikette genommen. Im Gegenteil. Sie ist nicht nur ähnlich knapp bekleidet wie gewöhnlich, zu allem Überfluss hat sie sich in leuchtend fröhliche Farben geschmissen.

Es folgen sechs Frauen im Rentenalter. Das war's.

Während der Ermittlung ist schon aufgefallen, dass Frau Ostlender einen extrem überschaubaren Bekanntenkreis hatte. Die Anzahl der Trauernden ist allerdings erschreckend gering. Ich schließe mich dem Marsch zum Grab an. Bei meiner Beerdigung hoffe ich schon auf mehr Andrang, obwohl ich zu diesem Zeitpunkt uralt sein möchte. Auch wenn bis dahin all meine Freunde gestorben sind, spekuliere ich zumindest auf eine große Familie. Ich wäre einem Haufen Kinder nämlich nicht abgeneigt.

Die Urne wird hinabgelassen, der Geistliche spricht ein paar salbungsvolle Worte und Bebe wirft Blütenblätter ins Grab. Tränen laufen ihr über das Gesicht und die Miene des Pastors wird weicher.

Eine der Frauen ergreift Bebes Hand und drückt sie.

Ich gehe als Letzter und nehme eine Handvoll Blüten. Lautlos bedanke ich mich bei Frau Ostlender für ihr großes Herz und ihren Scharfsinn, hinter dem vernachlässigten Kind und dem aufsässigen, provozierenden Mädchen den scharfen Verstand und den guten Charakter erkannt zu haben. Wer weiß, was aus Bebe ohne diese Frau geworden wäre?

Als ich aufschaue, bemerke ich Bebes Blick. Ihrer Miene ist nicht anzumerken, was sie über meine Anwesenheit denkt.

Die Beerdigung ist vorbei.

Zwei der Damen kenne ich vom Sehen, sie wohnen im selben Haus wie unser Mordopfer. Sie gehen ohne ein Wort davon, den Pastor im Schlepptau.

»Sollen wir einen auf Silvia trinken?«, fragt eine der Frauen, die noch vor Ort sind, diejenige, die neben ihr steht.

»Das wäre nett. Ein Stück Kuchen und einen Schnaps fände ich passend.«

Die beiden nicken einmal freundlich in die Runde und marschieren quer über den Friedhof davon.

»Typisch Lehrerinnen. Solange es Alkohol und was Süßes gibt, ist ihre Welt in Ordnung.«

Bebe kichert bei den Worten der Rentnerin, die neben ihr steht. »Ach Frau Erdmann, würden Sie denn einen Haufen Grundschulkinder anders ertragen?«

»Die Kinder eventuell schon, schlimmer sind doch die Eltern«, mischt sich die letzte Frau ein. »Wenn Lea-Sophie in deren Augen hochbegabt ist und nicht strohdumm, wie der IQ-Test verrät, muss man sich nach Feierabend doch betrinken.«

»Na, so ein Glück, dass meine Mutter sich nie in der Schule hat blicken lassen.« Bebe lächelt verhalten, dann weist sie auf mich. »Das ist übrigens Herr Weigand von der Kriminalpolizei. Er hat den Fall aufgeklärt.«

»Du hast den Fall aufgeklärt. Ich bin nur derjenige, der in den nächsten Wochen den Schreibkram an der Backe hat.« Bebe zuckt die Schultern.

»Frau Mallat, deren Briefe wir gefunden haben.« Sie weist auf die winzig kleine Frau mit den funkelnd blauen Augen. »Sie ist mit Frau O in den Kindergarten gegangen.«

»Wir waren drei Jahre alt und wussten auf den ersten Blick, dass wir Freundinnen fürs Leben sein würden. Wir wussten nur noch nicht, wie lang so ein Leben sein kann.« Sie schüttelt herzlich meine Hand. »Und wir haben miteinander telefoniert, ich erinnere mich.«

Ich auch.

Leider war ich derjenige, der ihr die Todesnachricht überbringen musste. Das war das erste Mal für mich und von mir aus kann es gerne das letzte Mal gewesen sein. Ich schätze, Bebe hat ihr inzwischen gebeichtet, dass sie keine Polizistin ist. Ihrem Verhältnis hat das wohl nicht geschadet.

»Und ich bin die Tratschtante aus dem Frisörsalon.« Die zweite Dame übernimmt die Hand und drückt sie begeistert. »Ein echter Kommissar. Das ist so aufregend.«

»Sie sind doch keine Tratschtante, Frau Erdmann. Ohne ihren Hinweis hätten wir den Täter nie gefunden«, widerspricht Bebe.

»Das stimmt, Kindchen. Aber eine Tratschtante bin ich trotzdem und ich bin es mit Begeisterung. Ohne ein bisschen Klatsch und Gerede ist der Alltag so langweilig.«

»Dann machen Sie alles richtig. Die Polizei ist auf aufmerksame Menschen angewiesen, Frau Erdmann.« Ich lächle freundlich und befreie meine Hand aus ihrem Griff. »Kommissar zu sein, ist nicht so spannend, wie Sie denken.«

»Ja, das sagen Sie nur, damit ich nicht neidisch bin. Ich schaue jeden Sonntag den Tatort, ich kenne mich aus.«

»Aber ...« Der Tatort ist nicht realistisch. Noch bevor ich

das lauthals verkünden kann, habe ich Bebes Ellbogen nachdrücklich in der Seite und schweige.

»So, jetzt gehen wir alle zusammen ins Café Kern. Das war Silvias Lieblingscafé. Schnaps und Kuchen ist nicht nur für ehemalige Lehrerinnen gut«, beschließt Frau Mallat.

»Auf jeden Fall.« Frau Erdmann hakt sich bei mir ein. »Und der nette Kommissar kommt mit und erzählt ein wenig aus seinem blutigen Alltag. Dann sehen wir ja, ob das nicht doch fesselnd ist.«

»Das war mein erstes Tötungsdelikt«, wende ich hilflos ein. »Ich bin noch nicht lange bei der Kripo.«

»Ach was.« Frau Mallat übernimmt die andere Seite. Gnadenlos werde ich mitgeschleift. Bebe folgt uns, ich höre sie leise in meinem Rücken kichern.

Drei Stunden später ist mir schlecht.

Die beiden älteren Damen haben mehr Schnäpschen intus als ich und doppelt so viel Kuchen und es geht ihnen ausgezeichnet. Bebe war klug genug, sich zurückzuhalten, das hat bei mir aber niemand durchgehen lassen.

Wir haben die Zeit damit verbracht, abwechselnd Anekdoten aus Frau Ostlenders Leben zu erzählen – Frau Mallat hatte davon reichlich zur Auswahl – und Kriminalfälle, von denen mein Vater mir berichtet hat. Die Damen stören sich nicht daran, dass ich nicht viel aus erster Hand wiedergeben kann.

»Sie sind einfach zu jung, Herr Weigand.« Frau Erdmann tröstet mich und tätschelt dabei meinen Unterarm. »Das wird sich in den nächsten Jahren schon ändern.«

Ich bin gar nicht so erpicht darauf, daher lächle ich nur gequält.

»Außerdem wird Bebe bald ja ebenfalls einiges zu berichten haben«, fügt sie hinzu. »Das wird so aufregend.«

»Was wird aufregend?«

Ich mache große Augen. Bebe scheint Zukunftspläne zu

haben, die nichts mit dem Frisör und ihrem alten Leben zu tun haben.

»Wir wissen doch noch gar nicht, ob es klappt.«

Bebe winkt ab.

»Wieso sollte es nicht klappen? Nicht immer so negativ, junge Dame.«

»Vielleicht schaffe ich das Sportabzeichen nicht. Oder mein Hintergrund ist zu dubios. Oder ich patze beim Bewerbungsgespräch. Es gibt tausend Hindernisse.«

Eine irre Vermutung macht sich in mir breit.

»Willst du dich bei der Polizei bewerben?«, frage ich perplex.

»Glaubst du, ich habe eine Chance?«

Ich pfeife leise. »Ja, warum nicht. Es sei denn, du hast Schulden.«

»Nee.«

»Dann bist du mega geeignet, seit du nicht mehr unsere Verdächtige bist. Wenn du Unterstützung brauchst oder Fragen hast, ...« Ich deute auf mich.

»Okay, danke.«

»So, dann wollen wir mal.« Frau Mallat wendet sich an Frau Erdmann. »Mein Zug fährt erst heute Abend. Bis dahin habe ich Zeit, Ihren Dackel kennenzulernen.«

»Ach, der Erwin war verzweifelt, weil ich ihn nicht mitgenommen habe. Aber der hätte die Beerdigung zusammengekläfft. Umso mehr freut er sich jetzt auf ein bisschen Bewegung.«

Wir winken den beiden hinterher.

»Das war eine schöne Beerdigung«, stelle ich fest.

»Die Trauerfeier war nicht schön.« Bebe schüttelt den Kopf. »Aber ich bin froh, dass wir uns danach über Frau O unterhalten haben. Ich habe das Gefühl, dass ich sie jetzt noch besser kenne als vorher. Und vor allem anders. Die Frau O aus Lore Mallats Geschichten ist ...«

»Jünger?«, helfe ich, da Bebe verstummt.

»Ja. Und unbeschwerter.«

Die beiden Frauen biegen um eine Ecke und sind nicht mehr zu sehen. Und zwischen Bebe und mir macht sich Schweigen breit.

»Warum habe ich den Eindruck, dass du gar nicht mehr sauer auf mich bist?«, fragt Bebe schließlich.

»Weil ich es nicht bin.«

»Solltest du aber.«

»Soll ich sauer auf dich sein, weil du mit allen Mitteln versucht hast, den Mord an deiner Freundin aufzuklären? Und es geschafft hast.«

»Totschlag.«

Ich verdrehe die Augen. So kleinkariert wie sie in der Hinsicht ist, ist sie im Kriminaldienst prima aufgehoben.

»Wie auch immer. Ich bewundere dich für deine Zielstrebigkeit. Ich selbst lasse mich zu schnell ausbremsen. Bloß nichts falsch machen, du weißt schon.«

»Du bist halt ein braver Junge.«

»Klingt langweilig, wenn du es so sagst.«

»Ach was.«

Ich fahre mir verlegen über die Haare. »Wenn ich dich frage, ob du mit mir essen gehen würdest, würdest du ja sagen?«

»Soll das ein Date sein?«

»Ich fände es schön, wenn es ein Date wäre. Aber falls du das nicht willst, wäre ich durchaus damit zufrieden, einfach nur mit dir essen zu gehen.«

Das ist die Wahrheit. Auf keinen Fall werde ich zulassen, Bebe aus den Augen zu verlieren.

»Tim, nur wer fragt, bekommt eine Antwort.« Sie lacht mich unverhohlen aus. »Willst du dich hinter deiner verdrehten Frage verstecken und im Fall eines Neins behaupten, du hättest ja nicht gefragt?«

So umständlich bin ich gewöhnlich nicht. Ein Korb ist ja nicht das Ende der Welt.

»Bebe, willst du mit mir essen gehen?«

»Ist das ein Date, Tim?«

»Ja, das soll ein Date sein.«

»Ah, okay.« Sie legt den Kopf zur Seite und gibt vor, intensiv nachzudenken. Dann lächelt sie.

»Ja, sehr gerne.«

Ausblick

Habt ihr den Eindruck, die Geschichte zwischen Bebe und Tim ist noch nicht zu Ende?

Ist sie auch nicht!

In *»Bubblegum Bitch«* startet Bebe in ihr neues Leben.